SAGAN OM RÖRIK – VIKINGAKUNGEN
SOM SKAPADE RYSSLAND.

TORGNY WIKING

SAGAN OM RÖRIK – VIKINGAKUNGEN SOM SKAPADE RYSSLAND.

© 2021 Torgny Wiking

Förlag: BoD – Books on Demand, Stockholm, Sverige
Tryck: BoD – Books on Demand, Norderstedt, Tyskland
ISBN: 978-91-8007-496-4

Kapitel 1

Det knakar lätt om masten. Tamparna knarrar när de sträcks ut lite extra av den hårda vinden. Den kraftiga västvinden ger en ordentlig fart. Seglen spänner och pressar skeppen till det yttersta. Med hård slagsida nästan surfar de fram i de höga vågorna. Vattnet som skvätter in är iskallt, strax över fryspunkten. Var och varannan våg som skeppen trycker sig igenom sprayar en iskall dusch tvärs över hela skeppen. Allt och alla ombord är dyblöta. Men männen ombord är upprymda. De är uppvuxna i Norden – med det kalla vädret och vattnet. Alla är vana sjömän. De flesta har varit ombord på skepp sedan barnsben. Nu sitter de och njuter – de behöver inte ro. Glada rop och skratt hörs mellan vågorna. De är i sitt ässe. Ombord, med sina vänner – sina kämpar, på väg mot ett nytt äventyr. Det är mellan fyrtio och femtio man på varje skepp, lite beroende på övrig last, såsom mat, kokkärl, tunnor med mjöd och vapen. De är klädda med varma pälsar och byxor av läder. Männen är storvuxna och kraftiga. De flesta utav dem är antingen blonda eller rödhåriga. De flesta har flätor i både skägg och i håret. Männen från norr är betydligt större än männen de kommer att möta när de kommer fram till sitt mål. De är på väg till ett land de flesta inte besökt tidigare. De som varit där har berättat om konstiga hus, sumpmark och lågland – men främst dess rikedomar.

Rörik står längst fram på Hågspann, huvudskeppet. Han har varit ledare på färder tidigare, men då enbart till Kurland. I Friesland har Rörik varit en gång tidigare, för många år sedan. Då var han ung och följde sin far på en mindre handelsresa. Precis som sin far är Rörik blond, med blå ögon, stort burrigt, men välkammat hår med några flätor i och ett yvigt skägg, även detta med några flätor. Midjan är smärt, med kraftiga axlar och armar grova som trädstammar. Runt halsen hänger ett kraftigt halsband i silver. Underarmarna, bröstet och axlarna är tatuerade med märken som Tors hammare, den gyllene regnbågen och Oden.

Nu för han befälet på plundringsraiden, med åtta stora skepp, fulla med kämpar. Han har noga planerat färden ihop med Torulv, en älderman som varit i Friesland många gånger. Torulv var tidigare rådman även till Knut, Röriks far. Rörik vänder sig om och ser bort mot Torulv, som ler brett till svar. Rörik tar fram sin solkompass som han har tillverkat själv. Han studerar den noga en stund, samtidigt om han följer kustlinjen. Det är en låglänt kuststräcka, med sanddynor som det växer högt gräs på. Enstaka buskar och små, spretiga träd sticker upp lite här och där. Han ser bort mot Torulv igen. Torulv tittar tillbaks med fast blick och nickar.

Det är dags.

Rörik ropar en order till rorsman, som lägger om kursen så att de lämnar kusten. De övriga skeppen följer strax efter. De följer sedan kusten söderut – på lämpligt avstånd från kusten, för att inte bli upptäckta, men nära nog för att kunna orientera sig. Några timmar senare lugnar sig vinden. Även vågorna avtar, precis som Torulv förutspått. Solen har nu närmat sig vattenytan. Snart har Arvaker och Allsvinn dragit Allfrödull hela vägen över himlen så att Sol kan dö för dagen och försvinna ned i havet. Vinden har mojnat och vågorna lugnar sig allt mer. Nu är det dags att få seglet revat. Nu skall männen få hålla sig varma – det är dags att sätta i årorna och ro. De har gått om tid, så männen kan turas om att ro i olika lag. Det knarrar lätt för varje årtag. Skeppen glider nästan ljudlöst framåt i det lugna vattnet.

De skall nå staden strax före gryningen, då är den som mest sårbar. Snart börjar mörkret att infinna sig. Det är betydligt lättare att hålla kursen nu, när stjärnorna kommit fram och gnistrar på himlen. Efter ytterligare ett par timmar bakom årorna kan de urskilja en lätt ljusning i mörkret framför dem. Det är målet – Friesland.

Precis som Torulv sa, så är det så många eldar i staden i Friesland att den lyser upp natten på mils avstånd. Rörik beordrar skepparna på de övriga skeppen att inta sina positioner. Snart är de formerade som ett stort V. Nu har Rörik full kontroll och de kan agera som en enhet, snabbt och precist.

Strax innan de är i synhåll för vakterna på den yttersta delen av kajen, så stannar de skeppen. Nattdimman slingrar sig, nästan dansande, nu längs vattenytan. Dimman gör att de inte kan se männen som står på vakt ute på kajen. Än mindre kan vakterna se dem.

Fyra kämpar sätter sig i en liten roddbåt och ror ljudlöst bort mot kajen i en stor cirkelformad rörelse, så att de kommer fram till kajen från sidan. Här är vattnet så grundt att inget större skepp kan ta sig fram, så vakterna bryr sig knappt om att hålla utsikt åt detta hållet. Ljudlöst klättrar de upp på kajen. De ser männen som står på vakt längst ut på kajen. De verkar inte vidare oroliga för att något skall hända, då de sitter i lugn och ro, djupt involverade i en diskussion. Deras svärd vilar i slidorna och deras hillebarder står lutade på en träpelare.

Plötsligt attackerar de fyra kämparna hastigt och skoningslöst. Ingen av vakterna hinner ens få upp sina vapen innan de faller i havet, ett huvud kortare. Sedan visslar Geisar ut mot skeppen – den överenskomna signalen när det är fritt. Några minuter senare kommer Hågspann fram till kajen, med de övriga skeppen tätt efter.

Staden ligger tyst och öde. Det enda som syns på gatorna är några katter och hundar som stryker omkring. Gatorna ringlar trånga fram mellan husen. Avskräde blandat med avfall ligger lite överallt. Stanken är kraftig. De flesta av gatorna är stenbelagda, men gränderna består av trampad sandjord.

Även här dansar nattdimman mellan husen och längs gränderna.

Husen är på både två och tre våningar höga. De flesta är byggda av trä och torkad lera. Bara kyrkan och några andra större byggnader är uppförda i sten.

Röriks män sprider smygande tyst ut sig runt omkring i staden. Rörik själv, tillsammans med Turulv, tar sig fram till den mäktiga stenkyrkan mitt i staden. När de står vid porten till kyrkan, tar Torulv fram sitt horn. Han ser bestämt på Rörik som nickar. Det är dags.

En skarp signal ljuder. Plötsligt exploderar staden i ljud; från dörrar som sparkas in, män som skriker ut sina stridsvrål, lokala män och kvinnor som skriker ut sina rädslor, svärdshugg, grisar som skriker, höns som flaxar, hästar som gnäggar skenande, kor som råmar– allt levande i staden skriker ut sin ångest. Vildarna från norr skonar ingen, inget. De hugger ned allt som rör sig. Vissa hugger några extra gånger, bara för att de kan.

Falnar Tveläpp sparkar upp dörren så flisorna yr och vräker sig in i ett av husen. Med svärdet i hand ser han sig frustande runt i rummet. Med sitt röda spretande hår, sin sedan födseln spruckna överläpp, halv näsa och ögon som tagna från en galen varg – är han ingen vacker syn. I bortre hörnet ser han familjen; fru och två små barn som skyddas av fadern i huset, med sitt svärd i sina spända armar. Mannen rusar fram emot Falnar och hugger. Han träffar hårt i Falnars sköld. Så hårt att Falnar tappar balansen och faller in i väggen. Han är dock snabbt på fötter igen. Falnar får tag i en stol. Han sliter tag i stolen och kastar den mot mannen och träffar honom hårt i huvudet. Innan mannen kommer till sans, så hugger Falnar ursinnigt in sitt svärd i ryggen på honom. När Falnar drar ur svärdet, så svingar kvinnan en kastrull i huvudet på honom. Det kokande vattnet bränner som eld på huvudet och på ryggen. Med ett djuriskt skrik, vräker sig Falnar mot kvinnan. Han kör svärdet rakt igenom bröstet på henne. Svärdet trycks rakt igenom kroppen och in i väggen, så att hon fortfarande står upp, fastän livet har berövats henne. Han sliter tag i bägge barnen och slänger in dem i den stora öppna spisen. De skriker fortfarande hysteriskt av smärta när han sliter loss svärdet, så att den livlösa kvinnokroppen dråsar i backen – innan han lämnar huset, på väg mot nästa hus.

Rörik och Torulv forcerar snabbt dörren till kyrkan. Väl inne stannar Rörik upp och ser sig omkring. Vilken prakt! Tänker han. Bägge männen börjar omgående slita ned alla dyrbarheter av silver och guld. De trycker ned dyrgriparna i de stora jutesäckarna som de haft med sig.

Strax efter stormar en man in ifrån ett sidorum. Han är klädd i bara mässingen, men med sitt svärd hårt i sin högra hand. Yrvaket ser han sig omkring. Han tappar hakan och börjar backa tillbaks mot det inre rummet när han ser de två storvuxna vildingarna som står borta i andra änden av kyrkan. Rörik ser först på den lille mannen, sedan vänder han sig mot Turulv; « Du eller jag» frågar han Torulv skrattande.

«Se du dig runt, så ordnar jag honom», svarar Torulv lugnt.

Strax innan Torulv kommer fram till dörren, så smälls den igen och reglas snabbt på insidan.

Torulv fortsätter fram mot dörren. Med en kraftig spark, vräks dörren upp så att träflisorna yr. Mannen, som stått innanför dörren i ett försök att hålla emot – flyger genom rummet. Hans svärd landar flera meter ifrån honom. Med fullständig panik i blicken tar han sig snabbt upp på sina darriga ben. Torulv ser ynkligt på honom. Han går bort och sparkar till mannens svärd, så att det landar strax framför mannen.

Torulv nickar åt honom att ta upp svärdet. Mannen ser skräckslaget på Torulv, men gör som han blivit beordrad. I nästa sekund kastar sig mannen fram mot Torulv i försök att överrumpla honom. Med alla krafter han kan uppbåda hugger han mot Torulv. Torulv tar ett snabbt steg åt sidan. Med en snabb handrörelse slår han svärdet ur handen på mannen. I den följande rörelsen fläker Torulv in sitt svärd i bröstkorgen på honom. Mannen landar död i en stor pöl av sitt eget blod.

Med svärdet droppande av blod, går Torulv tillbaks in i kyrkan. Här ser han Rörik, som samlar ihop allt guld och silver som han kan finna. Torulv ropar till Rörik. När Rörik ser bort mot honom, så pekar Torulv på det stora gyllene korset längst fram i kyrkan. Röriks ansikte spricker upp i ett stort leende samtidigt som har går fram till korset. Korset är gyllene gult, med en massa gnistrande stenar i. När han lyfter ned det stora korset, hör han ett vrål från någon som stormar in i kyrkan. Rörik vänder sig om och ser en man med en lång svart kappa som kommer rusande emot honom – utan något vapen i händerna. Rörik förstår att mannen är en präst. Detta är hans kyrka. När prästen är tillräckligt nära, svingar Rörik korset och krossar huvudet på honom.

Sedan stoppar de lugnt ned sina byten i flera säckar och kliver över den döda prästen när de lämnar kyrkan för att möta sina män.

Slakten är mer eller mindre avslutad. Fortfarande hörs en del skrik och hugg, men de flesta männen är upptagna med att samla ihop sina byten. I hus och på gatorna ligger döda människor och djur. Avhuggna armar, händer, huvuden – överallt syns det spår av slakten. Blod flyter på gatorna. På torget utanför kyrkan har männen börjat samla ihop bytet och fångarna. Äldre, små barn och krymplingar har de slagit ihjäl, då dessa inte ger något betalt på slavmarknaderna.

Även många av männen är döda, men de har tillräckligt många levande för att att fylla skeppen.

Unga kvinnor, många nakna, tillsammans med unga män hålls i en grupp, medan de vuxna männen hålls separerade, med hårdare bevakning. Alla sätts i kätting, så att de inte kan fly.

När de lämnar staden för att ta sig ned till skeppen, frågar Alrik om de inte skall bränna staden.

«Nej, den är mer värd för oss om den står kvar. Då kan vi komma och hälsa på igen om ett tag» svarar Rörik leende.

Några dagar senare närmar sig de sista fem skeppen sin hemmahamn. På vägen har de övriga tre skeppen stannat vid sina hemmahamnar.

Himlen är klarblå. Det är ingen vind. Vattnet ligger som en spegel när skeppen skär sig fram mellan öarna i den uppländska skärgården. Männen ror uppslupna, med kraftiga tag. De är ju snart hemma. Alla ser fram emot att både träffa sina kära – men även att få visa upp alla skatter de plundrat. Skeppen glider graciöst fram i de grunda vikarna. Hågspann är det största av de tre drakskeppen. De övriga två är lite mindre, rundbyggda, sneckor. De är inte lika smidiga eller snabba, men de lastar mer.

När de rundar den sista udden – så ser de Nordrona. Borgen ligger ståtligt på toppen av det branta berget som stupar ned i vattnet.

Läget och de höga palissaderna runt borgen har hittills gjort den ointaglig.

Röriks far styrde här innan honom. Han stupade i Kurland under ett plundringståg för bara något år sedan. Som son till Knut, Kung Sigurd Rings bror – var det aldrig något tvivel om vem som skulle ta över efter Knut. Då Rörik dessutom redan visat sin duglighet i kamp ett flertal gånger och även visat sig skarp i huvudet i olika sammanhang, hade han även männens förtroende.

Folket i borgen har redan sett dem. Från båtarna ser männen att alla i byn är på väg nedför berget, bort mot bryggorna, för att ta emot dem.

När de lagt till blir det en ordentlig cirkus vid bryggorna. Män som möter sina närmaste. Glada skratt. Kramar av de käraste. Urlastning av skatterna, all utrustning, berättelser om vad de varit med om, urlastning av alla trälarna – allt i en salig röra. Det var länge sedan en härjning gett ett så här gott resultat.

Gard, byäldste, kommer fram och omfamnar Rörik.

«Jag ser att Oden stått er bi! Så mycket silver och guld – och så många trälar! De ser ut att vara i god hälsa dessutom! Du kommer att få ett gott pris för dem i öster eller i Miklagård!»

Rörik ser på sin fars rådman och minns hur kraftig han varit när han var i sin glans dagar. Gard hade alltid funnits där. För Rörik är han som en farfar.

«Ja, det har varit en god resa. Jag tror att Sigurd går och väntar på att höra ifrån mig.»

Gard skrattar gott. «Ja – han har skickat bud flera gånger och frågat. Det är nog bäst att du far till Uppsala imorgon och talar med honom. Men jag tror att det inte bara är han som har frågat. Även hans dotter Sigrid verkar längta.»

Gard ser hur Röriks ögon gnistrar till.

«Jasså, det verkar så!» svarar Rörik med ett litet, dåligt dolt leende.

Samtidigt – långt borta i öster, i södra delarna av Gårda rike- där varje by är i strid med byarna runt omkring sig:

Det droppar vatten ifrån snön på träden som nu sakta smälter i den allt varmare vårsolen. Eftermiddagen nalkar sitt slut. Solens orangeröda skiva har sakta börjat gå ned i horisonten.

Det är inte ett moln på himlen. Närmast, runt om solen glöder himlen, vartefter den sakta går över i mörkblått. Det är helt vindstilla, träden står helt nakna och orörliga, nästan vettskrämda. Som om de kan ana vad som komma skall. Det är helt tyst, inte ens en fågel hörs. Luften känns tung och laddad – det är så att man nästan kan ta på den.

I byn är allt som vanligt. Barnen leker mellan husen och på det lilla öppna torg-liknande området mitt i byn. De rusar omkring och busar – så att de får deras föräldrar att tappa tålamodet. Allt är precis som vanligt. Från smedjan i utkanten av byn hörs ett monotont bankande, precis som alla andra dagar. Idag gör smeden yxor. Inte stridsyxor, utan vanliga yxor för skogsbruk. På det lilla torget – eller mer den centrala öppna ytan i byn, håller flera män på att stycka dagens resultat ifrån jakten. Det har varit en jakt med ganska bra resultat; två vildsvin och ett rådjur. Männen gör den grova styckningen själva. Kvinnorna står beredda med skålar för att ta hand om köttet, skinnet, hornen och blodet. Inget får förfaras, allt skall tas om hand. Skinnen ger de till byns smed, då han även är en duktig garvare. När hornen och benen är renskrapade, så kokas de. Sedan skall de användas till verktyg och vapen.

Runt byn har de satt upp en hög träpalissad som skydd mot fiender och rovdjur. Den bryts av endast en stor port – annars går den runt hela byn. Två män vaktar vid porten. Det händer inte så mycket, så de står mest och pratar, övar på stridsteknik eller turas om att ta en lur.

Plötsligt hörs ett vinande ljud genom luften. När några av männen vid torget tittar upp, så ser de att flera pilar målar långa eldsflammor i luften när de hastigt närmar sig byn. Männen slänger allt de har i händerna. De börjar skrika högt för att uppmärksamma faran som snabbt närmar sig. Männen rusar antingen till sina hus för att hämta sina vapen – eller bort till brunnen för att hämta hinkar med vatten. Kvinnorna rusar bort mot barnen för att föra dem i säkerhet. Med en duns slår den första pilen ned i det torra grästaket på ett utav husen, som genast fattar eld. Det följs snabbt av nya dunsar i tak, väggar och i marken. En pil träffar en kvinna i ryggen när hon försöker föra sina barn i säkerhet. Hon vrålar när pilen genomborrar henne och sätter eld på hennes kläder. Barnen försöker förtvivlat att släcka hennes kläder, men de slukas snabbt av elden de med. Snart står flera utav husen i brand. Det vrålar om husen från luften som sugs in genom de trånga fönsteröppningarna – när de allt kraftigare lågorna förtär allt mer syre.

Många av männen, men främst kvinnor och äldre barn kämpar för fullt med att försöka släcka eldarna. Resten av männen rusar bort mot palissaden för att försvara byn.

Hela tiden slår det ned nya, brinnande pilar. Snart står stora delar av byn i brand. Men fortfarande syns ingen fiende – bara nya eldsflammande pilar.

Männen vid palissaden besvarar beskjutningen, men då de inte ser någon fiende, försöker de sikta mot området där pilarna kommer ifrån.

Lika plötsligt som anfallet började, lika abrupt slutar det. Det åtföljs av – ingenting. Männen spejar bort mot skogen. Med bultande hjärtan är de beredda på det annalkande anfallet, men ingenting händer. Efter en lång väntan ser de på varandra, undrande. Byns hövding, Viltjov, beordrar att alla som kan undvaras vid palissaden rusar ned och hjälper till att släcka. Resten måste stanna kvar vid sina poster.

Efter några timmar har natten tagit sitt fasta grepp och det är helt kolsvart. Bränderna är släckta. Likt förkolnade benpipor sticker en del kraftigt svedda balkar vasst upp mot himlen. Kropparna efter alla som dödats har redan flyttats undan.

Fortfarande inget anfall.

Under hela natten sitter männen kvar och bara väntar, men inget mera händer.

Ytterligare en av dessa nesliga attacker. Strax efter gryningen skickar hövdingen ut en patrull. En timma senare kommer de tillbaks. Alla männen i byn samlas runt Viltjov på torget mitt i byn.

Upprörda väntar de på vad patrullen har att berätta.

Ledaren för patrullen tar till orda. Han berättar att de hittat resterna av ett stort antal små eldstäder, belägna under träden för att i möjligaste mån dölja röken. Fotspåren från män och hästar tyder på att de har kommit ifrån öster.

Dnesterna, konstaterar Viltjov föraktfullt. Det är inte första gången de anfallit så här fegt.

Att de själva har gjort liknande attacker tänker han inte på …

«Må Gol ta dem» hörs en hatisk kommentar från en av männen. Flera andra spottar medhållande tyst i marken.

«De måste få betala för detta! Död åt Dnesterna!» Männen höjer sina svärd i vrede, samtidigt som de vrålar medhållande.

Hövdingen, Viltjov, är mer återhållsam. Han vet att Dnesterna är en farlig motståndare. De är fler än dem – och de har många hästar. De har gott om svärd ifrån Konstantinopel, gjorda av det speciella stålet som bara de kan framställa. Stålet är så starkt och böjligt – att de ganska enkelt kan slå sönder deras egna svärd. Det ryktas även att dnesterna har lierat sig med Varanerna.

«Vi vet inte om de bara var ute för att locka ut oss i ett ogenomtänkt anfall. Kanske ligger de och lurar på oss – i ett planerat bakhåll,» svarar Viltjov.

«Vi måste vara smarta. Vi samlar oss. Sedan skickar vi ut några spejare. När vi vet var vi har dem, så skall de få smaka på samma mynt!»

Under de närmaste dagarna går tiden åt till att plåstra om såren, begrava de döda, reparera tak, väggar och annat som förstördes av bränderna.

Fem dagar efter anfallet, så skickar Viltjov ut en grupp spanare på fyra man för att följa spåren. Spåren är tydliga i den mjuka markytan, nu när tjälen är på väg ur jorden. De beger sig till fots i riktning mot Dnesternas by. Trots att spåren är tydliga, tar de sig framåt sakta och försiktigt. De ängslas hela tiden för att gå rakt in i Dnesternas bakhåll. På den andra dagen kommer de dram till det första av de trånga passagen i bergen, på vägen mot Dnesternas by. Spåren talar ett tydligt språk; de har givit sig av raka vägen hem. Men tydliga spår är inte alltid hela sanningen. De stannar till och söker med alla sinnen för att upptäcka något som tyder på ett bakhåll – men de finner ingenting. Alla spåren ser ut att leda rakt fram – rakt mot passagen. Trots detta beslutar de sig för att undvika stigen. De delar på sig, så två klättrar upp i de branta klipporna till höger om stigen, medan de andra två håller till vänster. Sedan följer de stigen på var sida. Klipporna är branta och spetsiga med många lösa stenar, så männen måste hela tiden vara på sin vakt med var de sätter fötterna.

Men männen är vana att ta sig fram i bergen. Likt bergsgetter smyger de ljudlöst upp för klipporna på var sida. När de kommit halvvägs igenom den trånga passagen, så stannar de till. Nästan rakt under dem, ett par meter ovanför stigen, både ser och hör de att två mindre grupper av Dnestriska krigare gömmer sig, en på var sida av stigen. Grupperna är på mellan åtta och tio man vardera.

Inget riktigt bakhåll, mera en grupp att vakta reträtten. Eller för att ligga i bakhåll mot just spanare.

De bägge grupperna kikar på varandra. Signalerar med händerna om vad de skall göra.

En stund senare gör de sig redo. De ser tydligt hur männen under dem slappnar av. De ser inget på stigen, så de sitter avslappnat och pratar.

Plötsligt slår stora stenblock ned på och omkring männen. Flera av dem krossas direkt. Några skriker högt när stenarna sargar deras kroppar. En undviker ett stenblock, men tappar balansen och faller baklänges ned med huvudet före mot stigen. Nacken knäcks och han dör omedelbart. De övriga hinner inte försvara sig innan de spetsats av pilar.

Spanarna tar med sig vapen och vatten från de döda fienderna innan de fortsätter. Nöjda över att ha överlistat sin fiende, behöver de inte längre klättra i bergen, utan kan fortsätta på stigen. Nu tar de sig fram betydligt fortare igen. Efter det första passet lutar marken kraftigt nedåt. Underlaget är hårt, men det är många lösa stenar och rötter, så de får hela tiden vara på sin vakt så att de inte trillar. När de närmar sig slutet på nedförsbacken, hör de det porlande vattnet ifrån floden som strax korsar deras stig lite längre fram. Den är bred, men vid stigen finns ett grunt ställe att vada över. Innan de går ända fram till vadstället, stannar de till och spanar. Inget syns längs floden. I skogen på motsatta sidan syns ingenting ovanligt. Allt verkar lugnt och fint.

När de känner sig trygga att inga Dnester finns i närheten, tar de sig försiktigt fram till floden.

Vattnet är kallt. Iskallt. Men männen är vana efter att ha bott här i hela sina liv. Utan att tveka går de ut i det knä-djupa vattnet. Det är strömt. Det framrusande vattnet trycker på ordentligt från vänstersidan. Samtidigt måste de balansera på de hala stenarna. Plötsligt halkar en utav dem. Med ett plask ramlar han med ryggen före i vattnet, som snabbt sliter tag i honom och drar med honom. Han tappar sin pilbåge när han desperat plaskar med armarna för att få grepp med fötterna. En av de övriga männen kastar sig i efter honom. Efter en liten stund, så får de grepp med fötterna och stannar upp. Nu är vattnet upp till halsen på männen. Med all kraft försöker de ta sig tillbaks till det grunda vadstället. De hör ett rop och tittar snabbt bort till sina kamrater. Men dessa stirrar inte på dem, utan mot stranden framför dem. Där står en grupp Dnester med spända pilbågar riktade emot dem. De kastar en snabb blick mot stranden de kom ifrån – lika många Dnester där.

Vattnet fortsätter sin hårda kamp för att dra med dem längre bort ifrån det grunda vadstället. Med all kraft fortsätter de framåt – då träffar två pilar vattnet en knapp meter framför dem. Männen stannar abrupt och tittar mot stranden som pilarna kom ifrån. Meddelandet är klart. Fortsätter de framåt sitter nästa pilar i dem. Männen stannar och ser bort mot sina vänner. Dessa står lika stilla när de med tomma ögon möter deras blickar.

Efter en knapp halvtimma är de två männen stelfrusna och blå i ansiktena. Plötsligt försvinner en utav dem livlös med det strömma vattnet. Strax efter försvinner även den andra.

De två återstående ser på varandra – sedan kastar de sig det strömma vattnet och försöker fly.

Några sekunder senare flyter deras kroppar i vattnet med flera pilar djupt in i ryggarna.

Ytterligare offer har skördats i en av de otaliga, aldrig sinande skärmytslingarna mellan två av alla stammar i det stora vida området norr om Svarta havet.

Dagen efter hemkomsten beger sig Rörik tillsammans med Torulv och Gard och några utvalda män till Uppsala. På kärrorna har de med sig hela skatten. Trälarna går i långa led bakom vagnarna, väl slagna i järn, så att de inte kan rymma. När de kommer fram till Uppsala, är det mitt på dagen.

Strax innan de är framme, så öppnas portarna och Eskil tillsammans med Björn Starke, två av Kung Sigurds närmaste män, skyndar ut för att möta dem. Rörik ser tydligt hur avundsjuk Björn Starke blir när han ser skatten. Det riktigt lyser i ögonen på honom. Han hade länge trott att han skulle ha fått fara med, men Sigurd vägrade honom just innan de hade gett sig av. Rörik kan inte låta bli att plåga honom lite extra; «Känn Björn – det är mer än vad även du orkar bära!»

Björn blänger ilsket mot Rörik, som bara skrattar.

«Tänk om du varit med! Vilken plundering vi hade! Det var som att bara komma dit och bara hämta hem skatten! Och vilka kvinnor de hade! Se bara bakåt. Du kunde ha lägrat så många du bara ville och orkade!»

När de går in i Sigurds långstuga, så bärs skatten in av tre av Sigurds män. Alla i stugan häpnar över hur mycket de fått med sig. Sigurd ser först på skatten en bra stund innan han sliter bort blicken och ser upp på männen. Han ler brett, reser sig ifrån sin tron, går fram och kramar hårt om både Rörik och Torulv.

«Var ärad, Sigurd Ring, kung av Sviaveldi», hälsar Rörik myndigt.

«Härligt att se Er igen! Så skall man skatta en by! Vilket gott verk!

Kom, slå Er ned. Ni måste vara utsvultna! Trälar – fyll bordet med den bästa maten!» Vrålar Sigurd utan att vänta på svar.

Männen måste berätta hela resan i detalj för Sigurd. Sigurd själv har inte farit på plundring på många år, inte sedan han blev kung. Det tindrar i ögonen på honom när han hör på.

Plötsligt rycker Rörik till när han blir serverad mjöd. Det är ingen träl som häller upp denna gång, utan Sigrid, Sigurds dotter. Sigrid och Rörik har känt varandra sedan de var små. De har alltid kommit väl överens, men ända sedan de blev vuxna har det varit mer än bara överens. Sigrids ögon är som djupa brunnar. Hela hon tycks glöda. Så intensiv. Hennes leende är så ljuvt att Röriks knän blir alldeles mjuka. Tur att han sitter. Nu för tiden har Rörik svårt att prata när han är nära henne.

Han vill säga så mycket, men orden bara fastnar i halsen. Han känner hur kinderna hettar när hon ser på honom. Redan innan de for hade han bestämt att han skulle be Sigurd att få gifta sig med henne när de kom tillbaks.

Nu är de tillbaks – och Rörik har lyckats över förväntan med uppdraget. Så nu borde han ligga väl till hos Sigurd.

Blotta tanken får händerna att bli blöta av svett.

Tänk om Sigurd vägrar?

Rörik sitter och samlar mod, men det är hela tiden något som stör ut honom. Spelmän börjar spela, flickor börjar dansa, någon fyller på mera mjöd, det skålas. Plötsligt ser han att Björn Starke har ett gott öga för Sigrid. Björn smilar upp sig för Sigrid -och börjar bli närgången på henne. Rörik känner hur ilskan växer i honom. Rörik reser sig hastigt upp – då springer någon ut för att kräkas. Rörik, som nu är ordentligt berusad, distraheras av honom så att han kommer av sig och sätter sig ned igen.

Snart är Rörik så full, att Björns kladdande på Sigrid faller i glömska. Festen fortsätter till långt in på natten.

Wulf Aivarsson skyndar på stegen. Han är lite sen. Han vet så väl att hans far hatar att vänta. Han passerar in via den norra porten till den vita byn – Visby, Ghoternas huvudsäte. Innanför den väl bevakade ringmuren ligger husen resta i långa rader. Inte ens Svitjots Uppsala kan jämföra sig i prakt och storlek. Staden har fått sitt smeknamn från dels husen som är byggda i vit kalksten, men även från de vita dräkter och de vita segel som männen använder när de beger sig ut på handelsfärder eller plundring.

Nere i hamnen ligger en imponerande mängd långskepp, knarrar, Sneckor, Karvar och mindre fiskebåtar. De guppar fridfullt längs de stenbyggda bryggorna. Flottan är fortfarande Ghoternas stolthet, men även deras styrka. Ingen annan har lika många skepp. Även positionen av Visby mitt i innanhavet gör att ingen annan har lika bra koll av vad som händer och är lika snabba att nå runt om kusterna som Ghoterna. De är navet i det ghotiska väldet. Men den riktiga storhetstiden är borta sedan flera generationer. Det började med att många gav sig av till de nya erövringarna i Wendland och Kurland. I början hade allt fungerat precis som det var tänkt, rikedomar av alla slag hade strömmat in till Visby. Men allt efter att åren gick, generationerna kom och gick – så minskade sympatin till Visby från kolonisatörerna. De blev allt mer trogna sina nya hem. Deras barn bosatte sig i de nya områdena. De lämnade ifrån sig allt mindre skatt, skyllde på att det behövdes på plats för att underhålla den allt ökande befolkningen. Till slut hade friktionen blivit för stor. En större del av den Ghotiska befolkningen hade givit sig av även från Wendland – för att bli kvitt oket från Visby. De hade givit sig av längs floden Vistula söderut mot Kiev och sedan fortsatt ned mot Dnestr och bosatt sig i Thrakien. Därifrån hade deras ledare Alarik fortsatt västerut, krossat den fram tills dess oövervinnerliga romerska armén och intagit Rom. Därefter hade de fortsatt sin vandring västerut ända till frankernas rike.

Handelsrutten ned till Miklagård fungerade fortfarande, men ersättningen för varorna från Visby minskade succesivt, mest på grund av allt högre skattningar längs den långa leden, främst av polanerna.

Wulf knackar hårt i porten samtidigt som han öppnar den.

Inne i det dunkla rummet sitter Wulfs far, Aivar Stråben, tillsammans med sina närmaste män.

«Du är sen!» vrålar Aivar. «Vad är det som får dig att vara sen nu då? Har någon farit illa med dig?

För du har väl en god anledning?»

Wulf ser lugnt på sin far innan han svara;

«Jag fick meddelandet men var tvungen att avsluta en sak innan jag kunde bege mig.»

«Jasså – var det kjoltyg nu igen?» Fortsätter Aivar.

Wulfs rykte som kvinnokarl är vida känt. De andra ser på honom med illmariga leenden. Wulf svarar inte, utan går in och sätter sig på sin plats.

«Var var jag? Jo – problemen i både Ringstad och Kongahälla fortsätter att öka. De knorrar allt mer över skatterna. De verkar glömma vem som länade dem ifrån början – att det är vi som bestämmer! Åren verkar få dem på andra tankar. Min magkänsla säger att de snart tar till svärdet. Jag får en ond aning att de har talat sig samman. De kan även ha lierat sig med danerna eller norrmännen. Om de gör det, kan vi ha svårt att freda oss själva mot ett sådant uppror. Vi måste ta oss till Wendland och se till att vi får stöd av våra fränder där.»

Jork den Barske, Aivars närmaste man avbryter;

«Men Wenderna klagar de och. Skatten de sänder minskar precis som ersättningen för våra varor. Frågan är om de verkligen har lust att hjälpa oss?»

Aivar slår ut med händerna. «Jag vet inte. Men vad har vi för annat val? Om vi kommer dit hän, och drar det kortaste strået…vad händer då? Jo – Sigurd Ring, med sina stora öron, kommer då snart få nys om vår dråpliga situation. Han kommer garanterat att fara hit, tillsammans med dansken, med allt han har för att förgöra oss en gång för alla.»

«Men far, vi kan även tala med kurerna. Drok har länge varit väl sinnad mot oss. Han står ju även i blodsskuld.»

«Den mesen! Får han höra talas om lite blodsspill, så sjunker bröstkorgen ihop som på en gammal kärring och han försvinner vid första bästa tillfälle. Nej – vi har ingen tid att förlora. Säg till männen att rusta Stormöga. Vi tar med en knarr med trälar när vi ändå beger oss. Det kan få dem lite muntrare. Vi ger oss av i gryningen.»

När Wulf kommer till hamnen nästa morgon är skeppen färdiga för avfärd. En präst har offrat till sjörået för att blidka henne och ge goda vindar. På

Stormöga tar de med femtio man. Resterande utrymme fyller de med pälsar, bärnsten och järn, för att låta Wenderna ta med tillsammans med trälarna som handelsvaror på deras nästa färd till Miklagård.

Färre än femtio kämpar passar sig inte att skicka. Wulf blickar upp i skyn och konstaterar att det blir en fin dag att segla på.

Vinden är gynnsam, så snart de väl lämnat hamnen, så hissar de sina vita segel. Med ett ryck tar vinden tag i seglet. Långskeppet gungar till lite mjukt när det lägger sig till rätta i sjön. Strax efter beordrar Aivar männen att dra in årorna. Efter en kort stund ser de inte längre land. Det syns på männen att de njuter av att åter vara till sjöss. Några fördriver tiden med tärning, några lutar sig mot relingen och bara ser ut över havet, medan en del slår sig till rätta och somnar. Själva står Aivar och Wulf längst bak, bredvid rorsman och tysta njuter av havet.

När de närmar sig staden Truso, hör de hornet ljuda från staden, som signalerar deras ankomst. Truso ligger vid mynningen till floden Vistula. Träpalissaden runt staden är rest med höga raka furor med spetsade toppar. Från bryggan löper en bred stig ett par hundra meter fram till porten. Innanför palissaden är byggnaderna precis som i vanliga byar runt om i Ghoternas rike. Närmast innanför porten till höger ligger hagarna med grisar, höns och kor. Sedan kommer uthusen. Till vänster om porten finns smedjan. Därefter kommer boningshusen, alla med sina spetsiga sadeltak byggda av halm. Det är riktigt många hus, Truso har vuxit ut till en av de större byarna. I andra änden av byn kan de skymta hövdingen Jagrs mäktiga långhus.

«Aivar! Gamle broder. Vad skaffar oss denna ära? Vad har gjort att Oden jagat ut dig från din borg?» Undrar Jagr samtidigt som han omfamnar Aivar med en björnkram. Jagr är född och uppvuxen i Truso, men bägge hans föräldrar och deras föräldrar är av Ghotisk börd, så Jagr ser ut precis som en av de ghotiska kämparna från Visby. Han haltar kraftigt på vänster ben, efter en skada han fick i ungdomen under en batalj med polanerna.

«Gamle vän, det verkar torna upp till oroliga tider. Min mage är oroad. Vi har en del att språka.» Svarar Aivar tungt.

«Jag märker detta. Du ser mäkta led ut min vän.» svarar Jagr samtidigt som han studerar lasten på knarren.

«Du har ett präktigt lass med varor med dig. Det är gott. Vi får med andra ord ordna med en resa till Miklagård i det närmaste. Hudfärgen på trälarna skaldar om att du inte fått dessa från de vanliga ställena. Även kläderna är annorlunda. Men de ser friska ut. Hur många är de – närmare tio tjog. Det är gott! Seså – låt oss först lugna magen och släcka törsten. Kom, följ mig in i huset. Jag har redan fått det dukat.» Männen beger sig igenom byn mot Jagr's långhus.

När de kommer in i långhuset ser de att bordet är dukat till råge. Bröd, rovor, fågel och frukter. I spisen grillas en spädgris. Krusen är fyllda med skummande mjöd. När de väl satt sig till bords kommer gycklare och flera dansöser och underhåller.

Wulf ser bekymrat att Aivar knappt rör kruset under middagen. Inte heller verkar hans aptit stor, då han mest petar i maten.

Efter den långa måltiden, föser Jager ut alla ur huset, så bara han själv, Struk – hans närmaste man, Wulf och Aivar är kvar.

«Nå – min fränd från allas vår hemby, vad är det som tynger dig?»

Aivar reser sig – han har lättare att uttrycka sig när han står upp – innan han tar till orda; «Det verkar att vankas orostider. Både Herröd i Ringstad och Odd i Kongahälla knotar allt mer. De verkar ha språkat sig samman. Min mage säger att de snart kommer att försöka slita sig loss ifrån oss. Om detta händer samtidigt, så får vi det tungt själva. Jag är även orolig att de får yttre hjälp. Norrmän, svear eller daner kan vara mycket intresserade av att hjälpa dem». Aivar tystnar och sätter sig samtidigt som han ser Jagr djupt i ögonen.

Tystnaden ligger tät en lång stund innan Jager åter tar ordet;

« Ja, jag anar att du i så fall kommer att sitta med skägget i kläm.

Så du fiskar efter vårt stöd.

Du vet att vi, som en del av vårt Ghotiska välde, alltid finns till hands, men det vankas inte bättre än att vi har stora problem i söder med vår granne, polanerna. Som du vet, har det gnisslats en del en längre tid, men nu har de tagit till svärdet. Nu kräver de mer i tull för passagerna än vad vi kan acceptera.

Vår senaste resa slutade med att de nöp allesammans. Bara huvudena låg i båten när den kom nedströms. Jag har bestämt att vi måste näpsa dem ordentligt denna gång. Alla jag kunde avvara, gav sig av för lite över en vecka sedan. De som är kvar, behövs för att kunna försvara byn. Jagr stäcker sig efter sitt stop med mjöd. Han tar en rejäl klunk. Sedan sitter han funderande en stund innan han fortsätter; «Tanken är att vi skall ta över fästet vid Gralich. Då kommer vi att slippa deras påhitt i framtiden.»

Aivar tittar bort mot Wulf med dyster min. Wulf skakar sakta på huvudet till svar; härifrån får vi ingen stöttning.

Samtidigt i Gårda rike:

Naglajanernas by ligger vackert, med floden på östra sidan och bergen på västra sidan, med bara en äng mellan sig. Det är en stor by, med flera hundra hus. Nästan alla är byggda på samma sätt; låga, med grästak, inga fönsteröppningar, bara en glugg i taket och en låg liten dörröppning som är täkt med en fäll för att behålla värmen. Husen ligger håller om buller. Det ser helt oplanerat ut, men vid en närmare efterforskning så ser man att husdjuren hålls närmast pallisaden. De fattigare närmast djuren och de mer förmedlade närmare det öppna torget i mitten av byn.

Här finns även hövdingens hus. Detta är större, med två våningar, större valv till öppning och två gluggar på framsidan. Även gluggarna är täckta av fällar under nätter och vintrar. Mellan ängen och byn har de byggt en befästning som dels består av en jordvall, nästan lika hög som en människa. Ovanpå denna har de byggt ett staket, som är lika så högt.

Natten har sedan flera timmar omgärdat byn. Hela byn sover. Himlen är molnfri. Miljoner stjärnor lyser upp byn i ett trolskt sken. Bara ett par vakter på jordvallen är vakna. Det tror i alla fall de som sover tryggt i sina hus. Vakterna ligger i realiteten döda på marken. Genomborrade av flera pilar.

Med hjälp av stora sköldar av sammanflätade ungbjörkstammar, spjut och eldfacklor, föser Mosqoviterna sex panikslagna och uppretade björnar rakt in i byn.

Strax efter hörs de första panikslagna skriken. Björnar som vrålar. Brak. Ytterligare skrik. Dörrar som fläks upp. Flera skrik – skrik som tystnar tvärt. Nya skrik. Byborna flyr ut ur sina hus, många helt nakna. Ingen förstår vad som händer. Skräcken är överallt.

Plötsligt lyses himlen upp av pilar med eld. Överallt där de slår ned tar elden vid. Den sprider sig snabbt. Nu är paniken total bland invånarna i byn. Elden jagar även upp björnarna ytterligare. Nu är de fullständigt galna. De som i panik flyr ut ur byn – huggs omedelbart ihjäl av Mosqoviterna. Många flyr ned i floden. Den är kall och ström. Många dör antingen av kölden eller av att de snubblar och drunknar, då de inte kan simma.

De som är kvar i byn kämpar frenetiskt mot pilar, eld och björnar. Lemlästade kroppar, kroppar som brinner – ligger blandat med söndertrasade och nedbrunna hus. Till slut flyr björnarna ut i floden. Efter frenetiskt kämpande lyckas byborna till slut att släcka eldarna. Männen finner sina vapen och stormar ut ur byn, men då har redan fienden försvunnit.

Ytterligare en utav dessa ändlösa attacker. Rädslan – och hatet mellan byarna eskalerar allt ytterligare. På slätterna norr om Svarta Havet ligger alla byar i fejd ned varandra.

Kapitel 2

Aivar sitter tyst längst akterut i Stormöga under hela tillbakafärden. Trots all aktivitet ombord, så är det inget som lyckas fånga hans uppmärksamhet. Han nyper frånvarande i underläppen medan blicken flackar över vågorna. Ansiktet förvrids från den ena grimasen till den andra. Fårorna i hans panna är djupa. Wulf ser att han är ordentligt oroad.

Oron sprider sig även till Wulf, men han undviker att störa Aivar. Det är bäst att han får fundera i fred, tänker Wulf. Om det är någon som kan lösa problemet, så är det Aivar. Aivars klokhet är vida känd i riket och även fruktad av Ghoternas fiender.

Vinden är lika frisk som när de gav sig av. Tyvärr är det samma sydostliga vind, så nu får männen visa vad de duger till. De sliter hårt med årorna. Ansiktena är spända. Kläderna är blöta av både svett och havsvatten, men ingen säger ett ljud. Ingen utav dem knorrar, då ingen vill visa sig svag. De vet att då kommer de andra att narras dem länge efter.

«Tänk på att de i knarren har det etter värre,» ropar Wulf glatt åt männen, där han står bakom styråran.

Hans långa, blonda hår fladdrar i vinden. Hans muskulösa armar styr bestämt Stormöga, trots den hårda sjön.

Efter två slitiga dygn, med mycket hårt arbete, så når de äntligen Visby. Nu sjunger männen glatt när de styr in mot hamnen. De breda, kalkstensbyggda bryggorna i Visbys hamn är de enda i sitt slag i Gothland och allorstädes omkring. Deras släta yta får det att kännas som om man går mitt på de breda fina gatorna mitt inne i stan. De har varit ett signum för staden i många generationer, ända sedan gäldevärnsmän från staden kommit hem från sina verk i Rom, där de sålde sin stridskraft till romarna och därmed fått med sig stora förmögenheter i form av bland annat romerska silvermynt, men även kunskap i stenbyggarkonsten. Det var dessa hjältar som både byggt upp Visby, men även skapade grunden till det gotherska väldet.

Så snart de förtöjt Stormöga, så hoppar Aivar ned på bryggan. Han ger sig av utan vare sig ett ord eller att lasta ur någonting. Han beger sig raka vägen till sitt vita långhus, byggt av den karakteristiska kalkstenen.

När Wulf och Aivars två övriga närmaste män, Jork den Barske och Gånga Bengt, gjort färdigt vid båtarna, tar även de sig upp till Aivars långhus. Hervor, Aivars hustru, ordnar det sista med maten, så de kan gå direkt till bords.

Vid bordet sitter redan de andra två Gothländska tingsmännen; Ölve Hnuva från Midal Tridiung och Gisle Surson från Nordur Tridiung. Tillsammans med Aivar, tingsman av Sudur Tridiung, är det dessa tre som ytterst bestämmer på ön. Men i realiteten är det Aivar som är Gothernas starke man.

Ölve har sin gård vid Slite mitt på ön, medan Gisle har sin gård i norra delen, vid Laus socknar. Aivar själv är hemmahörande i Alva socken i den södra delen. Här bor Aivar med sin fru Hervor och sin yngsta son, Anganthyr. Både Aivars och Hervors föräldrar, som även de tidigare bodde på gården, är döda sedan några år. Wulf, Aivars äldste son, har flyttat till gården strax bredvid. Den gården ägdes och brukades tidigare av Hervors föräldrar. När de blev för gamla, hade Hervors äldre bror, Hjörvard tagit över gården. Men vid en resa till Truso hade han dödats under en tät strid med polanerna. Då hade Aivar ordnat så att de äldre flyttat hem till honom och Wulf tagit över deras gård.

Men Wulf är sällan där, då han oftast är på resande fot, så det är mest Hervor som styr över trälarna, så att de gör vad som krävs på gården.

När männen väl satt sig till bords, så går kruset laget om, precis som traditionen föreskriver. Det är viktigt att samtliga runt bordet visar varandra respekt – så att alla – även den sista vid bordet, får något i sig av kruset (härav uttrycket lagom). Därefter sätter de tänderna i det grillade köttet. Tystnaden är tät under hela måltiden. Alla är varse den allvarliga situationen, men ingen vill visa sig nyfiken. När de omsider ätit färdigt, tar Aivar till orda – för första gången efter att de lämnat Wendland;

«Män, jag har rådfrågat Feigg Siaren. Han talar om samma öde som min mage. Oro stundar i både västra som i östra länen av vårt Gothaland.

Både Kongahälla och Ringstad rustar för att frigöra sig. De har, som alla vet knorrat länge. Men nu verkar de vara på färde. Vi tre har talat oss samman,» säger Aivar och ser på Ölve och Gisle.

«Du Jork, du tar ett skepp och tar dig till Odd i Kongahälla, medan du Bengt – tar ett skepp och besöker vår fränd Eskil i Ringstad. Bägge haltar med tribut. Ta er dit med förevändning att kassera tribut, men ert huvudsyfte är att lirka fram vad de planerar för planer.

Säg även till männen att hålla öron och ögon öppna. Allt som kan synas förebåda en upptakt skall förtäljas mig.»

Sedan vänder sig Aivar mot Wulf: « Du Wulf – du får ta dig till Drok. Du verkar ha bättre tro på honom än jag. Varje man du kan bringa är av vikt.» Alla de övriga männen runt bordet nickar tyst. De förstår det grava allvaret av situationen. Hela Ghoternas framtid som rike står på spel.

På morgonen dagen efter, är solen långt upp på himlen innan Rörik vaknar. Det var länge sedan han mådde så dåligt, dagen efter ett gästabud. På skakiga ben tar han sig upp ur bädden. Trälen har redan gjort i ordning vatten, så han sköljer huvudet och rensar munnen. Efter en stund börjar sinnet sakta återvända. Det bultar fruktansvärt i huvudet. Magen är i kraftigt uppror.

Han småskakar i hela kroppen. Rörik sätter sig försiktigt på bädden. Det snurrar i huvudet.

Tankarna snurrar och far iväg. Nu minns han fragment från gårdagen. vilken katastrof det blivit med Sigrid!! Plötsligt dyker hans första minnen på Sigrid upp.

Första gången han träffade henne – då var han bara en handfull år gammal. Han hade för första gången fått följa med sin far till Upsala – för att fira Disablot. Det var en ordentlig grupp av män som gav sig iväg från Nordrona, tillsammans med flera kärror av varor som skulle säljas vid Distinget. Rörik minns hur lång han hade tyckt att resan hade varit. Det hade varit mitt i vintern, med ordentlig kyla och mycket snö. De flesta av männen hade gått, men Rörik hade fått åka på en av vagnarna, tillsammans med några äldre.

Väl framme i Upsala, så hade Sigurd Ring tagit emot dem med öppen famn. När Rörik hoppade ner från vagnen – så hade han sett en liten söt flicka som stått bakom benen på Sigurd Ring, kramat om runt låren med sina späda armar och kikat fram lite försiktigt. När Sigurd sett att de tittade på varandra, så hade han tagit Sigrid i handen, försiktigt föst fram henne – samtidigt som han böjde sig ned. Stående på huk hade han sagt till Rörik; «detta är min dotter Sigrid. Du får gärna leka med henne medan jag och Knut ordnar med Disablotet».

Rörik minns att han gått fram till Sigrid, tagit hennes hand och lett henne bort mot marknadsstånden.

Rörik hade aldrig tidigare sett en marknad, så plötsligt var det Sigrid som hade tagit över och visade runt Rörik bland alla stånden. Rörik minns att han hade varit väldigt imponerad av alla sakerna som de sålt. Det hade funnits en massa fina saker som han aldrig hade sett tidigare. Det han hade blivit mest tagen av – hade varit alla människorna med de konstiga hudfärgerna och kläderna. Mellan stånden hade det funnits stora eldar, för att människorna skulle kunna värma sig. Mitt i marknaden fanns stånden som sålde trälar. Trälarna hade haft järn runt armar, ben och hals, med långa kedjor som förband dem.

Detta hade han sett även hemma i Nordrona. Det var för att de inte skulle smita. Det hade hans pappa berättat. När de hade kommit fram till ett stånd som hade sålt kött, bröd och annat gott, så hade Sigrid försiktigt tagit med sig Rörik till baksidan av ståndet. När ingen sett dem, så hade de krupit in under tältduken. Väl där inne hade de knyckt var sitt stycke bröd och var sin bit torkat björnkött. Sedan hade de smitit ut igen och rusat upp till toppen på en stor kulle. Här uppe kunde de se hela marknaden, under tiden som de kalasat på sina byten.

Efter ett tag hade solen börjat gå ned. Då hade de hört väsen från andra sidan av kullen. De hade försiktigt smugit sig närmare så att de kunde se vad som föregicks. Med näsan precis över snötäcket, hade de legat och spanat. Här låg templet – ett hus för gudarna. Det var bara här i Upsala som det fanns ett tempel. Utanför templet stod en stor grupp med män. Rörik såg att både hans far och Sigurd var där. När männen gått in i templet, hade de smitit ned från kullen och sprungit fram till byggnaden. De hittade en glugg som de kunde titta in genom. Längst fram stod en stor snidad trästaty. Framtill hade det stuckit ut en jättestor manslem på den. Detta var Frej, det visste Rörik redan då. De bad till Frej för att få goda skördar. Men runt Frej, så hade det dansat en grupp nästan nakna kvinnor som varit målade i olika mönster på hela kropparna. «Det är diserna», hade Sigrid viskat. Plötsligt kände Rörik hur Sigrids hand försiktigt tagit hans hand och kramat den ömt. Han vred huvudet och tittade på Sigrid. Hon tittade tillbaks och log ett bedårande leende mot honom.

Plötsligt rycks Rörik tillbaks till nuet. Han känner hur minnet gjort honom varm i hela kroppen. Han klär sig och går ut. Ute är det redan full aktivitet. Det är en fasligt massa människor i Upsala.

Tänk att leva med så här mycket människor runt sig hela tiden. Det kan aldrig vara bra. Varför skall man tränga ihop sig på detta viset – när det finns så mycket mark runt omkring? tänker han.

Rörik känner att han redan längtar hem till Nordrona.

«Rörik – Sigurd väntar på dig i rådshuset!» ropar Torulv.

När Rörik kommer in i rådshuset, så sitter Sigurd där med sina närmaste rådskarlar.

«Rörik! Det var på tiden. Skall du sova bort ditt liv? Kom och sätt dig. Jag har en del att förtälja.»

När Rörik sätter sig vid bordet, serverar en av trälarna ett stop med mjöd. Rörik känner att just nu är det inte hans första val.

Redan dagen efter ger sig Jork och Bengt av med var sitt skepp. För att inte verka för utmanande, så tar de inget långskepp, utan var sin snecka, som bara tar två tjog män vardera. Sneckorna är vackert målade i vitt ända från vattenlinjen och upp. Skrovet är brett och flatbottnat. De är lättseglade, så det relativt lilla seglet räcker gott. Men saknas vind, så finns det även åror i beredskap.

Wulf, vars ärende är ett annat, tar Hågspann, sitt långskepp. Resan till Kurland går fort. Redan följande dag lägger Wulf till vid bryggan. Droks män, som sett dem långt innan ankomsten, står vid bryggan och tar emot dem. Så snart de klivit i land tar de följe med männen upp till långhuset där Drok väntar.

Wulf ser att Drok lagt på sig sedan han såg honom senast.

Efter den sedvanliga måltiden tystnar Drok en stund för att påvisa att det är dags för att språka allvar.

«Wulf – fränd! Vad bringar oss denna lycka? Du kommer väl inte hit för att skatta oss? Du vet väl att vi skattar till Sigurd i Sviaveldi. Han kommer att bli mycket vred om du tar hans tribut!»

«Lugn fränd. Jag har inga sådana tankar», skrockar Wulf samtidigt som han kamratligt lägger sin högra arm kring Droks axlar. «Vi vill inte vredskas med Sigurd. Vi har nog med oro utan att tynga bördan även med honom.»

Wulf tystnar en stund för att belysa vikten i vad han nu skall säga;

«Orostider är på väg. Våra fränder på fastlandet tar sig ton. De vill bryta med oss och bilda egna välden. Vi har skickat medlare till bägge, men Aivar är säker på att det kommer att vankas nappatag.

Minns att du har en blodsskuld till oss. Det är nu tid att återgälda. Vi behöver alla män du kan avvara».

Drok nickar tyst. En lång stund sitter han tyst och bara nickar lätt. Sedan tar han en stor klunk med mjöd innan han tar till orda;

«Er oro låter högst skälig. Mitt problem är att större delen av mina män redan givit sig öster ut för att nabbas med Livornerna. De har härjat mot oss borta i Piskovi i flera månader. Två av våra handelsresor har de rövat. Ingen har återvänt från någon av dessa resor. De jag har kvar behövs för att värna vår by här».

Wulf blir rasande. Han slår näven i bordet och ställer sig så hastigt upp att stolen han nyss satt på, vräks in i väggen bakom honom.

«Nog med nonsens! Vi såg betydligt fler män än vad som behövs för att freda byn! Aivar förtalte att du nog snabbt skulle få svansen mellan benen. Frågan är om du har kraft kvar i kroppen eller har du blivit helt vek och lika mjuk som din buk?»

Nu flyger Droks män upp med dragna svärd. Wulfs män följer knappa sekunden efter. Huset är nu fyllt av kämpar med dragna svärd. Minsta lilla oförsiktiga rörelse – så kommer blod att spillas.

Drok sitter tyst en lång stund. Han reser sig sakta upp.

«Lugn kämpar. Ett oförsiktigt ord skall inte få fränder att vändas mot varandra. Sänk nu svärden och sätt er. Wulfs ord kräver enligt sed en holmgång. Den skall han få. Imorgon efter att tuppen galt, skall en holmgång få utkräva svar. Som kung väljer jag att Wulf får möta Eun Enöga. Om Wulf vinner, samlar vi ett skepp med kämpar att följa honom. Om han förlorar får hans män återvända tomhänta».

Wulf ser i Droks ögon att detta är precis vad han hade planerat. Droks list att slippa undan med hedern i behåll. Wulf ser sig runt i rummet. Droks män höjer svärden och skriker ut sin entusiasm. Ett brett leende spricker ut i Droks ansikte.

Droks män skallrar högt och sätter sig med segervissa leenden på läpparna. Men även Wulf's män sänker svärden och ser nöjda ut när de sätter sig.

Efter att tuppen galt börjar folk samlas vid ängen mellan byn och stranden. Här skall holmgången äga rum. Förrättaren sätter upp markeringarna till holmgångsytan. Därefter läser han upp holmgångslagen på det obligatoriska, heliga sättet; med huvudet framåtböjd mellan benen – så att han kan se

himlen mellan sina ben och med händerna hållande om örsnibbarna –
uttalar han de rätta orden.

Sedan mäter han upp var markeringarna skall sitta. När detta är gjort, så
offras en tupp – Tjasnablotet – för att blidka gudarna så att de övervakar
holmgången. Halsen på tuppen skärs av. Med blodet sprutande ur kroppen –
ihop med livet på tuppen, går prästen runt så att blodet spills på hela området.
När prästen är klar, ser Egil sig om efter Wulf – men ser honom ingenstans. Egil
skakar surt på huvudet och går bort till huset där Wulf väntar. Han hade räknat
med att se Wulf förbereda sig, men istället får han gå bort och väcka honom.

«Det är dags. Prästen är färdig,» anmanar Egil.

Redan färdigklädd reser Wulf sig upp. Han fäster Karfing, sitt svärd, vid
sin midja innan han går ut. Wulf fick Karfing av sin far, när han var man
nog. Svärdet är smitt av finaste stål långt borta i Särkland. Många är de
män som smakat på detta stål för att därefter träffat sina förfäder i Valhall.

Egil känner sig trygg. Det finns ingen bättre kämpe än Wulf. Det vet alla
i Gothland, men tydligen inte Drok.

När Wulf kommer fram till det uppmärkta området, står redan Eun Enöga
där. Eun är en av de största männen Wulf någonsin sett. Mer än huvudet
högre än honom själv och enorm över axlarna. Armarna är som ramarna
på en björn. Han har rött hår som spretar åt alla håll – så att det ser ut att
brinna på hans huvud. Wulf ser att Eun lever upp till sitt namn. Där det
vänstra ögat skulle ha suttit är det bara ett gapande hål. Ett långt ärr skaldar
att han har förlorat det i strid. Ögat som är kvar stirrar ursinnigt mot Wulf.
Eun biter sig själv i armen och vrålar hätskt mot sin motståndare. Men Wulf
har sett bärsärkar förr och behåller sitt lugn.

«Jag ser att du redan förlorat minst en gång», säger Wulf lite retligt. Eun
exploderar. Tre av Droks män måste med all kraft de kan förmå, hålla
tillbaks sin kämpe – så att han inte bryter de heliga reglerna. Wulf ser på
Eun med ett lugnt leende.

Från sina platser på var sida av det uppmärkta området, drar de bägge
männen sina svärd. Wulf ser forskande på sin motståndare. Han analyserar
honom från topp till tå. Eun däremot står spänd som en bågsträng och frustar
av ilska. Så snart prästen startar holmgången, så rusar han besinningslöst
mot Wulf. Enligt reglerna skall utmanaren motta det första hugget så Wulf
väntar lugnt. Med svärdet högt över huvudet svingar Eun ett fruktansvärt

hugg. Wulf inväntar hugget. Precis när Eun är framme och ljudet från svärdet far genom luften – så kastar sig Wulf framåt – så svärdet missar sitt mål och slår hårt ned i marken. I luften slår Wulf av det ena benet på Eun, strax under knät. Det hela går så snabbt att Eun inte hinner märka något, så när han tar nästa steg i sitt ursinniga språng – så landar han på stumpen och faller omkull. Blodet sprutar åt alla håll. Eun stirrar på både blodet och sitt ben, men ser oförstående ut. Han reser sig igen, men han hinner knappt upp innan Wulf genomborrar hans mage med Karfing. Blodet pumpar ur magen. Tarmarna väller ur sin håla. Eun stirrar häpet en stund innan han dråsar död till marken. Holmgången har knappt börjat innan den är över. Drok ser chockat på sin mästare som med uppsprättad buk ligger död på marken.

Hur gick detta till?

Wulf torkar av blodet från Karfing innan han för tillbaks det i slidan. Han ser stint på Drok när han torrt konstaterar;

«Då är det dags att leta rätt på kämpar till resan.»

Bengts snecka seglar in i Bråviken och närmar sig Ringstad. Bengt är på ett ypperligt humör. Det värsta som kan hända är att han kommer till gudarna i Valhall, så varför oroa sig? Han har varit med och nabbats många gånger, så varför skulle det sluta på något annat, sämre sätt idag?

Bengts humör smittar av sig på resten av kämparna. De ror i godan ro. Sneckan är lätt att ro, liten och smidig som den är. Vissa sjunger en sång för att underlätta rodden. De kommer in i den sista delen av den smala viken. Vattnet ligger blankt. En kort stund senare når de stranden vid Björnviken. De känner flera av männen i Ringstad sedan lång tid, så många ser fram emot ett återseende.

När de väl är framme, lägger de till sneckan, hoppar upp på bryggan och ser sig om.

«De ser ut att ha skaffat en del nya långskepp», säger Bengt smått förbryllad.

De blir även förvånade att ingen är och tar emot dem vid bryggan, som god sed anbefaller.

Lite konfundersamma går de upp mot byn. «Låt svärden vara i slidorna, men vila gärna handen på dem», befaller Bengt. Han vill inte verka stridslysten, men vill att alla skall vara lite extra vakna.

De hinner inte ta sig långt innan deras väg plötsligt spärras av utav ett par tjog av kämpar från Ringstad. Bengt vrider kvickt på huvudet och ser att de även skurit av vägen bakom dem, tillbaks till sneckan. De står tysta en stund och bara ser på varandra. Gruppen framför dem öppnas, så att Herröd kan ta sig fram till Bengt.

«Bengt – det var ett tag sedan. Vad har du för ärende hit?» frågar Herröd med misstänksam röst.

«Det är ett svalt mottagande du bjuder,» svarar Bengt nonchalant.

«Du bjuder inte på lagens hövlighet. Vad får dig att anta sådan ogästvänlighet?»

Herröd ser på honom med fientliga ögon.

«Du svarade aldrig på min fråga – vad för ärende för dig hit?»

«Du ser att vi är få, med svärden vilande i sina slidor. Vi har inget otalt med våra fränder i Ringstad, så jag förstår inte varför ni är så stridiga. Vi är här på Aivars uppdrag att inhämta tribut. Det är tydligen en del som saknas i Visby.»

Herröd tar ett steg närmare Bengt, så att Bengt tydligt känner hans sura andetag.

«Fränder har vi varit länge, men det är slut med det nu. Likaså den orättmätiga tribut som Aivar så länge tvingat av oss! Detta har jag länge förtalt Aivar, men han vill inte höra på det örat.»

Bengt står tyst en stund innan han svarar;

«Jag såg en del långskepp vid bryggan. De ser inte ut att komma från vare sig oss eller från sveonerna:»

«Nej,» svarar Herröd. « De är från dancrna. Som du ser Bengt, så har vi fått stöttning av våra nyvunna fränder. Dessa är heller inte så tillfreds med Aivar och er överhöghet i området. Även de känner behov att komma ut på resor i området – något som ni länge inte tillåtit dem. De har visat intresse att samarbeta med oss – på betydligt bättre villkor än Aivar.»

Bengt ruskar frusterande på huvudet och svarar snäsande;

«Att gå bakom ryggen på din ledare och ditt ursprung på det här viset! Sveket är skamligt. Det skall bli intressant att höra Visby's reaktion när jag förtäljer dem.»

«Det är hög tid att han får detta klart och skarpt bekräftat!» ryter Herröd och drar snabbt sitt svärd. Sekunden senare följer alla hans män efter. Nu lyser det i ögonen på Herröd. Ett stort illvilligt leende breder samtidigt ut sig i hans knotiga ansikte.»

Så nu – Bengt och övriga män, får ni göra ett viktigt val. Anslut er till oss, så får ni egen mark att bruka och även fara på plundring när lusten faller på. Eller så får ni hälsa på Oden och Tor i Valhall redan ikväll.»

Männen ser spänt på Bengt – som ler brett mot Herröd.

«Du talar som den korp du alltid har varit», svarar Bengt myndigt. «Skulle vi vara så fega att vi överger våra fränder och familjer – bara för att följa en överlöpare och niding som du? Vad tar du oss för?» svarar Bengt och sliter snabbt upp sitt svärd. Även resten av hans mannar gör detsamma.

Bengt hugger snabbt mot Herröd – men innan hans svärd når fram, har en av Herröds män huggit av hans arm. Sekunden senare kör Herröd upp sitt svärd i magen på den försvarslöse Bengt, rakt igenom kroppen, ända upp till parerstången, så att Herröd kan känna Bengts blod forsa mellan sina fingrar.

När Wulf kommer tillbaks till Visby är Aivar inte där för att emot honom. Det är han alltid – besynnerligt, tycker Wulf.

Kämparna från Kurland visas till sina härbärgen. En stund senare kommer ett bud till Wulf att han skall upp till rådshuset så snart han kan. Den här gången kommer det ingen spydig kommentar från Aivar. Tvärtom så är han helt tyst. Wulf vet att detta är värre. «Hur är det fatt, far?» frågar han, trots att rummet är fyllt av rådsmän.

Aivar ser på sin son, men svarar som det anstår ett statsöverhuvud;

«Det har kommit besked från Ringstad. Sneckan kom tillbaks, men bara med männens huvud. De lät Jongrim leva, så att han kunde föra hem sneckan.» Aivar pustar högt. «Må Oden skicka Herröd till ….!» Orden stockar sig för Aivar, så att han inte kan avsluta meningen. Han reser sig hastigt ur stolen, går i en vid cirkel, tar ett djupt andetag så att han får lugnat ned sig lite innan han fortsätter; « Enligt Jongrim har de samlat en god här, med hjälp av danerna. Tillräcklig stor för att ge oss besvär. De säger att de från nu inte längre tillhör vårt Gothland, utan styr sig själva.» Aivars röst når nästan upp i fasett när han med rödmosiga kinder skriker ut de avslutande orden. Han tar en ny vid cirkel på golvet för att lugna ned sig. Han sparkar hårt till en stol som står i vägen – så att den far igenom luften och landar med ett brak.

«Vi har fortfarande inte hört något från Jork, men jag anar det värsta. Vi har hållit rådslag medan du varit på din lyckosamma visit hos Drok. Det var förresten duktigt gjort. Jag hade väntat mig att du skulle komma tillbaks tomhänt.» Aivar gör en paus, då han först ser stolt på sin son, varpå han sedan låter blicken svepa över sina rådsmän.

«Vi har beslutat att inte invänta svaret ifrån Odd. Om vi handlar nu, så kan vi med Odens hjälp utnyttja överraskningsmomentet. Wulf, vi vill att du snarast fyller tre långskepp och beger dig till Kongahälla. Det är hög tid att språka allvar med Odd».

Tre dagar senare når skeppen den södra älvens mynning. Wulf anmanar dock männen att fortsätta till havs norrut. «Tar vi in här, så vet Odd om att vi är på väg långt innan vi hinner fram.

Då har vi tappat hela överraskningsmomentet. Längre norrut finns ytterligare en mynning från samma älv. Där kan vi med mörkrets hjälp undvika att avslöja oss.»

De når den norra mynningen lagom till solens vandring över himlen är över och dör för dagen. I den skumma skymningen fortsätter de upp för älven. Det börjar nu bli riktigt mörkt. Skuggorna från träden breder hotfullt ut sig över vattnet längs stränderna på älven. Männen kikar hela tiden efter någon som kan avslöja dem, men de hittar ingen. Strax innan de når fram till Kongahälla, styr Wulf in skeppen mot den norra stranden. Skeppen är grunda, så de når stranden utan problem. När de kommit iland, så hjälps männen åt att dra upp skeppen på stranden.

Sedan följer de gåendes stranden öster ut. Efter en stund kan de skönja ön som Kongahälla ligger på.

Vid stranden ligger flera mindre flytetyg. En del ligger på land medan några ligger och guppar vid en liten brygga. De tar dessa och ror så tyst de kan över den smala älven.

Bara någon minut senare så kommer de fram till bryggorna på den norra sidan av ön, där Kongahällas skepp ligger förtöjda. Wulf ser sneckan som tillhör Jork. Men bredvid ser han även att flera norska långskepp ligger förtöjda. Med barsk min konstaterar Wulf att Aivar som vanligt haft rätt.

De vet att det längst in mot stranden finns två vakter. Wulf låter fyra män, två på var sida om bryggan, försiktigt vada in mot stranden. Efter ett par minuter hörs den överenskomna visslingen att vakterna är röjda. Männen tar sig upp på bryggan och smyger in mot land. Hukande smyger de fram så tyst och snabbt de kan.

Från bryggan till den norra porten är det bara strax över hundra steg.

Strax innan de är framme, samlar Wulf männen bakom ett buskage. Han tar en pinne, med vilken han ritar en ritning av Kongahälla på marken. Noga går Wulf igenom sin plan. Alla männen får sina exakta instruktioner. Så fort de är klara, så fortsätter de. Framme vid porten så finns det ytterligare två vakter.

För att inte dessa skall röja dem, så smyger de i en vid halvcirkel, så att de kommer fram till palissaden en bra bit till väster om porten. Här tar de fram stegen de har släpat med sig.

Ljudlöst tar de sig upp på palissaden och försvinner tysta som skuggor i natten in i byn. Männen grupperar sig vid samtliga långhus innan de smyger in. Wulf och Torulv smyger in till Odd. Odd vaknar med ett ryck, när han känner det kalla stålet mot in hals. «Dags att vakna Odd. Du har en del att förtälja din kung», viskar Wulf.

Odd sätter sig upp med ett ryck. Det syns att han inte vet säkert om detta är en otrevlig dröm, eller en ännu värre verklighet. Han skall precis till att ropa på hjälp – då far Wulfs knytnäve genom luften och träffar honom så hårt att ett par tänder far ut.

«Jag tror inte att jag bad dig att höja rösten,» viskar Wulf.

Nu känner Odd tydligt att detta inte är en dröm. De ser hur både häpen och panikslagen Odd nu blivit. «Asgh. Vad, vad gör ni här?» Hostar han fram med blodet rinnande längs kinden.

Plötsligt hörs det en massa oväsen utanför. Män som överraskade skriker. Det brakar och far. Svärd som klingar mot varandra. Några ytterligare skrik – sedan tystnar det.

Wulf, men även Odd, förstår att de övriga sitter i samma besvärliga situation som Odd.

Wulf ser skarpt på Odd.

«En korp kraxade i Aivars öra att du och Herröd smider planer mot oss. Oss som satte er på era län från början. Med tanke på de norska skeppen nere i älven, så verkar ju det som om Odens små korpar har rätt. Men det brukar de ju förstås ha. Det är ett märkligt sett att hedra sina fränder och sin kung».

Odd sitter tyst en stund. Han förstår att han nu inte kan ljuga sig ur situationen.

«Vi har länge klagat för Aivar. Skatterna är för höga. Folket här är fattigt. De klarar inte av att skattas så hårt. Dessutom reder vi oss bättre själva. Vi har beslutat oss för att fortsätta på egen hand».

«Jojo – det är ju lätt att säga, när man har kommit till ett dukat bord. Att vända de sina ryggen när det passar en bäst. Men riktigt så fungerar det inte Odd, det vet du. Att du nu hämtat hjälp i Norge gör ju inte saken bättre.

Jag såg Jorks Snecka nere vid bryggan. Men jag har vare sig sett honom eller någon ur hans besättning. Var är de?» Odd sitter tyst en stund innan han svarar;

«De kom hit för att skatta oss, vilket vi vägrade. Det blev till strid och de förlorade», svarar Odd frankt.

Wulf ser på Odd med iskall blick.

«Det är inte min sak att dömma dig. Det får tinget i Visby göra. Du får packa dina saker. Vi ger oss av redan i gryningen. Dina närmaste män och norrmännen följer oss till Visby.»

När Wulf återvänder till Visby så är det en stor samling människor som samlas för att ta emot dem. När de först hade synts vid horisonten, så hade en del först blivit skrämda – då de trott att det var daner som kom för plundring, eftersom det var så många skepp. En stund senare när de kände igen Hågspann, så hade de förstått att det var Wulf som nalkades.

När de väl lägger till, är de flesta av Visbys invånare nere i hamnen. Alla är nyfikna på vad Wulf har med från Kongahälla, i de västra delarna av riket.

Den här gången är Aivar på plats för att ta emot dem.

När Wulf går iland, så har han med sig en stor kista med silver, tributen som Odd inte betalat.

Aivar och hans rådmän ser förnöjt på Wulf.

«Välkommen hem son. Du for med tre skepp och kom hem med åtta. Det är få förunnat att lyckas med ett så pass verk! Dessutom hela den obetalade tributen! Du är minsann en god kämpe!» Berömmer Aivar, som är lite extra nöjd med de infångade norska kämparna.

«Dessa kommer att betala sig gott i Miklagård. Att vi dessutom avväpnat vår fiende är dubbelt betalt!» Skrockar han muntert.

Senare på eftermiddagen så samlas tinget i tingshuset. Med är även Odd och Wulf – huvudfigurer vid dagens samling.

Jork den Barske tar ordet. Han ser sig runt bland de samlade innan han tar till orda; «Vi har förstått att du och Herröd gaddat er samman och bildat en pakt för att lösgöra Er från Era fränder här i Visby. Vi som en gång lönade er med att styra de västra och de östra delarna av vårt rike på fastlandet. Ni har även haft ihjäl de mannar som kom för att kassera vår rättmätiga tribut. Detta är allvarliga anklagelser mot Er. Vad har du att säga till ditt försvar?»

Odd ser trotsigt på först Jork och sedan på Aivar innan han varar;

«Det är sant att ni tillsatte både mig och Herröd att styra i de Västra och Östra länen. Vi fick då tydliga order från Visby att styra våra län efter eget huvud. Att hela tiden sörja för länets bästa och de män och kvinnor som bor i länen. Vi har nu under många år fullföljt det uppdrag vi blev satta till. Vi har fram till nu lytt varje order från Er. Vi har alltid betalat den tribut ni krävt.»

Odd gör en konstpaus. Han ser på samtliga i rummet innan han fortsätter; «Tidigare har vi alltid känt att Visby varit gott för våra län. Men under sistone har det varit svåra tider. Missväxt hos våra bönder har slagit hårt. Fisket är magert. Frej har inte varit nådig emot oss. Många svälter.

De har inte råd att betala den tribut ni kräver. Dessutom har motviljan att tillhöra Ghota rike vuxit kraftigt. Vi ser inget gott av att styras från Visby längre. Vi klarar oss på egen hand och har gjort så länge. De flesta i länen kräver självstyre. Det har nu gått så långt att folket samlas runt omkring med vapen i hand för att kräva frihet från Visby».

Aivar ser skarpt på Odd när han svarar; «Så då väljer du – en av oss – att gå bakom vår rygg och ta deras parti. Du till och med dräper dina vapenfränder när de kommer på besök. Detta kan inte ses som annat än förräderi!» Samtliga rådmännen runt bordet bankar sina händer i bordet för att bekräfta sitt medhållande. Aivar reser sig hätskt från stolen och går fram till Odd. Han står så nära Odd, att de tydligt känner varandras andedräkt.

«Som straff för ditt svek, skall du få njuta en sista gång av utsikten över vårt vackra Visby – från de sjutton. Gadd – för bort honom! Jag vill inte längre se denne svekfulla förrädare och mördare.»

När Gadd för ut Odd från rådhuset, så står en stor folksamling utanför. Stämningen är hätsk bland de samlade. «Död åt förrädaren! Häng mördaren!» De olika kraven från folkmassan ekar mellan husen.

Strax utanför rådhuset stannar Gadd till. Han ser mot folkmassan när han ropar;

«Förrädaren skall få träffa de sjutton!»

Ett unisont jubel hörs från folkmassan. De följer Gadd och Odd i hasorna, hela vägen upp till galgbacken. Galgbacken i Visby är vida känd av befolkningen i hela riket. Det tar inte lång tid efter en hängning innan hela riket känner till vad som hänt. Tre stenpelare bär upp de tre balkarna, så att upp till sex personer kan hängas samtidigt. Varje pelare är uppmurad av sjutton tillhuggna kalkstenar. I vardagsmål kallas de bara för de sjutton. Fy för sjutton är ett vanligt uttryck bland befolkningen i hela riket.

Väl uppe för galgbacken, så stannar Gadd till. Han väntar en stund, tills alla hinner samlas.

Det tjoas och stimmas i leden runt Gadd och Odd.

Gadd lyfter händerna för att tysta massan. «Jaha Odd, du får ta en sista blick av den tjusiga utsikten, så du minns den i efterlivet. Du växte upp här, men det är några år sedan du satte din fot här i Visby. Tag nu ett sista farväl.»

Odd ser sig runt. De flesta i massan runt honom ser fram emot att få se honom dingla, men några som han känner igen sedan gamla tider, verkar genuint ledsna.

Odd sträcker på ryggen, ser sig runt bland människorna när han tar till orda:

«Ghoter – fränder. Vi vill alla vara fria män. Även de i västra Ghotland. De är födda där. Deras föräldrar är födda där. Deras barn är födda där. De vill kunna bestämma över sina egna öden – precis som vi vill! Att fällas för tankar som man känner är rättmätiga – känns inte tungt att bära. Inte heller i en dag som den här!»

Odd tar ett steg framåt. Gadd drar snaran över huvudet på honom. Han får en sista stund att njuta av utsikten – innan Gadd med en kraftig knuff i ryggen får honom att dingla i luften.

Dagen efter kallar Aivar till nytt rådsmöte. När Wulf, som vanligt kommer en stund senare än de andra, startar Aivar mötet.

«Rådsmän och fränder. Vi har nu hamnat i en mycket svår situation. Vårt rike är hotat i grunden. I väster är hotet att norrmän kommer för att kräva hämnd. I öster har vi tappat kontrollen över Ringstad. De har lierat sig med danerna, som redan har sin lydkonung Sigurd Ring i Svitjod. Här föreligger även ett hot från danerna i väster, men främst direkt från Ringstad.

Vi vet att Sigurd Ring länge inväntat rätt tillfälle att försöka utmana oss. I söder har vi inte någon hjälp att få ifrån våra fränder i Wendland. Deras kämpar är fullt upptagna med att lösa sina problem med polanerna.

Av våra fränder i Kurland har vi redan fått den lilla hjälp vi kan få.»

Aivar slår ut med händerna när han fortsätter:

«Vi har för få kämpar att försvara oss med! Om Herröd, lierar sig med Harald Hildetand och Sigurd Ring – så är vi förlorade. Om norrmännen invaderar Kongahälla – så är de västra delarna förlorade. Om även norrmännen lierar sig med Herröd, danerna och Sigurd Ring – så finns vi inte längre!»

Tystnaden är total när Aivar tystnar och tungt sätter sig ned.

Att situationen var svår, visste alla –men så här illa, det chockade alla runt bordet.

Efter en lång stund bryter Ölve Hnuva tystnaden;

«Det är ett illavarslande scenario du målar upp Aivar. Värre än vi alla kunnat ana.»

Ölve tystnar en stund innan han fortsätter;

«Våra fiender sluter sig runt oss – och vi har ingen att liera oss med. Eller kan vi förekomma våra fiender?» Ölve ser lite klurigt på Aivar.

«Hur tänker du då?» undrar Aivar.

Sigurd har länge haft ett inte så gott öga mot oss, det vet vi. Vi har hindrat hans möjlighet till handel söderut, både med Kurland, Livland, Wendland, men även med pruserna, friserna och hans frände Harald Hildetand av danerna. En pakt med Ringstad ger honom inte mycket annat än lugn i hans södra gräns. Han vinner inget vad gäller handeln söderut. Vi vet alla att hans handelsväg med Miklagård via Holmgård inte fungerar som han önskar. Det går även många rykten om hans allt sämre relation med Harald, som en gång utnämnde honom till lydkonung i Svitjod. Precis som Herröd vill bryta sig loss från oss, så är det mycket som tyder på att Sigurd vill detsamma med Harald.

Om vi kan förekomma Herröd och Harald – och förhandla en pakt med Sigurd Ring – så tror jag att vi avvärjt det värsta hotet. Då får Harald – och då även Herröd – lägga all tid på sin egen uppstickare.»

Aivar ser att de övriga rådsmännen anar lite ljus mellan orosmolnen. Han sitter tyst och tänker en stund innan han tar till orda;

«Du talar vist, min vän. Detta är nog det bästa vi kan göra i den här svåra situationen. Men det kommer nog att kosta oss en hel del, då Sigurd kommer att förstå att han sitter med trumf på hand.

Jag är rädd att vi kommer att tappa kontrollen över våra farvatten och tullinkomster. Risken är stor att vi även får ge upp landstycken. Men vad har vi för alternativ?»

Dagen efter tar Aivar sitt långskepp Stormöga med full besättning och far norrut, mot Upsala. Vindarna är gynnsamma och havet är lugnt, så ett drygt dygn senare har de förtöjt Stormöga vid den närmsta hamnen och ankommer Upsala till fots. Aivar skickar tre män i förväg för att avisera sin ankomst. Bäst så – då ingen gut satt sin fot här hos ärkefienden tidigare.

När de kommer fram till Upsalas kullar, så står en stor hop av människor och tar emot dem. Trots sina order som de fått av Sigurd Ring, så syns det tydligt att de flesta är förvånade, vissa även öppet nyfikna – varför Ghoter kommer till Upsala.

Väl framme vid huvudporten, står Sigurds son Ragnar och tar emot. Alla är lite spända. Det är första gången som ärkefienden från Ghotland är på besök. Ragnar hälsar avvaktande på Aivar.

De tar i arm och Aivar ser med en lugn och samlad blick på Sigurds beryktade son.

Ragnar leder Aivar upp till Kungshuset. Kungshuset är det klart största långhuset i Upsala. Insidan är väl utsmyckad med byten från olika härjningar. Men det är långt ifrån den rikedom som finns i Tingshuset i Visby. När de kommer in, sitter Sigurd med alla sina rådsmän och spisar middag. Aivar ser sig runt. Runt bordet sitter många av svitjods kända kämpar. Aivar tycker sig känna igen några; Björn den Blacke – med sin kala hjässa, Hallbjörn Halvtroll – med sitt röda hår som pekar åt alla håll, Rolf Krake – med sin stora spetsiga näsa, Sigurd Fafnesbane – mannen som hade ihjäl tjugo Pruser med bara händerna. Alla kända och beryktade bärsärkar. Ingen av dem lägger någon större notis av Aivars ankomst när han kommer in i huset. De fortsätter att äta och språka med varann. Aivar söker ögonkontakt med Sigurd, men han tar heller ingen notis, då han sitter i en djup diskussion med sin närmaste man till höger om sig.

Efter en stunds väntan tar Aivar och stegar fram till Sigurds bord. Plötsligt tystnar alla runt bordet. De känner hur spänningen i rummet stiger kraftigt.

Det är bara Sigurd som fortfarande diskuterar med sin närmaste man. En liten stund senare tystnar även Sigurd och lyfter blicken. Han synar Aivar från topp till tå. Ett illmarigt leende formar sig i hans ansikte innan han frågar;

«Aivar Stråben…Vilken överraskning…Och vad nytt på gutaön?»

Aivar noterar Sigurds illmariga leende, men visar ingen notis av det.

«Inte mycket. Men nyligen födde ett sto tre föl.»

Sigurd håller masken även till det udda svaret. Han tar en ny tugga, tuggar länge, sväljer och tar en klunk mjöd innan han ställer en ny fråga:

«Och vad gör det tredje fölet när de två andra äter?»

Utan att röra en min svarar Aivar:

«Han gör väl som jag – står och tittar på.»

Sigurd ser tyst på Aivar en stund. Sedan kan han inte hålla sig längre, utan bryter ut i ett rungande skratt. Skrattet sprider sig snabbt runt bordet. Snart skrattar alla så de viker sig. Några kan inte hålla sig, utan maten sprutar ur munnen på dem. All spänning i rummet är som bortblåst. «Det var verkligen svar på tal!» svarar Sigurd samtidigt som han bryskt föser undan mannen närmast till vänster om sig. «Kom! Kom och dela middag med mig! Inte skall du behöva göra som ert tredje föl när du för första gången kommer och hälsar på i Upsala!»

Både Aivar och alla hans närmaste män bjuds till bords. Här saknas inget. Måltiden blir lång.

Mat och mjöd bärs in i omgång efter omgång.

Till slut upphör matlusten hos Sigurd. Han föser ifrån sig sin trätallrik, ser på Aivar och frågar:

«Vi har under flera mansåldrar haft svårt med grannsämjan. Våra skepp och våra varor har varit illa sedda i era farvatten. Vi har haft svårt att färdas söderut, både till havs och till lands.

Jag har förstått att både Ringstad och Kongahälla har på det senare fått ett mindre gott öga till sina överordnande i Visby. Det verkar knaka lite i fogarna för vår tidigare så starke granne i söder.

Är detta orsaken till ditt överraskande besök?» Sigurd tystnar och ser Aivar djupt i ögonen.

Nu är det Aivars tur att sitta tyst och fundera en stund innan han svarar:

«Att vi har lite gnabbel mellan oss är väl ingen hemlighet. Det händer väl i de flesta hus. Säg den man som aldrig bråkar med sin hustru!

Det ryctkas ju även en del om dig och Harald. Det verkas vara en del tandagnisslan även här!» Aivar tystnar för en kort stund, så att Sigurd skall förstå att Aivar väl känner till detta.

«Vi tycker däremot att det är hög tid att bättra på våra relationer med Svitjod och dig Sigurd Ring. Jag tror att både ni och vi har att tjäna på att vi får en bättre relation, så att vi slipper att hela tiden titta över axeln när i istället vill se framåt. Bägge parter vill öka handeln i öst och syd. Med en allians blir vi bägge starkare.»

När Aivar avslutar sitt anförande börjar det genast att viskas runt om i rummet.

En allians med Ghoterna – ärkefienden.

Sigurd sitter åter tyst en lång stund medan han tänker. Sedan tar han till orda;

«Med Ringstad förlorad, Kongahälla kanske på väg åt samma håll, kämpar som är fullt upptagna i Kurland och Vendland – då är det tunt i leden som försvarar Visby. Jag förstår ditt behov att finna en allierad på nära håll…

Att du har mycket att vinna på en allians med oss, är tydligt. Men vad ger det oss?

Tillsammans med Harald vore det nog inte så svårt för oss att istället hälsa på dig i Visby.»

Sigurd ser segervisst på Aivar.

Aivar ser Sigurd djupt i ögonen när han svarar:

Att förutspå en strid är alltid vanskligt. Det man tror sig veta är inte alltid verkligheten.

Tillsammans med oss, så blir däremot Harald plötsligt i underläge. Då behöver du inte hela tiden lyssna till honom. Jag kan tänka att han kräver nog så god tribut av dig! Tillsammans blir vi istället starka nog att på allvar ta större område i öster och öka handeln ordentligt med Miklagård. Med ert fäste i Aldeigjuborg och våra fästen i Kurland, Livland och Wendland, så kan vi snart mästra både slaver, poloner, vespianer och andra lokala stammar.»

Aivars avslut följs upp av ytterligare ett par minuters tystnad, innan Sigurd svarar:

«Du talar vist – och med mycket förnuft. Vårt groll har hämmat oss bägge under många mansåldrar. Men när du nu kommer med mössan i hand, behövs mer än bara ord för att locka oss till ett avtal. Du har förlorat

Ringstad. Risken är mycket stor att Kongahälla får ytterligare stöd från Norge. Då har du snart förlorat även er västra del. Vill du ha ett avtal med oss, så får du överlåta Kongahälla och västra Ghotland till oss. Vi kan försvara det mot norrmännen.

Vi behöver även en årlig tribut på två tusen silvermynt och våra skepp får ta sig fram genom era vatten precis som om dessa vatten vore våra egna. Då har vi en allians, där vi försvarar er, som en del av Svitjod. Då blir även våra vatten era. Ni kan sälja era varor fritt i Svitjod utan att betala någon extra skatt. Tillsammans kan vi då även ta oss an att utöka våra läningar i öster.»

Aivar ser djupt in i ögonen på Sigurd när han svarar:

Ditt förslag kostar oss. Men ger oss dock goda möjligheter att stärka oss där vi ser goda möjligheter till fruktsamma affärer. Vi skapar ett större rike än någonsin tidigare här i norr.»

Aivar tystnar och funderar ytterligare en stund. Sedan frågar han; «Hur blir det med Ringstad?»

Sigurd skakar sakta på huvudet när han svarar; «Ringstad verkar redan ha gjort ett förbund med danerna. De har redan en stor styrka på plats. Jag tror att vi gör vist i att lämna dem i fred för tillfället. «

Efter ytterligare en stunds funderande, så reser sig Aivar upp samtidigt som han sträcker fram handen.

«Förslaget är tillräckligt för oss. En sådan allians vill jag och mina fränder vara en del av!»

Kapitel 3

Aivar stirrar åter ut över havet från sin kära Stormöga. De har precis lämnat skärgården utanför Upsala. Det blåser östliga vindar nu på vägen hem till Visby. Vågorna trycker på från barbords sida. Det skvätter in vatten över relingen och duschar männen varje gång vågorna träffar skeppet. Vattnet skummar – men Aivar märker inte detta. Han är djupt nedsjunken i grubbleri. Han känner att han lyckades väl med förhandlingen med Sigurd Ring. Avtalet räddar dem från en annalkande katastrof, kanske till och med undergång. De kan nu fokusera på en fiende – danerna. Men det är långt från säkert att danerna vågar sig på dem nu, när de är lierade med Svitjod. Dessutom har danerna sitt problem nu med Sigurd, som med säkerhet ses om en förrädare av Harald Hildetand. Risken är nog större att Harald vill hämnas på Sigurd.

Dessutom har danerna sin nya allians med Ringstad att tänka på. De tappar en allierad men får en annan.

Men kan han lita på Sigurd? Sigurd har precis gått bakom ryggen på sin tidigare kung, kung Harald.

Kommer han att göra likadant med oss?

Ju mer Aivar tänker på det, ju svårare får han att tro det. Sigurd har allt för mycket att vinna på deras samarbete. Han fick västra länet, vilket han nu måste försvara mot norrmännen – så det kommer att ta tid och kraft.

Han får äntligen tillfälle att skaka av sig danerna. Tillsammans har de kraft att försvara sig mot dem.

Nu kan Sigurd till slut utöka sin handel i österled, vilket han suktat efter så länge. Här behöver han gotherna. Vi har kunskapen, allierade, farlederna och kontakterna.

Att i detta läge gå bakom ryggen på mig – och äventyra allt detta – plus den årliga gälden – verkar helt orimligt, konstaterar Aivar. Sigurd såg trots allt till att bli den stora vinnaren i avtalet.

Trots detta känner Aivar vemod. Det känns som om han från och med nu detroniserat det en gång så mäktiga gothiska riket. Riket som har styrt i norr under många mansåldrar. Han minns hur hans far berättade sagorna – hur de, gotherna, i sin glans dagar – tagit sig allt längre söderut, plundrat och erövrat. Vi tog oss ända ned till Miklagård. Alarik, deras beryktade ledare, hade sedan vänt väster ut och till och med erövrat Rom! Världens dåvarande stormakt hade fallit i gothernas händer! Ättlingar till de män som långt tidigare hade tagit väring i de romerska styrkorna, hade återkommit och erövrat själva hjärtat i det tusenåriga riket! Detta hade betytt slutet för världens mäktigaste rike.

Sedan hade de fortsatt västerut – ända bort till Hispien. Silver, järn, bärnsten, trälar, siden och andra varor hade strömmat in till Visby. Vartenda rike i söder hade fruktat gotherna.

Tyvärr hade detta lett till att man succesivt glömt bort sitt hemland och sin hemstad. Ett par mansåldrar senare hade banden varit klippta för gott. Men Gotherna i Visby hade klarat sig väl på egen hand.

Mycket tack vare de skatter som tidigare hade strömmat in till Visby. Men även av den kunskap, de vapen och de kontakter detta hade fört med sig. Fortfarande är största delen av markerna kring havet runt Gothland Gothernas. Ingen, vare sig daner, sveoner, polaner eller germaner har vågat att utmana gotherna. I norr har det varit gotherna som regerat!

Men nu är sagan om det gotiska väldet i norr nästan över. Från och med nu var Visby en lydstat under Sveonerna. Svitjod var nu det mäktigaste riket i norr. Bara danerna kunde utmana dem.

Man hade förlorat hela riket på fastlandet. Alla viktiga beslut var från och med nu tvungna att godkännas i Upsala.

Men jag har räddat kvar Visby från att bli erövrad – kanske till och med från att utplånas, tröstar Aivar sig.

Vi kan fortfarande utöka handeln i österled. Tillsammans med Svitjod kan vi få tillräcklig kraft att förbättra handeln med Särkland. Vi skaffar trälar på vägen ned och byter till oss deras fantastiska stål, silver och siden. Även om vi tappar i yta, så kan vi vinna i handeln!

Trots att Aivar försöker se det från den ljusa sidan, så är hjärtat dystert.

Samtidigt sitter Sigurd i sin tron och funderar. Rådshuset är tomt, förutom på honom. Det känns tomt, mörkt och ödsligt. Precis så som Sigurd vill ha det – för att kunna sitta och fundera i lugn och ro.

Han njuter av sin väl tilltagna tron. Utskuren i finaste ek. Högre än någon man. Bred nog för att två kämpar kan få plats. Klädd i finaste siden från Särkland. Fötterna och karmarna är utsirade i silver från Miklagård.

Sigurd njuter av dagens plötsliga och överraskande avtal. Detta hade han aldrig kunnat föreställa sig!

Att gothernas ledare skulle komma till honom, för att med krökt rygg förhandla sig till ett avtal – där de ger bort större delen av sitt rike. För att nu sitta i knät på honom… Det känns nästan overkligt!

Visst har det funnits många tecken på försvagning hos gotherna, och en hel del rykten – men nu är det på pränt. Svitjod har nu tagit över som det ledande riket här i norr. Med Gothland som lydstat kommer även Harald att tveka över att ge sig på honom. Äntligen har jag lyckats knäcka oket från Harald!

Tillsammans med gotherna kan jag nu med kraft öka handeln österut – ned till både Särkland och Miklagård. I öster finns det enorma områden rika på päls och trälar – som vi kan byta mot de bästa svärden, siden, silver och kryddor från Särkland och Miklagård.

Med största sannolikhet kommer norrmännen snart till Kongahälla för hämnd och erövring. De kommer säkert med en ordentlig här. Hur stoppar jag detta på bästa sätt? Skall jag lyssna på Aivars förslag – och samarbeta med gotherna, eller löser jag det på eget sätt?

Vad är bästa sätt att hantera Ringstad? Aivar tror att de redan har ett avtal med Harald. Låt han tro det. Det gör gotherna ännu mer medgörliga än om de visste sanningen. Harald hade bara skickat en delegation för att förhandla med dem. Vad Sigurd inte förtäljde Aivar var att Herröd i Ringstad kommit till honom här i Upsala för att förhandla till sig ett avtal, bara en vecka innan Aivar kom på besök!

Vad säger Aivar när han får reda på om jag gör ett avtal även med Herröd? Funderar Sigurd.

Och vad gör Harald? Först förlorar han oss – och sedan snuvar jag honom på att få Ringstad som bundsförvant.

Med vår gemensamma styrka, långt större än Haralds egen – vågar han sig på oss?

Eller söker han ett förbund med pruserna för att de gemensamt skall gå till anfall?

Skall jag rusta en ordentlig flotta och överraska med att anfalla honom?

Sigurd känner att frågorna är många, stora och viktiga. Han måste diskutera dem med sina rådsmän.

Men samtidigt är det viktigt att ha utarbetat en egen grundplan. Det är ju han som är kung.

Efter följande dags rådsslag har Sigurd bestämt sin plan. Redan samma dag skickar han två män till Ringstad för att avisera sin ankomst. Två dagar senare beger sig Sigurd och hans son, Ragnar, i ett välfyllt långskepp till Ringstad. Seglatsen är kort, så de är framme redan samma kväll.

Herröd tar emot sin efterlängtade gäst, med det finaste gästabud han kan uppbringa. De festar i ett helt dygn. Inget fattas. Mat, dryck, spelmän, dansare, gycklare och kvinnfolk. Luften i rådshuset är fylld med rök, matos, människoodörer och annat smått och gott. Det är varmt. Så varmt att många av både männen och kvinnorna sitter med bar överkropp. Borden är fulla med mat, matrester, mjöd, men även med folk som har somnat, dansar eller förnöjer sig. Mitt under festandet får Ragnar syn på Tora Borgarhjort, dotter till Herröd. Hon kommer in i huset och sätter sig bredvid sin far. Ragnar tappar köttbenet som han håller i handen. Han slutar tugga och sitter där med öppen mun och bara gapar.

Tora är den sötaste flicka han någonsin har sett. Hon sitter där med sitt gyllene lockiga hår, med ett leende som får världen att stanna. Och när hon skrattar, gör Ragnars hjärta en frivolt.

Han sitter och bara stirrar på henne. Han kan omöjligen slita blicken ifrån henne. Efter en stund märker Tora hans blickar. Hon möter hans blick och ler emot honom. I det ögonblicket bestämmer sig Ragnar att henne måste han ha. Han höjer sin bägare och skålar med henne. Tora ler, reser sig och går fram till Ragnar. Sedan sitter de och språkar i flera timmar. Både Sigurd och Herröd uppmärksammar de tu.

Efter en lång natts sömn är det äntligen dags att avsluta förhandlingen de startade i Upsala några veckor tidigare.

«Jag har väl funderat på ditt förslag Herröd», öppnar Sigurd.

«I ett förbund med oss, så vågar inte Aivar sig på en hämnd mot Er. Ni kan känna er trygga. Du kommer även åt handel med både Upsala, Sigtuna och Birka. Här har du tillgång till alla de varor som du tidigare bara kunde få från Visby.

Men vad får jag ut utav avtalet? Du säger att jag får en ny marknad för våra varor och att gränsen till gotherna flyttas längre bort från oss än idag. Men detta är på tok för magert bud. Du måste erbjuda mer!»

Herröd ser fundersamt på Sigurd.

«Du vet förstås att vi tidigare tvingades betala tribut till Visby. Men det var just detta som tvingade oss bort ifrån Visby! Vi har inte råd med denna tribut!» Herröd kan inte behärska sig, utan slår näven i bordet, reser sig hastigt och börjar att vandra omkring i rummet. Nu vet Sigurd att han har honom på gaffeln. «Hos oss behöver du inte lyda under några befallningar. Du bestämmer själv över ditt rike – som den kung du är!

Jag vet att du tvingades betala 1000 silvermynt varje sommar till Visby. Men jag nöjer mig med hälften. Jag vill däremot att du alltid ställer upp med upp till femtio långskepp ifall jag kallar. Ni får även medverka på våra handelsturer i österled, med egna skepp och egna varor.»

Herröd stirrar en lång stund på Sigurd. Sedan nickar han och säger med hög, myndig röst; «Det är ett bud vi kan leva med. Från och med nu är Östra Gothland en del av Svitjod!» Sedan går han med rak rygg fram till Sigurd och förseglar avtalet med ett kraftfullt armslag.

«Trälar! Fram med tunnor med mjöd! Nu skall vi fira vårt nya avtal med Svitjod! In med spelmännen och kvinnfolket!»

Gillet fortsätter till fram till gryningen. Även denna kväll ser Sigurd hur Ragnar inte bryr sig om någon annan än Tora Borgarhjort, Herröds dotter. Vid slutet av gillet, får Sigurd med sig två trälkvinnor som han lägrar. Efteråt ligger han med ett av ruset snedvridet leende på läpparna och summerar de senaste veckornas märkliga utveckling. Oden ler mot mig, tänker Sigurd. Hela vår gamla trätogranne, en stormakt under många mansåldrar – ligger nu under mina fötter. Utan en droppe blodsspillan! Inte ett svärdshugg!

Vem kunde anat detta? Sedan slocknar han förnöjt.

Samma natt närmar sig åtta norska långskepp Kongahälla från norra inloppet. Dagen innan hade norrmännen gjort två strandhugg och släppt iland tjugo kämpar, som hade i uppgift att smyga fram längst stränderna på var sida av inloppet och tysta de vaktposter som var utposterade. De hade klarat sina uppgifter galant.

Kongahälla ligger på en höjd på en ö i en älv strax innan den rinner ut i havet. Från början var det enbart en försvarfästning för att skydda handelsplatsen Lödöse, men numera har det utvecklats till ett fristående samhälle. Läget är mycket strategiskt både försvarsmässigt, men även handelsmässigt och för de lokala kommunikationerna är det bästa tänkbara läge. Från stranden löper två korta vägar, en på södra stranden och en på norra stranden – upp till höjden, där den kraftiga träpalisaden omger staden. Uppe på berget finns även en damm, så även om de blir belägrade, så har de vattenförsörjningen säkrad. Husen i staden är byggda av både sten och trä. Gatorna, som är täckta med träplank, klättrar succesivt upp mot toppen, där långhuset ligger. Gatorna är trånga och krokiga, vilket gör dem lättare att försvara.

När skeppen nu tysta tar sig fram emot Kongahälla, så finns det ingen som kan slå larm. Först när vaktposterna på palissaden i Kongahälla får syn på dem, så går larmet. Då har redan den norska hövdingen beordrat full fart framåt. Fartygen närmar sig Konghälla snabbt. Halva flottan tar sig till den södra sidan och den andra hälften till den norra sidan av ön som inhyser staden. Så när de flesta av Kongahällas män skyndar att ta på sig, så stormar norrmännen både den södra och den norra porten samtidigt.

Vakterna på palissaderna rusar till. De är beväpnade med bågar, svärd och stenar. Vid den södra porten, huvudporten, försvarar sig gotherna väl. Stenar vräks ned från palissaden tillsammans med kokande tjära. Huvuden krossas, många bränns till döds. Samtidigt regnar det pilar från bågskyttarna. Norrmännen försvarar sig med sina runda träsköldar samtidigt som de hugger på porten. Vid den norra porten var försvararna lite senare att komma till undsättning. Norrmännen hugger frenetiskt och lyckas efter någon timmas stridande att forcera porten. Så snart porten faller, så rusar norrmännen in i staden.

De sprider sig för att möte ghoterna som kommer springande från alla håll för att försvara staden.

Men succesivt drar de sig mot den södra porten. Striderna är brutala. Män lemlästas, huggs ihjäl, spetsas på spjut. Marken färgas röd. Döda kroppar ligger så tätt på gatorna att det är svårt att ta sig fram. Sakta men säkert forcerar sig norrmännen djupare in i staden, allt närmare den södra porten.

Efter ytterligare en stund av hårda strider så är norrmännen såpass nära den södra portens insida, att deras bågskyttar når försvararna på palissaden i ryggen. Pilarna kommer helt överraskande för gotherna som försvarar den södra porten. Efter att ett antal utav dem stupat, vet inte de övriga hur de skall hantera att försvara sig från bägge håll. Nu får de angripande norrmännen vid porten den lilla extra tid de behöver. En kort stund senare faller även den södra porten. Nu angrips de försvarande gotherna inne i byn från två håll. Gotherna kämpar frenetiskt för att försvara sig, men den numerärt större angripande styrkan är övermäktig. Efter ytterligare en stunds hårda, blodiga strider, så kapitulerar den nyutnämnda hövdingen i Kongahälla.

Sju dagar senare anländer två män till Upsala. Bägge är hårt medtagna. De har sår på armar, ben och huvud. Att de ridit långväga är uppenbart för alla som ser dem när de kommer. Deras hästar staplar fram med hängande huvuden. Männen orkar knappt att sitta kvar på dem. Innanför stadsmuren, så rasar bägge männen av sina hästar. Den ene av dem är så utmattad, att han inte är kontaktbar. Honom bär två män in i en byggnad så att några kvinnor kan ta hand om honom. Den andre däremot kvicknar till efter att han fått lite mjöd och mat. «Var kommer du ifrån och vad har hänt dig», frågar Orvar i Källe, en av Sigurd Rings närmaste män och även rådsman. Han är även ansvarig för stadens försvar.

Mannen ser på honom med oklar blick och svarar;

«Vi kommer ifrån Kongahälla. Staden har fallit i Vestfolds händer. Många av oss föll under försvaret – men de kom med tio långskepp. De var oss övermäktiga».

Orvar rusar genast upp till rådshuset där Sigurd befinner sig och meddelar nyheten. Alla i huset förväntar sig att Sigurd skall explodera av ursinne, som han brukar göra vid liknande situationer – men inte denna gång. Nu sitter han tyst och funderar. Tiden går, men Sigurd sitter bara där, tyst och funderar. Hans närmaste män tittar lite förundrat på varandra, men säger inget. Alla förstår allvaret i situationen. Frågan är vad som är bäst att göra.

Efter en bra stund tittar Sigurd upp och ser sig runt i lokalen.

«Nå – mina kloka rådsmän, vad anser ni att vi bör göra nu»? Frågar han rakt ut i lokalen.

Kåre Baneman, äldst bland rådsmännen och med många sagor om sig som en av de kraftfullaste bärsärkarna i sin krafts dagar – tar först till orda;

«Bröder – att Halvdan Svarte skulle hämnas sina förlorade stridsmän var uppenbart. Tyvärr hade de väl inte fått reda på att vi just tagit över Konghälla från Gotherna. Vi har nu valet att antingen fortsätta striden och anfalla dem för att med våld ta tillbaks Konghälla. Frågan är om de verkligen vill behålla Kongahälla. Det är långt ifrån deras eget område – mitt inne i vårt.

De har sin fiende runt sig hela tiden. De förstår helt klart att de hela tiden kan förvänta sig nappatag. För att underhålla staden med både mat och män, måste de färdas länge i våra vatten, där vi när som helst kan ligga på lur.

Så om de inte har tanke att hålla staden – kan det vara klokt att istället ta sig dit och språka med dem».

När Kåre tystnar och sätter sig ned, ser Sigurd sig om i lokalen innan han tar till orda;

«Det var visa ord från vår fränd och tidigare så fruktade bärsärk! Ibland kan det vara vist att lyssna till hjärnan istället för hjärtat! Vi har precis hamnat i en gyllene sits. Ett krig med Vestfold i detta läge kan äventyra hela vår nyvunna ställning. Harald skulle säkert ta tillfället i akt och liera sig med Halvdan Svarte, trots deras tidigare historia. I ett sådant läge skulle vi hamna i ett tvåfrontskrig – vilket skulle kunna var mycket smärtsamt för oss och där vi har betydligt mer att förlora än att vinna.»

Sigurd vänder sig mot Rörik och frågar; «Rörik, vad tycker du?»

Rörik ser hårt på sin konung när han svarar;» Det är visa ord från både vår konung och vår beryktade Kåre Baneman. I detta läge är oddsen inte oss till gagn. Dock anser jag att vi måste komma till förhandlingsbordet så att vår motpart tydligt kan se vår nyvunna storhet och styrka. De måste känna press att komma ur situationen på ett sätt med hedern i behåll – men inte mycket mer än så.»

Två dagar senare skickar Sigurd tillbaks de bägge sändebuden till Kongahälla, med meddelandet att sveonerna kommer till förhandlingsbordet.

Styrkan från sveonerna leds av Rörik, med Kåre Baneman som sin närmaste rådsman. Sigurd vet att Herjulv Hornbrjot, Halvdan Svartes märkesman, väl känner Kåres mytomspunna rykte, så hans närvaro kommer att vara till styrka i förhandlingarna. På Röriks inrådan, har man även med sig Herröd från Ringstad. Detta för att dels visa för Herjulv att både västra och östra Gothland nu tillhör Svitjod, men även för att han är Goth. Det var ändock gother som tog de norska kämparna till fånga.

När de ger sig av, så delar styrkan upp sig i två delar; den mindre delen till häst medan huvuddelen ger sig av i tio långskepp. Den mindre, hästburna styrkan beger sig till Lödöse. Här samlar de upp ytterligare kämpar och beger sig söderut längs älven med ytterligare fem långskepp.

Herjulv Hornbrjot sitter i rådshuset och väntar oroligt på sveonerna.

När en av hans vakter högljutt ropar att de kommer, så rusar han ut ur huset och upp på palissaden. Här ser han hur fem långskepp närmar sig söderifrån, fem långskepp kommer längs älven västerifrån och tio långskepp överraskande från älvens norra flodfåra. Tjugo skepp! Själv kom han med tio skepp... Nu blir Herjulv Hornbrjot osäker om de verkligen kommit för att förhandla, eller om detta bara var ett sätt att lura honom. Skeppen är fulla med kämpar. Nog för att han väl känner vad hans egna kämpar går för, men de är fler än dubbelt så många än hans egna. Sen vet han heller inte om ännu fler gömmer sig i närheten. Han är ju trots allt mitt inne i deras land.

«Alla män till palissaderna! Värm oljan! Fram med mera sten!» vrålar Herjulv.

När skeppen väl är framme, tar Rörik gott om tid på sig. Utan att visa att han bryr sig, så ser han i ögonvrån hur norrmännen nu är helt klara för strid. När väl alla män kommit iland och skeppen är väl surrade, så befaller han att två av männen, utan vapen, skall bege sig fram till porten.

Männen går bort till porten och meddelar att Rörik tillsammans med Kåre Baneman och Herröd vill förhandla med Herjulv Hornbrjot och att de vill möta honom på ängen mitt emellan deras läger och Kongahällas palissad. De tre männen beger sig till mötesplatsen, utan några vapen, såsom seden bjuder.

När Herjulv Hornbrjot kommer, så har även han med sig två rådsmän. Herjulv Hornbrjot hälsar först på Kåre Baneman, som han hört om länge och väl känner hans duglighet.

«Att vi skulle få gäster från Upsala, var en överraskning när vi kom hit!» öppnar Herjulv Hornbrjot.

«Man bör veta vem som bor där, när man knackar på dörren», svarar Rörik kallt.

«Jo, så kan det vara, men vi saknade några vänner, som vi kom hit för att leta efter.», svarar Herjulv Hornbrjot stelt.

«Men vare sig de eller skeppen finns här. Det blev att gnabbas lite med gotherna – och gotherna drog det längsta strået. Problemet är att vi hade tagit över Kongahälla från gotherna innan ni kom och hälsade på.»

«Jo, jag har förstått det. Problemet nu är att vi trivs bra här. Vi har meddelat hem och har mannar på väg hit för att slå sig ned», svarar Herjulv Hornbrjot.

Rörik ser i ögonvrån att Kåre börjar bli allt rödare i ansiktet. Snart kan han inte styra sig, tänker Rörik.

«Det är ingen lätt fisk att hålla i handen», svara Rörik lugnt. «Ni är långt hemifrån – mitt inne i vårt land. Bakom varje buske och varje sten finner ni fiender. Redan idag kan vi ta tillbaks vad som är vårt, om vi vill. Men det är lång tid sedan det var gnissel mellan norrmän och sveoner. Om vi drar svärd idag – kan det ta lång tid innan det är tillbaks i slidan, så jag tror att det är av godo för både er och oss om vi kan undvika ytterligare stridigheter.»

«Du talar vist för att vara så ung», svarar Herjulv Hornbrjot. Om bara jag och Kåre varit här, så hade vi nog redan dragit svärd. Men jag håller med. Grannfejder brukar vara länge och det är sällan någon som vinner. Jag tror att du redan funderat ut ett förslag, så låt höra.»

Rörik fräser näsan och torkar sig med översidan av handen innan han lugnt fortsätter;

«Vi vet att Halvdan Svarte förlorade din käresta i barnsäng för några månvarv sedan. Det är ett hårt slag som drabbat honom. Han får finna tröst i att de väntar på honom i Valhall. Men vi har även hört att han har börjat att söka efter en ny kvinna. Min fränd Herröd här har en mycket grann dotter i lagom ålder. Det skulle knyta våra vänskapsband ytterligare om Halvdan tog henne till sin fru. Vi skulle även ge ett hemgifte där han får norra delen av foldern närmast er. Ner till Svinsundet. Där är mycket fin åkermark som ni kan bruka. Mark som ligger bättre till än den här i Kongahälla. «

Herjulv Hornbrjot sitter tyst och funderar. Han spottar en ordentlig loska innan han lyfter huvudet och svarar; «Det är ett väl genomtänkt förslag du har att komma med. Jag förmodar att de som nu bor där och brukar marken ingår?»

«Jo, det blir väl bäst», svarar Rörik.

«Då tror jag att Halvdan kommer att acceptera detta förslag!» svarar Herjulv Hornbrjot med ett brett leende och reser sig upp. Bägge spottar i nävarna innan de tar i arm.

Väl hemma i Upsala berättar Rörik för Sigurd om det lyckade avtalet. Sigurd skiner av lycka för att de lyckats så väl att skapa lugn med Halvdan Svarte. När Ragnar däremot får reda på uppgörelsen, blir han helt bestört. Han slänger sin kagge mjöd hårt rakt in i väggen, så både mjöd och träflisor flyger åt alla håll innan han rusar ut från rådshuset. Rörik ser undrande på Sigurd, som bara skakar sorgset på huvudet.

En morgon två veckor senare, när de skall spisa middag, så kommer inte Ragnar till bords. Sigurd frågar efter honom, men ingen kan minnas att de sett honom på hela dagen. Inte sedan kvällsvarden kvällen innan. «Äh – han får skylla sig själv att han missar maten», säger Sigurd högt.

Men när han fortfarande saknas vid följande dags middag, sitter Sigurd tyst. Alla ser att han är orolig.

När Ragnar saknas även vid nästföljande dags middag, så kommenderar Sigurd ut folk att leta efter honom. Strax innan middagen den fjärde dagen, har de avrapportering. Ingen har sett till Ragnar. Ingen har ens hört någon som har något att förtälja om honom. Sigurd kallar till rådsmöte, så samtliga rådsmän träffas i rådhuset efter middagen.

«Kan någon ha tagit honom tillfånga»? Undrar Sigurd.

«Vilken fiende skulle kunna utföra en sådan handling, här – i Upsala? Utan att någon kan ha sett det?»

Sverker Grim tar till orda;

«Vi har just gjort fredspakt med Gotherna i Visby, Ringstad och Kongahälla. Även Vestfold har lugnat ned sig efter den senaste skärmytslingen. Att danerna skulle våga sig såpas långt in i vårt territorium, bara för ett så pass nesligt tilltag, låter mycket märkligt – då det skulle betyda att de måste komma med en mycket liten styrka för att vi inte lätt skulle röja dem. Så långt med så få män – låter om ett vansinnes- uppdrag för mig och verkar inte troligt. Nej, om det är någon av våra fiender, så måste de ha färdats kortare. Antingen från norr eller från öst.»

«Det låter klokt Sverker,» svarar Sigurd. «Hade Harald varit i antågande, så hade han inte tagit till ett så skamligt tilltag. Då hade vi allt känt av det ordentligt. Vi skickar ut två spaningsgrupper. En åt norr och en åt öst. Vi avvaktar deras rapporter innan vi tar något ytterligare beslut. Om ett månvarv vill jag ha deras rapporter.»

I Ringstad har allt lagt sig och vardagen åter börjat lunka. Ute på landsbygden märker man ingen skillnad från tidigare – när besluten kom ifrån Visby. Deras närmaste plågoande är fortfarande Herröd.

Enda skillnaden är att de nu känner sig tryggare; ingen risk att de blir anfallna från sveonerna i norr. Det är gott. De hör mycket om att handeln skall öka, men det är inget de vare sig ser eller bryr sig om. De har ändå inget att sälja, utan har fullt upp med att få allt att räcka till som det är.

Tora Herrödsdotter strosar omkring på torget i Ringstad, en plats hon älskar att vara vid. Här, i mitten av byn, så myllrar det av folk av alla slag; köpmän från landsbygden, handelmän från främmande länder, som pratar på språk som hon inte begriper och lokala köpmän som hon känner igen sedan hon var liten. Många av dessa smilar upp sig och hälsar artigt på Tora. Hon vet innerst inne att det mest beror på att hon är dotter till Herröd, jarl i Östra Gothaland, men det bryr hon sig inte om. Hon hälsar glatt tillbaks. När hon går omkring bland stånden på torget, så känner hon att många män vänder sig om efter henne,

Hon känner sig smickrad, men försöker att inte visa något.

På torget finns det massor av varor av alla slag. Mest av allt tycker Tora om att titta på alla fina varor som kommer från Särkland och Miklagård. Underbara smycken av finaste metaller. Många är prydda med fina stenar i olika färger och pärlor. Tyger som är så lena och tunna – så det är fascinerande att bara stå och smeka på dem. Men bärnstenarna från Jumne är även favoriter till Tora. Hennes pappa gav henne ett halsband med en stor bärnsten när hon var mindre. Detta är fortfarande hennes favoritsmycke. Mitt i bärnstenen är det en mygga! Tora förstår fortfarande inte hur de lyckades få in en mygga i stenen. Även idag dinglar bärnstenen vid hennes bröst.

Längre bort på torget har många människor samlats. Det hörs både skratt och skrik, men det är så mycket folk samlat – att Tora inte kan se vad det är som är så fascinerande. Hon skyndar sig över torget. Försiktigt makar hon sig fram bland de samlade. Efter en stund ser hon. Hon kippar efter andan. En orm som är enorm! Lika lång som två människor! Lika grov om magen som Toras!

Tora har vare sig sett eller hört talas om att det finns sådana enorma ormar. De ormar som finns i skogarna här – är knappt lika långa som hennes underarm. Och inte heller grövre.

Men denna är skrämmande stor. Mannen som äger ormen har den i en stor korg som är gjord av vävda grenar. Han har tagit ut ormen och nu ringlar den sig runt i en trädstock.

På ståndet ligger även ett ormskinn från en orm som mannen säljer.

«Hu», säger Tora högt. «Vad är detta för hemskt?»

«Det är en lindorm» säger mannen bredvid henne, road av hennes rädsla.

«De finns i Särkland. Men du får passa dig. Får han fatt i dig, så lindar han sig runt dig och kramar livet ur dig – och äter upp dig!»

När Tora hör detta, så ryggar hon undan till en plats längre ifrån ormen, men fortfarande så att hon kan se den. Hon står en lång stund och ser på den skrämmande besten, innan och går vidare.

Vid ett annat stånd ser Tora att de har en häst med en stor puckel på ryggen. Denna har hon sett tidigare, men de är så bedårande så hon måste dit och klappa den.

Ragnar Sigurdsson har varken blivit kidnappad eller bortförd. Efter att han gått och grubblat hemma i flera veckor, så hade han bestämt sig. Han kunde inte sluta tänka på Tora Herrödsdotter. Tanken att hon skulle bli bortgift med den där gamla äckliga gubben, jarl Halvdan – istället för honom – fick honom helt tokig.

Hon är min! – hade han slagit fast. Ragnar vet att även Tora vill ha honom. Sedan hade han bestämt sig för att skrida till handling. Efter att ha packat bara det nödvändigaste, så hade han smugit iväg strax innan solen hade gått upp.

Nu, ett par veckor senare, så stryker han omkring i Ringstad, utan att ge sig till känna, för att sondera och finna ut en plan.

Även Ragnar hade sett och förundrats av lindormen. Mannen som ägde den hade berättat om hur den först smyger på sitt byte, ofta mitt i natten. Sedan lindar den sig runt sitt offer och kramar ihjäl det.

Därefter sväljer den bytet helt – utan att bita isär det, för att sedan försvinna obemärkt ifrån platsen.

Nu klickar det till i Ragnars huvud. Med ens har han sin plan klar. Nu vet han hur han skall göra.

Ragnar väntar till sent inpå natten innan han smyger in i byn från sitt gömställe i skogen strax utanför. Himlen är molnig, så det är riktigt mörkt ute. När han stryker fram längs gatorna, så ser han inte en människa. Han tar sig smygande bort till det hörnet av torget som mannen med lindormen har sitt stånd. Försiktigt tvingar han upp dörren. Mannen ligger och sover på en matta mitt i det lilla utrymmet. Mattan som mannen sover på är vävd av finaste material med mycket mönster. Även mannens kläder är av tyger som inte finns här. Förmodligen från Särkland, precis som ormen.

Nu ser Ragnar även korgen som lindormen ligger i. Ragnar smyger fram till den sovande mannen. Han tar snabbt ett hårt grepp om mannens hals med bägge händerna och kramar så hårt han kan. Mannen väcks bryskt av det stenhårda strypgreppet runt hans hals. Han sprattlar kraftigt samtidigt som han frenetiskt försöker göra sig fri. Men mannen har ingen chans mot den stora Ragnars kraftiga händer. En kort stund senare sinar hans krafter. Efter en stund känner Ragnar att mannen är livlös. Ragnar låter den livlösa mannen ligga kvar på golvet och tömmer korgen med lindormen i en stor, kraftig jutesäck . Han tar även med ormskinnet som hänger på väggen.

Först smyger han bort till huvudporten och gömmer säcken med lindormen. Sedan smyger han förbi torget, mot jarl Herröds hus. Han har redan tagit reda på var i huset Tora sover. Herröds långhus är mycket större än de övriga husen. Dessutom har det fyra personer som vaktar utanför. När Ragnar smyger upp på dem, så sover även de. Tre utav dem sover sittandes mot husväggen, medan en har lagt sig precis framför dörren. Ragnar tar sig ljudlöst fram till mannen framför ytterdörren och stryper honom på samma sätt som han gjorde med mannen med ormen. Därefter smyger han in i huset och tar sig ljudlöst fram till Toras rum. Han håller handen för hennes mun samtidigt som han försiktigt väcker henne. Tora vaknar med ett ryck. Hon blir förskrämd när hon känner den kraftiga handen mot sin mun, men slappnar av när hon ser att det är Ragnar. Omtumlad försöker hon fråga vad som händer, men Ragnar tecknar åt henne att var helt tyst. När hon nickar, släpper han greppet om hennes mun och viskar att hon tyst skall följa med honom. Innan de går, så lägger Ragnar ormskinnet i rummet där hon har legat. Sedan smyger de ut från huset. De övriga tre vakterna sover fortfarande. De tar sig ljudlöst runt hörnet och bort igenom byn. Vid huvudporten tar Ragnar upp jutesäcken med lindormen. Sedan försvinner de ut i skogen – bort till Ragnars gömställe.

Gömstället ligger på toppen av en kulle, omsluten av ängar. På kullen växer flera björkar och några enbuskar. Härifrån har Ragnar full koll om det kommer någon, samtgidigt som han – och nu Tora, kan gömma sig bakom buskarna. Tora kan knappt hålla sig tills de är tillbaks till gömstället i skogen. Ragnar berättar om överenskommelsen med Jarl Halvdan Svarte, som hennes far och Rörik gjort. Med glimmande ögon avslöjar Ragnar att han är hopplöst förälskad i henne. Han berättar att anledningen till hans agerande är att han känner att han måste få henne och att han blivit desperat vid tanken att hon skulle leva sitt liv med den gamla äckelhögen Halvdan Svarte istället för honom. Nu går hela situationen upp för Tora. Hon har berättat om sina känslor för Ragnar till sin far och trodde att ett giftemål med Sigurd Rings son skulle gagna även honom.

Istället har han gått bakom ryggen på henne och lovat bort henne till en gammal norsk slusk.

Nu är Tora sig både vansinnig på sin far och oerhört smickrad av Ragnars romantiska handlande.

Hon kysser honom ömt och svarar; «Ja Ragnar! Jag vill som du!» Ömt kysser hon honom. Bägge känner hur glöden i deras kroppar tar fyr. Ömt lyfter Ragnar upp Tora och går bort till den enkla bädden han gjort och lägger henne försiktigt ned. Han ser henne djupt i ögonen när han försiktigt knäpper upp hennes kläder. Toras händer skakar av upphetsning när hon samtidigt börjar dra upp Ragnars tröja.

Molnen på himlen öppnar plötsligt en glipa, så månen lyser upp de nakna kropparna. Tora stirrar upphetsat på Ragnars kraftfulla lem. Hon särar försiktigt på låren när Ragnar lägrar henne.

De älskar sakta och länge. Smeker varandra. Lär känna varandras kroppar. Svetten glänser som silverdroppar i månljuset. Detta är en natt som ristar in sig i bådas hjärtan, att för alltid följa dem.

På morgonen upptäcker en träl att Tora är borta. När hon ser det långa ormskinnet så skriker hon högt av rädsla. Herröd rusar fram och frågar vad det är om har hänt.

«Tora har blivit uppäten av lindormen!» skriker trälen. Sekunden senare kommer en av vakterna inrusande och skriker att Ulv-Bert ligger död vid ytterdörren.

När Herröd förhör de andra tre vakterna, så försäkrar de att de varit vakna hela natten, men inte hört någonting.

Vem kan smyga så tyst, döda Ulv-Bert – och kanske även Tora – utan att de andra hör någonting? undrar Herröd upprörd.

Herröd ropar till de andra att följa efter honom, samtidigt som han rusar ut ur huset. Så fort benen bär honom, rusar Herröd bort mot torget. Mitt på torget stöter han kraftigt emot en köpman, som studsar bakåt och faller kraftfullt till marken på grund av den hårda knuffen. Alla varor han bar i sina händer kastas rakt upp i luften och landar ljudligt runt omkring både honom och de närmaste köpmännen. Som tur är så är det fortfarande tidigt på morgonen, kommersen har fortfarande inte startat för dagen – så det blir inga fler kollisioner. När Herröd kommer fram till ståndet där lindormen befunnit sig, så är det fortfarande igenbommat. Herröd sparkar upp porten så flisorna yr. Då ser han köpmannen som ligger död på marken. Inget blod, inga skråmor. Bara död, precis som Ulv-Bert – och korgen med lindormen är tom!

Dagen efter är alla i Ringstad övertygade att lindormen dödat männen och ätit upp Tora. Hela byn är chockad. Männen i Ringstad tar sina vapen och beger sig ut i marken runt Ringstad för att finna och dräpa lindormen. Men ingen finner den.

Att de inte finner ormen – beror ju på att de inte letar djupt i kärret, där Ragnar sänkt ormen efter att han dödat den genom att krossa den med en stor sten.

Flera av männen stryker förbi deras gömställe, men Ragnar och Tora har redan gett sig av därifrån, så ingen tar någon notis av platsen.

Ragnar och Tora är nu inne på sista delen av Ragnars plan. De gömmer sig och sover under dagarna, för att obemärkta ta sig fram nattetid. Det tar dem nästan tre veckor att ta sig ända ned till Trelle- borgen. Här betalar Ragnar för en överfärd till Ringsted, till danernas Jarl, Harald Blåtand.

När knarren når bryggan i danernas land, så återstår en halv dags färd till fots till Ringsted. Men våren är varm, himlen i det närmaste molnfri och både Ragnar och Tora är vana att gå. De trivs gott tillsammans – tar varje chans att beröra varandra.

Väl framme vid porten meddelar Ragnar vem han är och att han önskar att tala med Harald.

När Harald får reda på att Sigurd Rings son Ragnar vill träffa honom, blir han med ens mycket betänksam, men även nyfiken. Det tar inte lång stund förrän nyfikenheten tagit överhand, så han befaller en av sina män att hämta honom.

När Ragnar kommer in i det stora långhuset ser Harald att han är en oerhört stor kämpe. Han är närmare huvudet högre än någon annan, axlar breda som inget annat han sett och armar som en vanlig mans lår.

Hans blonda, stripiga hår skymmer ögonen lite på honom, men hans blick är lugn och stadig.

«Så, du är Sigurds son, Ragnar», börjar Harald mötet. «Vad vill då Sigurd att du skall framföra?»

Ragnar förklarar situationen för Harald och hans närmaste. Det Ragnar inte vet – och Harald inte tänker på, är att Vegard Enarm sitter med. En av Jarl Rohalds män. Vegard sitter tyst och lyssnar. Låter inte en min avslöja honom.

Efter Ragnars förklaring syns det tydligt att Harald har svårt att bestämma sig för om han skall tro på historien eller inte.

Skulle verkligen Sigurds son gå bakom ryggen på sin far, sin jarl – mista hela kungaarvet – bara för ett fruntimmer?

Eller har Sigurd, efter att gått bakom ryggen på mig, skickat hit honom – för att spionera på mig?

Till slut bestämmer sig jarl Harald att det enda vettiga är att Ragnar skall få bevisa sin avsikt.

Harald reser upp och börjar vandra omkring i det stora rummet i hans överdådiga långhus.

Härinne ser Ragnar betydligt fler sköldar, tyger av finaste siden, ljusstakar av finaste metaller och andra importerade varor än han någonsin sett hemma i Upsala.

«Så du säger att du dräpt en lindorm…En riktigt kraftig en…Det krävs mycket till kämpe för att klara av det.» Harald blir tyst en stund innan han fortsätter; «Vi har en kraftig lindorm även här i Ringsted.

Den har redan fällt flera kämpar med sitt etter. Du skall få visa hur du gjorde!» Harald vänder sig med ett flin mot Ragnar.

«Imorgon skall du få visa oss här i Ringsted hur man dräper en lindorm!»

Tora stirrar förskräckt på Ragnar, men han ler muntert tillbaks och blinkar med ena ögat.

«Ja», svarar Ragnar, «Det skall bli trevligt att visa dig och dina daner vad vi svear går för!»

Efter mötet funderar Ragnar hur han skall gå till väga. Lindormen i Ringstad hade inget etter i sig. Den bara kramades. Den här med sitt etter kan bli betydligt farligare. Om den biter mig så är jag förlorad.

Om jag inte har något som skyddar mig… Plötsligt får han en idé.

Ragnar går ut på torget i Ringsted. Efter en lång stunds letande – så hittar han vad han söker. En köpman som säljer beck. Ragnar betalar mannen för att han skall bestryka Ragnars vargskinnsbyxor med beck.

Ragnar sliter av sig byxorna mitt på torget. Runt honom skrattar både män och kvinnor åt hans beteende. Själv skrattar bara Ragnar gott. Han tar sig bort till en annan handlare och köper ett annat par byxor av gjute, som han tar på sig. När han får tillbaks de beck-fyllda byxorna så är de tunga, kärva och blöta.

Han tar med dem till huset de fått låna av Harald och hänger upp dem på tork. Tora stirrar förvånat på Ragnar och frågar vad han sysslar med.

«Om ormen vill bita mig imorgon – så skall han få ta i ordentligt», svarar Ragnar och ler tillbaks.

När Ragnar kommer in i Haralds långhus på morgonen, så är det fullt av folk.

Harald ser att Ragnar kommer in, så han höjer armarna för att mana till tystnad.

«Jag hörde att du kokade sönder dina fina byxor igår. Letar du efter en ursäkt för att slippa möta ormen idag?» undrar han flinande.

«Nej då», svarar Ragnar lugnt. «De kändes lite väl mjuka så nu är de lite hårdare och mer i min stil».

Männen i huset skrattar och tittar stint på Ragnars byxor. De är så hårda att det knarrar när han rör sig.

Mitt på torget har några av Haralds män byggt upp ett staket som löper i en cirkel runt planen där Ragnar skall möta lindormen. Cirkeln är sju steg i diameter. Det är inte mycket plats för reträtt.

Solen står nu högt på den blå himlen. Det har den gjort ett flertal dagar i sträck nu och värmen är påtaglig.

När Ragnar kommer fram, så öppnar en av männen grinden. Ragnar går lugnt in i ringen och kontrollerar marken. Det dammar om fötterna när han går runt i ringen. Under tiden samlas allt fler åskådare. Efter en liten stund är det så fullt att alla inte får plats att se spektaklet. Det känns som om hela Ringsted har samlats. Plötsligt stör något på himlen Ragnar. När han ser upp, så ser han en svart korp som cirkulerar över honom. Efter en stund sätter den sig på nocken på det närmast liggande huset. Ragnar stirrar på korpen som lugnt sitter där och sveper över torget med sina skarpa ögon.

Så Oden har sänt en av sina korpar att övervaka tvekampen. Minsann ett gott tecken, tänker Ragnar förnöjt.

Plötsligt ser Ragnar att det rör sig i åskådarleden. Folk flyttar sig för att släppa fram Harald och en av hans närmaste – Gånga-Bert. Gånga-Bert går strax bakom Harald och bär på en stor, kraftig korg.

När de kommit fram till staketet, så slår Harald med armarna för att tysta folket.

«Nu män och kvinnor av Ringsted – skall vi bevittna hur Ragnar, son till vår forna jarl i Svitjod, men nu mer vår fiende Sigurd Ring, tar sig an vår fruktade lindorm. Kampen är en tvekamp på lika villkor – inga vapen!»

Ragnar ser överraskat på Harald. En komplott, tänker han. Slåss mot en lindorm, en med etter – utan svärd – med bara händerna…

Ragnar ser sig om. Alla ser på honom med tvekan i ögonen. De flesta skakar på huvudet. Tror inte att detta kan gå vägen.

Ragnar sträcker på ryggen och frågar «Men jag får väl använda bägge händerna?» Männen och Harald

brister ut i ett gapskratt.

«Jodå – bägge händerna får användas!»

Strax därefter bär Gånga-Bert fram korgen och häller ut ormen. Ormen är lång och nästan svart.

Säkert fem-sex steg lång. Kraftig som ett manslår. Den ringlar snabbt ihop sig och lyfter sedan huvudet i midjehöjd. På skallen ser det ut som om den har ett par extra ögon. När den rest sig upp så spärrar den ut sidorna på huvudet – så att det nästan blir platt.

Ragnar börjar dansa lite fram och tillbaks. Ormen följer smidigt varje rörelse. Ragnar tar sig sakta fram mot ormen. Han lyfter försiktigt fram ena armen mot ormen – som då blixtsnabbt kastar sig mot armen och hugger. Ormen missar handleden med en hårsmån och biter enbart i tröjan. Ragnar rycker snabbt tillbaks armen, så att ormens grepp sliter sönder det yttersta på tröjans arm.

Det var en snabb rackare, tänker Ragnar.

Han rör sig i en cirkel mot ormen. Plötsligt attackerar ormen. Den slingrar sig hastigt mot Ragnar, som kastar sig åt sidan, rullar runt och tar ett par snabba steg bort från angriparen. Publiken tjuter av förtjusning. Ett stort dammoln blossar upp runt Ragnar.

Ormen formerar sig på nytt. Nu är den nästan mitt i cirkeln. Ragnar känner att den fått ett visst övertag över honom. Ragnar tar upp en sten.

Han fokuserar en stund på ormen. Ser honom i ögonen. Plötsligt kastar han stenen strax till vänster om ormen. Som planerat, stirrar ormen på nedslagsplatsen. Ragnar kastar sig mot ormen – men ormen är snabbare. Den vrider sig blixtsnabbt tillbaks och hugger Ragnar i låret. Publiken skriker. Instiktivt kastar sig Ragnar bakåt. Trots ormens kraftiga käkar, så förmår den inte att bita igenom de hårda byxorna. Becket i byxorna fungerar precis som Ragnar planerat!

När Harald ser detta utbrister han i ett rungande skratt. Nu förstår han varför Ragnar bestrukit vargskinnsbyxorna i beck.

«Han är slug – den gode Ragnar!» Vrålar han.

Lite omtumlad kastar sig Ragnar ytterligare bakåt för att komma ifrån ytterligare ett anfall från ormen.

Nu tjuter publiken av upphetsning.

När Ragnar hastigt reser sig, så ser han att ormen formerar sig igen för ett nytt anfall.

Ragnar sparkar kraftigt i marken så att grus och damm flyger mot ormen. Ett stort moln slår upp runt den, så att ormen inte kan se honom. Han kastar sig fram och får tag i svansen på ormen. Han tar tag med bägge händerna och börjar direkt att svinga ormen runt runt – så att den inte kan nå honom. Han tar sig sakta mot ena kanten. Plötsligt slår ormens huvud emot en av staketets pålar. Ragnar svingar ormen ytterligare ett varv – ytterligare en smäll.

Sedan släpper han greppet, så att hela ormen flyger in i staketet. Sekunden efter att ormen landat i backen, så kastar sig Ragnar fram och knäcker nacken på ormen.

När han reser sig upp, så är det dödstyst i publiken. Aldrig förr har någon sett något liknande.

Till och med Harald står och bara gapar.

«Vid Oden – detta var en envig det kommer att skaldras om länge!» utbrister Harald när han efter en stund kommit till sans.

«Vi skrattade åt dig när du bestrukit byxorna i Lodbrokor (beck). Men vilket geni-drag! Du lurade både oss och lindormen. Vilken kvickhet! Vilken djärvhet!

Från och med nu skall du gå under namnet Ragnar Lodbrok!»

Under tiden som han talar, går Harald in i cirkeln och fram till ormen. Han petar på den med foten, som för att förvissa sig om att den är död. Runt omkring hoppar och tjuter folk av glädje och beundran.

Vilken krigare! Vilken tvekamp!

Harald ser sig omkring på de halvt hysteriska människorna, hans folk. Efter en stund vänder han sig mot Ragnar med samma luriga flin som tidigare och säger;

«Ragnar Lodbrok – en minsann imponerande tvekamp. Nu har jag ett sista prov för dig.»

Regnet faller tungt i den kolsvarta natthimlen. Trots detta är det nästan lika ljust som på dagen.

Som kometer far de stora eldkloten genom luften över Minsks vita stenmurar och skapar kolossal förödelse bland Dregovanerna, stadens befolkning, med Kung Vladh i spetsen.

Drunga, härskaren av Severyan har med sin mäktiga armé omringat staden, för att hämnas dregovanernas överraskande och blodiga anfall på Starodub, severyanernas huvudstad, två somrar tidigare. Deras attack hade då kommit helt överraskande, utan minsta tecken innan.

På bara några dagar så hade Starodubs försvar fallit. Kung Drungas far, Kung Atika, hans hustru, drottning Ilni och samtliga övriga barn hade dödats. Drunga hade klarat sig – enbart för att han varit på jakt, tillsammans med femtio andra krigare av det innersta gardet.

När de hade kommit tillbaka, så hade hela staden stått i lågor. Många av invånarna var dödade, slaktade. Från stadsporten hade deras vapenbröders huvuden satts upp på pålar, i en lång rad längs vägen, som aldrig verkade ta slut. Den dregoverianska styrkan som fanns kvar för att försvara den nu annekterade staden, var alldeles för stark för att Drunga och hans femtio män skulle våga att anfalla. Istället hade de tvingats att fly.

Det hade tagit nästan ett helt år innan Drunga lyckats återerövra Starodub. Med sina närmaste män, de som varit ute och jagat ihop när staden fallit, hade han ridit runt i byar och städer i Sveryan för att samla män, vapen, hästar och förnödenheter. Till slut hade de lyckats samla en enorm här, som lätt hade krossat dregovanernas försvarare av den annekterade staden. När staden väl var återerövrad, började Drunga planera för nästa fas i sin hämnd.

Nu, ytterligare ett år senare, hade Drunga mobiliserat en ännu slagkraftigare här. Förutom severyaner, så fanns det gott om trälar i leden, men det var även rikligt med legosoldater.

Belägringen av Minsk var nu inne på sin tredje vecka. Det hade knappt regnat något alls under tiden, så Drunga var övertygad att invånarna nu började lida brist på både vatten och mat. Vad han inte visste om var att det fanns ett underjordiskt biflöde till Dnepr som ledde in till Minsk. Brunnarna var fulla med vatten och det fanns även mat så att alla kunde äta, men lagren sinade i oroande takt.

Den tidigare så självsäkra Kung Rakka, vankade av och an i det innersta rådsrummet i sin borg. Han hade fått information om anfallet en dryg vecka i förväg, men detta var allt för knappt om tid för att hinna mobilisera de krafter han hade behövt. Han hade direkt skickat folk till sina bundsförvanter om hälp, men sådant tar tid även för dem. All mat och förnödenheter som han kunde komma över runt om i landsbygden hade samlats in och fyllt varje tänkbart förråd i Minsk. När väl belägringen hade börjat – så fanns det gott om mat inne i staden. Som så många gånger tidigare, så förlitade Kung Rakka sig på Minsks kraftiga murar och försvarsverk. Precis som vid tidigare belägringar av Minsk, så står dessa bi.

Hur än Drungas män försöker - så lyckas de inte forcera Minsk's försvarsverk.

Efter ytterligare ett par dagar, så tornar ett stort dammoln oroande upp sig borta i horisonten.

Samtidigt kommer en ryttare i full fart framt mot Drunga. Han stoppar hästen precis framför Drungas livvakter och hoppar ur sadeln. «Min kung – en stor här närmar sig från öster. De bär på kriviciernas fana!»

Drunga förstår med ens att Rakka lyckats förmå sin allierade, kung Athon, att skicka en här att bistå honom med. Plötsligt sitter Drunga i ett skruvstäd mellan två arméer. Ett tvåfrontskrig är inte vad han klarar i detta läge. Han beodrar sina generaler att omgående avsluta belägringen. Den enda chans han ser är att med alla krafter anfalla den annalkande hären, för att sedan fortsätta direkt – ända hem till Starodub.

Kapitel 4

Innan ni återvänt, kom ett sällskap hit från Drevyanernas rike. Det var sändebud från Vladh, kungen av Drevyanerna.» Med en präktig rap avslutar Sigurd första meningen. Han torkar sig omständligt om munnen innan han fortsätter;

«Du vet hur mycket elände de ställer till med för våra fränder i Holmgård. Det är många resor till Miklagård som gått förlorade när de nått fram till Drevyanernas område.» Med viftande armar målar Sigurd upp en bild i luften under tiden som han pratar.

«Han ansöker att få gifta sig med Sigrid. Han erbjuder ett ansenligt hemgifte. Vi kommer dessutom ifrån alla dessa problem utan blodspillan. Det är gott.» Sigurd torkar av sig runt munnen med sin vänstra underarm.

«Budet är så gott att jag inte kan avböja. Rörik – Jag vill att du eskorterar Sigrid till Vladh.

Du är min bästa kämpe – som dessutom är nästan lika listig som jag själv! Ingenting får hända henne på vägen! Det blir ditt ansvar! Ta dig nu hemåt och förbered. Om en vecka bär det av.» Sigurd ser skarpt på Rörik.

Sedan vänder han sig om och fortsätter att prata med Oddvar den halte, hans rådman som sitter till vänster om honom. Rörik står tyst kvar och stirrar tomt rakt ut i luften. Han känner hur alla krafter plötsligt bara försvann. Det snurrar i huvudet. Han får hålla sig i bordet för att inte trilla omkull.

Sigrid. Hans Sigrid. Som hela hans kropp skriker av längtan efter. Kritvit i ansiktet nickar han till Sigurd som svar. Sigurd är redan helt upptagen i diskussionen med Oddvar, så han märker ingenting. På ostadiga ben vänder han sig om och lämnar huset. Väl ute skyndar han runt husknuten och kräks.

Torulv ser hur det fattas Rörik. Han springer bort och tar tag i honom. Röriks kropp krampar av de kraftiga uppkastningarna. Han faller på knä och bara fortsätter. En liten stund senare lugnar det ned sig. Rörik reser sig på skälvande ben. Han är fortfarande vit som snö i ansiktet.

«Hur är det fatt? Drack du så mycket mjöd igår», frågar Torulv.

«Det var lite mycket, men det är inte mjödet som fick min mage att vända sig. Sigurd har lovat bort Sigrid till Vladh, Drevyanernas kung. Och vi skall eskortera henne dit».

Torulv står tyst en lång stund medan han fortfarande håller Rörik om axlarna.

«Det gör mig ont att höra. Jag vet vad du känner för Sigrid. Att dessutom vara den som eskorterar henne – det blir en riktig plåga för dig. Men om det är Sigurds order, så är det vad vi måste göra.»

Torulv klappar Rörik ömt om axlarna och lämnar honom. Rörik sätter sig tungt ned i gräset. Han andas tungt, blundar och låter tankarna fara bakåt i tiden.

Som ung man hade Rörik följt med sin far Knut till Birka för att sälja trälar som Knut rövat i Kurland. De hade farit med två sneckor fulla med trälar vaktade av hans fars män. När de väl förtöjt sneckorna i bryggan i Birkas lugna vik, hade männen genast startat att tömma sneckorna på trälar. Under tiden hade Knut styrt stegen bort mot husen. Rörik, som aldrig varit i Birka tidigare, följde snabbt efter sin far. Men efter bara några meter hade allt blivit svart. Någon hade smugit upp på honom bakifrån och höll nu händerna för hans ögon. Rörik kände att händerna var ganska små – då hörde han ett glatt fnitter bakom sig. Han vred sig snabbt om – och där stod Sigrid. Rörik minns hur tagen han hade blivit av hennes skönhet. Hon hade nu mognat till en ung kvinna, en underbart vacker ung kvinna. Hennes blå ögon tindrade. Höga kindknotor. Putande byst. Det långa, blonda håret rörde sig ljuvligt av den lätta brisen. «Hej Rörik. Det var länge sedan. Tjuvkikar du fortfarande på din far?» hade hon fnittrande frågat, sedan kramade hon om honom och sa;

«Vad roligt att se dig igen». Hela hennes ansikte brast ut i ett stort, härligt leende. Ögonen gnistrade. Han minns hur hans knän blivit som gelé.

Sigrid frågade honom om han varit i Birka tidigare. När han ruskat nekande på huvudet, så tog hon hans hand och sa; «Kom – så skall jag visa dig!» Sigrid sprang upp för kullen, bort mot byggnaderna. Rörik satte efter och var snabbt i rygg på henne. Husen låg tätt på varje sida av huvudgatan. Huvudgatan var försedd med grova träplank att gå på, något som Rörik aldrig sett tidigare. Sidogatorna var däremot trånga, krokiga och skitiga. Stanken var nästan outhärdlig. Här fanns det inga träplankor att gå på – så det gällde att se var man satte fötterna. Husen här var små. Nästan alla husen var arbetshus. Det garvades, smiddes, syddes, producerades smycken och mycket annat. Vart Rörik än såg, så var det människor med fot eller halsbojor. Alla som arbetade var trälar. Många utav dem var så smala att de var av skinn och ben. Ansiktena var som levande dödskallar. Hela stämningen i staden var tung och dyster. Då och då hördes piskrapp – följt av smärtfyllda skrik. Rörik minns att han chockad bara stod och stirrade.

När de senare kom fram till det stora torget i mitten av Birka, så såg Rörik, för första gången kyrkan som hans far hade berättat om. Här tillbads en helt annan tro – samma som nere i Sachsen, Friesland och i det frankiska riket. De hade bara en och samma gud. Guden bestämde över allting i deras tro. Nu, precis som då – hade Rörik svårt att förstå hur en gud kunde hinna med allt.

De gick fram till ingången och kikade in. Längst fram i huset fanns ett stort träkors upphängt på väggen.

Sigrid pekade på korset och sa; «På ett sådant kors blev gudens son korsfäst och dog».

Nu förstod Rörik ännu mindre. Om guden inte ens kunde försvara sin egen son – hur kan man då sätta sin tillit till honom?

«Välkomna in i vår faders hus», hördes plötsligt en röst säga bakom deras ryggar. De vände sig tvärt – och där hade Rimbert, gudens präst, stått med ett vänligt leende i det nakna ansiktet.

Alla vuxna män hade skägg – men inte den här prästen.

Han var klädd i en brun fotlång dräkt, med ett silverkors hängande runt halsen och gjorde en välkomnande gest till dem att stiga in. Rörik och Sigrid följde prästen in i kyrkan. Inne i kyrkan stod det några rader med bänkar på var sida om mittgången. Förutom dessa och det stora träkorset – så fanns det inte så mycket mer. Bara några silverbägare på ett bord längst fram. De hade bägge hört en del om den underliga guden, hans son och hans präster. Nyfiket började de ställa en massa frågor till prästen. Efter att de fått svar på sina frågor, så tackade de för sig och lämnade kyrkan.

«Vad tycker du?» frågade Sigrid så snart de var själva.

«Jag tycker att guden verkar väldigt gullig och kärleksfull. Våra gudar är mer krigiska och tuffa – medan den här verkar mer bry sig om oss vanliga», svarade hon själv utan att vänta på Röriks svar.

Rörik minns att han stirrat undrande på henne.

«Om jag behöver en mes till gud – då kan jag lika gärna dyrka vem som helst! Det är ju gudarnas styrka vi behöver hjälp av! Sedan har de en och samma gud till allting. Hur skall han klara av det? Och vem behöver deras himmelrike? Jag vill hellre till Valhall – till alla andra vikingar – och Serimer – och festligheterna!» Svarade Rörik.

Sigrid vände sig då snabbt mot Rörik med ett lite illmarigt leende och sa;

«Men om jag kommer till himmelriket – vill du då inte följa efter?»

Rörik tittade förvånat på Sigrid och frågade;

«Men du har väl inte bytt sida?»

«Nej, inte än. Men man vet aldrig vad som händer i framtiden».

Rörik småler när han minns hennes svar. Så typiskt Sigrid. Alltid lika hemlighetsfull.

Sedan tog Sigrid honom i handen och sa «kom – så skall jag visa dig något!»

Hand i hand sprang de bort till den kraftiga palissaden som vette mot resten av ön. När de kom fram till den stora, väl dekorerade porten, så stannar Sigrid.

«Vet du vad som finns på andra sidan?» Frågade hon Rörik.

«Nej», svarade Rörik och skakade sakta, undrande på huvudet.

«Det är Valdet! Här får bara de döda bo. De som skall till Valhall! När någon dött – och inte kan komma till Valhall med en gång – så får de bo här. Det är bara tempelmän som får komma in – och det bara när de bär in någon som precis har dött.»

«Skall vi smyga in?» undrar Rörik nyfiket.

«Är du alldeles tokig! Vill du ha alla gudars vrede på dig!» svarar Sigrid upprört.

Sigrid ligger i sin säng och gråter otröstligt. Hon har just fått beskedet av sin far att hon skall giftas bort med Vladh. Både Sonja och Alva, hennes två trälar, gör vad de kan för att trösta, men ingenting hjälper. «Ni vet att det är Rörik jag vill ha. Även far borde veta det. Hur kan han göra så här emot mig?»

«Älskade Sigrid, tänk på att det är en rik och viktig man du får gifta dig med. Inget kommer att fattas dig. Tänk även på hur det kommer att gagna både kungen och alla här i Upsala. Även de som bor i Drevianernas rike! Tänk – då får du bo på den mäktiga borgen i Könugård!» försöker trälarna att trösta med.

«Det gör väl inte mig lycklig! Jag har drömt om att gifta mig med Rörik sedan jag var liten flicka. Nu kommer jag att vara på andra sidan världen och aldrig ens få se honom! Tänk om han bara hade talat med far tidigare...»

Utanför den stängda dörren står Sigurd och lyssnar. Nog vet han vad hon känner för Rörik. Sigurd har nog även observerat att Rörik har samma känslor för Sigrid. Men han är blott en kämpe. Han har inget att förhandla med. Detta är politik, viktig politik. Detta kan leda till stora positiva förändringar borta i det oroliga öst, med den viktiga handelsvägen till Miklagård som han så länge haft stora problem med. Detta kommer att leda till förändringar som inte ens en erövring kunnat ordna. Trots allt positivt så smyger en sorgsen Sigurd obemärkt bort från dörren och den otröstliga dottern.

När de kastar loss förtöjningarna, så är det en varm och härlig sommardag. Himlen är blå, med bara några små vita moln som sakta tar sig fram över himlen.

Rörik står längst akter ut, bredvid Tore Haklånge, som styr Hafnes med stabil arm.

Tore har varit på många färder till Miklagård och kan rutten väl.

Männen, som initialt suttit vid årorna, har nu tagit in dem och spänner fast dem vid sina platser.

Mitt i skeppet sitter Sigrid, med sluttande axlar, krökt huvud och gråter stillsamt. Rörik uppmanar alla krafter att inte titta på henne, för då kommer även han att brista i gråt. Det skulle inte göra gott för hans anseende bland männen – att sta till tårar, som ett kvinnfolk!

Han ser att Sigrid kastar försiktiga blickar mot honom emellanåt, men han låtsas att han inte ser dem. Torulv tar sig akterut och ställer sig framför Rörik. Han tar tag i hans axlar, ser förmanande på honom och säger; «Nu har du haft tid att sörja ditt öde. Nu måste du ta dig samman, annars kan detta äventyret sluta illa!»

Rörik ser på honom en stund innan han nickar till svar. Torulv nickar tillbaks och går sedan bort och fortsätter med sina sysslor. Trots förmaningen, så känner Rörik hur knäna småskakar.

Sigurd har skickat tre långskepp, med totalt 120 väringar för seglatsen. Han känner sig trygg att det skall räcka. De skall ju inte fara igenom något fiendeland. De fem sändebuden från Vladh åker med Rörik i Hafnes, det största av de tre långskeppen.

I de andra två finns, förutom kämparna, även ett antal trälar och gåvor till Vladh.

När de kommit till vattnen utanför Tavastland, så börjar det friska i. Det blåser kraftigt från styrbord sida, så skeppen kränger ordentligt. En stund senare ser Rörik att Sigrid är alldeles vit i ansiktet. Plötsligt rusar hon upp, vräker sig över relingen och kräks kraftigt. Utan att tänka sig för rusar Rörik fram till henne. Han tar ett försiktigt grepp om hennes axlar och frågar; «hur mår du?»

Sigrid vänder sig mot honom med kritvitt ansikte.

«Hur ser det ut?» svarar hon vresigt.

«Jag – jag bara undrar om det är något jag kan hjälpa till med?»

«Nu är det så dags!» svarar hon samtidigt som hon snabbt häver sig över relingen igen för att kasta upp ytterligare en gång.

«Du vet att det inte är detta jag ville», svarar han lite ynkligt.

«Jag vet – men hade du varit karl nog – så hade jag sluppit det här!»

Med tårar i ögonen och kramp i munnen lämnar Röriks tystnad svar.

Han känner att han inte kan förbanna sig nog, för att han inte tagit upp saken i tid med Sigurd.

Försiktigt backar han och går tillbaks längst bak i skeppet. Han står sedan som en stenstod och bara blickar ut över havet, som nu skummar på vågtopparna.

Vid gryningen dagen efter så får de land i sikte. Med starka armar styr Tore mot flodmynningen. Den första biten är bred och de grundgående långskeppen har inga problem med djupet. Vinden är nu borta, så männen får ro. Framåt eftermiddagen blir floden smalare och grundare. Stenar sticker upp över ytan lite här och där. Träd, mest björkar och en del tallar hänger ut över floden, tillsammans med en del buskar. Stämningen bland männen i besättningarna är munter. De vet att det vankas festligheter när de kommer fram. Skratt och glada tillrop blandas med ljudet från flodvattnets kluckande. Efter ytterligare en stund, så blir det för grunt för att ro.

Tore kallar in årorna. Männen halar in dem. Några av männen hoppar i vattnet och vadar iland. Hälften på var sida floden. De har förtöjt ett kraftigt, långt rep på var sida om fören, som de drar med sig skeppet i. Kvar i Hafnes är enbart Tore, Rörik, Sigrid och några få av männen. Resten av männen, även i de andra två långskeppen, sliter med att dra med sig skeppen uppströms. Färden fortsätter framåt i en lugn och sävlig takt. Rörik försöker vid flera tillfällen att få igång ett samtal med Sigrid, men hon bara stirrar surt på honom. Efter några timmar, strax innan solnedgången – precis när de skall till att avsluta för dagen, så hörs ett knakande ljud. När Rörik hastigt vänder sig om – så ser han hur flera granar på var sida floden faller ned och blockerar floden helt.

Rörik känner hur en kall kår ilar längs ryggraden. I nästa ögonblick hörs flera skrik.

Ett tiotal av hans män faller i floden med pilar som genomborrat kropparna på dem.

Runt de döda kropparna färgas vattnet rött. Kämparna fäster snabbt repen runt några granar och rusar sedan ut till skeppen för att hämta sina svärd. Då hörs höga, skrämmande skrik överallt. Som bålgetingar far pilar fram från bägge sidorna och träffar många av männen i ryggarna innan de kommit fram till skeppen. De som undkommer häver sig snabbt upp på skeppen för att skydda sig. De river åt sig sina sköldar och svärd och stirrar försiktigt ut över relingen. Nu hörs det åter kraftiga knakanden och flera granar faller. Flera utav dem träffar de andra två skeppen. Vidfare – skeppet längst bak – träffas så illa att ena långsidan bryts itu. Det grunda vattnet gör att det snabbt når botten – men vattenfylls helt, så männen tvingas överge skeppet. Samtidigt tar sig de anfallande männen snabbt ut på granarna i skydd av pilregnet.

Väringarna strider frenetiskt, men har inte en chans. Flera utav dem har fem-sex pilar i sig, men fortsätter att slåss.

Efter ytterligare en kort strid så har nästan samtliga män i de två andra skeppen fallit.

Med bara ett tiotal man kvar – skriker Rörik till männen att sluta strida och ge upp.

Rörik, Tore, Torulf och de övriga överlevande står med dragna svärd och ser hur anfallarna samlas på bägge sidorna av floden. Ett skrik hörs. En av männen på ena sidan kapar repet som håller fast Hafnes. På andra sidan tar männen tag i repet och drar in skeppet till strandkanten. En av motståndarna stiger fram. Rörik förstår att det är han som är ledaren.

Mannen vinkar åt Rörik att komma.

Rörik instruerar sina män att sätta tillbaks svärden i slidorna och följa efter honom iland.

Väl iland tar männen svärden ifrån dem. Rörik och Sigrid fortsätter fram till deras ledare. Utan ett ord puttar männen de övriga i ryggen, så att även de följer efter. Sigrid ser förskräckt på Rörik. «Vad-vad händer? skall de döda oss också?»

«Nej» svarar Rörik. «Om de velat döda oss – så hade vi redan varit i Valhall». De verkar veta vad de är ute efter. Vi får följa dem till deras läger».

Sigrid förstår inte hur Rörik kan vara så lugn, men hon känner att hans lugn även får henne att känna sig lite lugnare.

Männen går hela natten. De följer floden hela tiden. Strax innan gryningen så ser Rörik hur floden slutar i en stor sjö. Han förstår att de kommit fram till Neva.

Här väntar en hel svärm med båtar. De är inte alls byggda på samma sätt som deras egna långskepp, utan är betydligt mindre. Många har segel, medan många enbart har åror. De tvingar ned sina fångar i en båt utan segel. Männen tvingas ro, medan Sigrid får ta plats längst akter ut.

De följer den södra stranden på lagom avstånd. Efter bara några timmar kan de skönja bebyggelse. Tore viskar till Rörik att det är Aldeigjuborg, hemort för Slavianerna.

Väl framme förs Sigrid och Rörik bryskt till det största huset i staden.

Här ser de Valswiek sittandes och väntande i sin tron. Han är äldre, hjässan är nästan kal, med grå hårtesar på sidorna. Det syns att han levt gott den sista tiden, då bukmåttet är stort. Även dubbelhakan vittnar om många och stora middagar och festligheter. Han har en stor näsa, med ett långt ärr tvärs över. Runt halsen hänger ett stort gyllene halsband.

Tronen är täckt av björnskinn. Högst upp på var sida av ryggstödet sitter det dödskallar.

Rörik ser att mannen ser mycket nöjd ut.

Efter en kort stunds tystnad reser sig Valswiek upp och går fram till Sigrid.

«Så du är Sigurd Rings – kungen av rusernas dotter!» Han riktigt skiner upp vid sitt konstaterande.

Han ser sig runt bland sina män och ser förnöjd ut.

«Och vem är du – som inte kan ta hand om din kungs dotter?» frågar han syrligt Rörik.

«Jag är Rörik. Mannen som kommer att avsluta ditt liv», svarar Rörik behärskat.

Valswiek ser överlägset på honom, spottar honom i ansiktet innan han svarar;

«Jag borde hugga av ditt styvnackade huvud och hänga upp det på min tron – men där är det är redan fullt. Hade jag inte haft behov av att spara dig – så hade jag kluvit din skalle här och nu! Men fresta inte mitt tålamod!»

Valswiek pekar på Rörik, Tore och Torulf.

«Ni tre stannar här tillsammans med den sköna Sigrid. Ni övriga tar er tillbaks till Sigurd med mina krav».

När Hafnes närmar sig hamnen känner Sigurd en kall kår i kroppen. Med ens förstår han att någonting har hänt. Han följer spänt när hon närmar sig land.

Så snart Hafsnes lagt till, så rusar Sigurd ned. Bryggan är fylld med människor, men alla är helt tysta. När männen i skeppet tar sig upp på bryggan, så flyttar sig massan så att de får plats. I andra änden tvingar sig Sigurd snabbt fram.

«Vad har hänt? Var är Sigrid?» vrålar han.

Männen ser ned i bryggan. Alla sex skäms för att de lever – och inte är i Valhall efter att ärofyllt fallit i strid.

«Nå?» skriker Sigurd.

Erik Amundsson tar till orda:

«Vi – vi blev överfallna i floden innan Neva. Bara vi sex, Sigrid, Rörik, Tore och Torulf lever. Alla andra gick åt i fejden. Vi blev tillfångatagna av Valswiek av Slavianerna. Han håller Sigrid och de andra tillfånga i Aldegjugsborg. Han har satt krav för att de skall få leva».

Sigurd ser med ens lite lättad ut.

«Så – vad har han för krav?»

«Han kräver att tio långskepp fyllda med kämpar hjälper honom att besegra Kung Piroth av Slavianerna – och erövra Holmgård. Dessutom vill han ha ett avtal som ger honom en tionde på allt vi har med på våra handelsresor.

«När?» frågar Sigurd.

«Skeppen måste vara hos honom om två månvarv».

«Ta er tillbaks till Valswiek och säg att jag går med på kraven», svarar Sigurd kallt.

De tio skeppen ger sig av i lagom tid. Sigurds Hirdman Truvor är satt att ansvara.

Men Sigurd har i hemlighet gjort om planen.

Ett månvarv tidigare hade Hirdman Sinius gett sig av med tio andra långskepp. Hans mål är att ta sig till Kurland. Här skall han kräva ytterligare fem skepp med kämpar av Drok, kurernas kung och edsvuren till Svitjod.

Två dagar efter att Truvor avseglat, seglar även Wulf Aivarsson iväg med två långskepp fyllda med deras bästa kämpar och bärsärkar. Han följer efter Truvor på avstånd.

Truvor och de andra ombord känner till det. Det viktiga är att Valswiek och hans män inte får nys om det.

När Sinius väl kommer till Drok – så välkomnas han och männen hjärtligt. Drok lever upp till Sigurds önskemål. Efter bara en vecka seglar de femton skeppen upp för floden Dvina. När de närmar sig staden Polotsk, tar sig huvudstyrkan iland. En liten skara stannar kvar vid skeppen, medan resten beger sig in i skogen. De vet att staden är väl skyddad från flodsidan. Men från norra sidan finns två andra portar.

Dessa är väl skyddade – men planen är inte att vinna i strid – utan via skrämsel.

Under natten tar de sig fram till skogsbrynet. När dagen gryr kommer samtliga fram ur skogen. Samtidigt gör sig alla femton långskeppen synliga vid floden. Dock på behörigt avstånd – så att vakterna inte kan se hur få kämpar det är kvar ombord.

Plötsligt ljuder larmet från både flodsidan som norrsidan.

Sinius låter försvararna svettas i en timma innan han skickar fram två vapenlösa män mot huvudporten för att begära en förhandling.

De kommer strax tillbaks med ett jakande svar.

Sinius, med sin närmsta man Rolf Krake – en enormt stor och vida känd bärsärk, tar sig fram halvvägs till porten. Strax efter öppnas porten och två man går fram till Sinius och Rolf Krake.

Männen känner igen bägge kämparna sedan tidigare.

«Vad får er att ta svärdet i hand mot oss nu», frågar Kormak, hövding i Polotsk.

«Vi har ingen intention att hugga huvuden av er. Vi vill bara säkra fri lejd genom ert område», svarar Sinius lugnt.

Han ser tydligt hur Kormak pustar ut.

«Gott! då har vi inga problem! Vi kommer inte att sätta några hinder för er,» svarar Kormak lättad.

«Det tackar vi för. Men vi kan dock inte nöja oss med ett enkelt ord. Vi har för mycket på spel. Vi behöver en garanti. Vi vill att hundra av era kämpar följer oss.

Vårt uppdrag kommer dock även att gagna er – då vi skall lugga en gammal fiende till er.»

«Vilka?» undrar Kormak.

«Det kommer du att bli varse, då jag räknar med att du är en av de hundra.»

Efter att Sinius förstärkt sin här med ytterligare ett hundra man, inklusive Kormak, så går färden vidare mot Vitebsk. Han använder här samma strategi, men Klugius, Klanledaren i Vitebsk, vägrar.

«Jag kan inte ge dig hundra man! Då försvagar jag vårt försvar! Dessutom lyder vi inte under er! Vi tillhör som du väl vet Drevyanerna. Kung Vladh i Kiev är den som ger oss order!»

Sinius tittar på Rolf Krake. Sekunden senare tar Rolf två raska steg mot Klugius – han tar ett fast tag kring öronen på honom, lyfter honom i huvudet och knäcker nacken på honom. Sedan släpper han den döda kroppen som dunsar ned i en onaturlig hög på marken. Osmo, Klugius närmaste man stirrar häpet på den döda kroppen.

«Nu är du klanledare,» säger Sinius lugnt.

«Hur vill du göra?»

Två dagar senare har hären ökat med ytterligare hundra man innan färden går vidare, upp för floden Lovat mot sjön Ilmen.

För att inte slaverna i Holmgård skall få reda på att de är på väg, så skickar Sinius ut en förtrupp som tar hand om alla båtar och människor längst floden.

När Truvors tio skepp tar sig upp för floden mot Ladoga är de fällda granarna och alla andra spår av bakhållet borta. Inga lik eller spår av striden syns. Valswiek vill tydligen inte att vi skall hetsa upp oss mer än nödvändigt, tänker Truvor.

När de kommer till mynningen vid Neva, tar Truvor ett färskt bröd som han lägger på en sten vid strandkanten. Han lägger ett par stenar ovanpå – dels så att Wulf lättare skall se, men även så att inte fåglarna skall äta upp det.

När Wulf senare hittar brödet, vet han både var han skall vänta men även hur långt efter han är.

När de tio skeppen anländer till Aldeigjuborg, är bryggorna fulla med beväpnade män.

Det slår Truvor hur korta de är. Nordborna är mer än huvudet högre och betydligt bredare över axlar och armar. Få av dem har skägg. Många är målade både på kroppen och i ansiktet. De flesta har pilbåge. Fler har yxa än svärd. Både yxorna och svärden är små i jämförelse med nordbornas. Truvor ser att även kvalitén verkar dålig. Väldigt få utav dem bär sköldar och hjälmar – bara kläder av skinn och päls.

När Truvor kommer upp på bryggan, förs han bort till Valswieks borg. Borgen är flera våningar hög och ordentligt utsmyckat. Så höga hus har inte vi, tänker Truvor. Imponerad av byggnaden kliver han in i stora salen. Rummet är rikt dekorerat.

På väggarna har de hängt upp troféer av olika slag. Huvuden av björnar, varg och renar blandas med människoskallar. I mitten av rummet är en stor eldstad som ger både ljus och värme. Längs sidorna av rummet trängs Valswieks närmaste män.

Längst fram sitter Valswiek i sin tron, med skallar upphängda på ryggstödet.

Truvor går fram. Stannar ett par steg framför Valswiek och hälsar.

«Vi har hållit vår del av avtalet så här långt. Nu vill jag träffa Rörik och Sigrid innan vi tar nästa steg,» kräver Truvor.

Utan ett ord lyfter Valswiek sin vänstra hand. Männen längs samma sida gör plats och Rörik och Sigrid föses in i rummet.

Sigrid står försynt helt stilla. Rörik däremot går fram till Truvor och hälsar med en kraftfull armkrok.

«Gott att se ditt ansikte», säger Rörik.

«Detsamma. Wulf kommer snart och hälsar på», svarar Truvor så tyst att bara Rörik kan höra.

Han nickar förstående.

Två dagar senare kastar samtliga skepp, nordbornas tio långskepp samt ytterligare tjugoåtta mindre skepp, loss från bryggorna och stävar upp för floden Volchov. Floden är lugn och bred, så trots att de tar sig uppströms – så behöver männen inte slita så ont.

De tar sig fram med hjälp av årorna. Trots att långskeppen är betydligt större, så har de en betydligt bättre konstruktion, så de glider fram lika lätt som de mindre. Men då de har betydligt fler åror, så tar de snabbt täten. Resten av Valswieks män färdas till häst eller till fots längs stränderna. Truvor uppskattar styrkan till nästan två tusen man, varav nordborna är en betydande del.

På eftermiddagen följande dag kan de skönja rök från Holmgård som breder ut sig ovanför trädtopparna. Strax efter slår de läger. Valswiek håller en sista genomgång innan männen tar vila inför striden följande gryning. Stämningen bland männen är samlad men god. Alla tror på seger.

Holmgård ligger på bägge sidor om floden Volchov, där den rinner ut från sjön Ilmen.

Slaverna, som är omvända till kristen gudstro, har byggt en kyrka, St. Sofia, som ligger skyddat beläget innanför slottsmurarna, kallad Kreml, mitt i staden. Staden är uppbyggd kring fem olika bebyggda områden.

Det första som möter dem är marknadsområdet med dess myller av tält, varor, människor, trälar, djur och annat bråte. I hamnområdet är det fullt med bryggor där alla handelsskepp lossar eller lastar sina varor. I hela staden, som är byggd på ganska sank mark, finns det gator byggda av träplank – så att alla kan gå omkring utan att bli blöta och skitiga om fötterna.

På höger sida om floden ligger Sofia bankar. Här bor merparten av den vanliga befolkningen.

Fartygen norrifrån närmar sig ljudlöst i den tidiga morgondimman. De kommer två skepp i bredd.

De första fem raderna är långskeppen. Truvor styr dessa mot slottsområdet. De första två långskeppen tar sikte på bron som knyter ihop de bägge stadssidorna. Valswieks skepp anfaller hamnområdet och Sofia bankar. En viktig del i planen är att hindra slaverna att använda skeppen. Lika viktigt är att skära av folket i Sofia för att komma till undsättning.

När Truvor har femtio meter kvar hör han hur vakterna upptäcker dem och blåser allt de kan i signalhornen. Nordmännen tar nu i allt de orkar med årorna. De ror så att vattnet skummar runt skeppen. Strax efter brakar de med kraft rakt in i bron, som förbinder de bägge stadsdelarna. Hela den ganska rangliga bron gungar till av kraften. Flera av vakterna trillar ned i floden. Pilar fyller luften, men nordborna är beredda med sina sköldar. Så snart de kan – så rusar upp ur skeppen och upp på bron med svärden och yxorna i högsta hugg. Det tar inte lång stund förrän nordborna har erövrat bron. De raserar bron ordentligt. Över tjugo steg med öppet vatten. Det är en viktig del i planen. När Truvor är nöjd rusar männen längs bron – mot slottet för att möta upp de andra, som redan har startat anfallet.

Slottet har en stark och hög försvarsmur av grova trädstammar. De flesta av stadens krigare är inne i slottet.

Men Truvors avsikt är inte att anfalla nu. Männen grupperar sig och ser till så att ingen annan kan ansluta sig. Sedan börjar de bearbeta den södra porten.

Valswieks män är lyckosamma i hamnområdet. I området är det ganska få vakter, mest handelsmän och trälar. Det tar inte lång stund förrän de första handelsskeppen börjar att brinna. Sedan sprider sig elden snabbt. Detta är den signal som Sinius väntat på.

Kort därefter tar sig ytterligare tio långskepp och åtta mindre skepp hastigt norrut mot Holmgård.

Männen i Sofia bankar tas helt överrumplat. Många hinner knappt lämna sina hem innan de slås ihjäl.

Nu tar sig huvuddelen av männen från handelsområdet bort mot slottet. Väringarna i Sofia bankar ser till att ingen därifrån kan komma till undsättning.

På andra sidan floden står nu resten av slavernas krigare och bara ser på. Utan bron och utan skepp kan de inte ta sig till stridigheterna. Avståndet är för långt för att deras pilar skall nå fram.

Uppe på pallisaden syns Kung Proth, som står tyst, med allvarsam blick och beskådar anfallet.

Segerviss samlar Valswiek sina män vid huvudporten. Pilar viner i luften. Kokande bäck kastas ned från murarna ihop med stenar, spjut och allt annat de hittar. Truvor ser att många av Valwieks män faller, då de inte har mycket att skydda sig med. Men det berör inte Valswiek.

Han bara manar fram fler män. Truvors väringar fortsätter att bearbeta den södra porten, men utan att förta sig. Gång efter annan vänder sig Truvor bort och kikar mot floden.

Efter en stund ser han seglen från Sinius långskepp när de passerar igenom den trasiga bron. Nu ler han lömskt. Han avvaktar ytterligare en stund, så att

Sinius män hinner iland på den norra sidan om slottet. Nu har de Valswieks män mellan sig. Då blåser han i hornet. Samtliga väringar anfaller nu Valswieks män istället. Då dessa är helt fokuserade på slaverna i slottet, blir de en lätt match för de väldrillade väringarna. Rolf Krake hugger sig frenetiskt igenom horden med Valswieks slavianer. De två pilarna i ryggen har ingen effekt på honom. Han fäktas och dräper slavianer med samma energi som tidigare. Efter ytterligare en stunds stridande så ser han sin möjlighet. Med ett isande vrål rusar han fram mot Valswiek och klyver huvudet på honom. Plötsligt stannar hela striden upp. Slavianerna vet inte vad de skall göra. Plötsligt har de ingen ledare. Även de i slottet ser vad som händer och stannar upp. Då träder Truvor fram.

Han ställer sig bredvid Valswieks blodiga kropp och ropar;

«Hör upp Slavianer! Antingen följer ni oss – eller så dör ni här – antingen av oss – eller av slaverna i slottet!»

Slavianerna ser tysta på varandra en kort stund. Strax inser de situationen och drar sig slokörade fram till Truvor.

Plötsligt öppnas porten till slottet och slaverna rusar till anfall. Truvor förstår att Kung Proth passar på att utnyttja den uppkomna situationen till att anfalla. Även om Slavenianerna är paralyserade – så är inte nordborna det. Med ett massivt vrål störtar de mot slaverna. På öppet fält har inte slaverna mycket att sätta emot de stora nordborna. Slavernas första attack slutar med att de ser ut att springa rakt in i en anstormande vägg. När över hälften av slaverna fallit, flyr de överlevande tillbaks mot slottet. Men då har Sinius med sina bästa kämpar tagit sig runt och skurit av reträttvägen.

Samtidigt har de slagit sönder fästet till porten, så den går inte längre att stänga.

Slaverna skickar ut förstärkningar, men de faller strax utanför porten. Snart är högen med döda kroppar så hög att de har svårt att klättra över den – och blir då ännu lättare offer.

När sedan slavianerna till slut samlat sig och ansluter till väringarna – så intar de snart slottet.

Under tiden närmar sig ett långskepp Aldeigjuborg. Vakterna blåser oroligt i hornet, så de övriga krigarna som är kvar för att försvara staden rusar upp på palissaden och ut på bryggorna.

När de blickar ut mot skeppet, så ser de inga beväpnade krigare. Männen ombord ror i godan ro. Mitt i fartyget ser de flera träfat. Rorsmannen vinkar glatt emot dem. De tittar undrande på varandra. Männen avvaktar. När skeppet når bryggan, så hoppar Wulf upp och går ensam, obeväpnad fram till dem.

«Vår konung, Sigurd Ring hälsar. Han vill att vi är med och övervakar så att inget händer våra fränder, nu när vi tillsammans dragit i krig».

Hirdman Osmo, Valswieks tillförordnade, vet inte hur han skall hantera situationen. Valswiek nämnde inget om något sånt här. Bara att de skulle skydda fångarna och se till att de inte smiter.

Staden är ganska dåligt försvarad nu när huvudstyrkan dragit i krig …

Att ha femtio nordbor som tillskott…varför inte?

Osmo accepterar Wulfs invit, under vissa förutsättningar:

«Ni får inte vistas i samma hus som fångarna. Vi tar hand om alla era vapen. Ni får tillbaks dem antingen om vi blir anfallna – annars när ni far hem.»

Wulf nickar. Sedan vänder han sig om och vinkar till sina kamrater.

«Vad är det i träfaten?» undrar Osmo.

«Det är mjöd. Vi nordbor måste ha mjöd att dricka!» svarar Wulf fryntigt.

«Så – det låter sig smakas,» svarar Osmo med ett leende och klappar Wulf på axeln.

Nordmännen bär med sig faten och ställer dem på torget framför rådshuset.

Slavianerna börjar grilla en hel oxe inför kvällsvarden, som nu plötsligt blivit till en fest.

Wulf ber att få tala med Rörik.

Två män följer honom till huset där fångarna hålls inlåsta.

När dörren öppnas ser Wulf hur samtliga i rummet överraskas.

«Wulf! Vad trevligt att du kommer och hälsar på», säger Rörik med ett illmarigt leende.

Wulf går fram och kramar om allihop.

När han kommer fram till Rörik, viskar han;

«Förbered er på att åka härifrån ikväll. Vi har en liten överraskning till slavianerna.»

Vid kvällningen börjar festen. Maten dukas fram. Sprintarna till tunnorna med mjöd slås bort.

Slavianerna njuter av den nordiska mjöden. Kvinnor börjar dansa kring elden. Flera av männen rusar fram och medverkar. Andra män uppträder med märkliga konster och akrobatik. Allt efter att tunnorna sinar, så får allt fler svårt att gå rakt. Här och var försvinner män med en kvinna för att få vara i fred.

Framåt midnatt är mjödet i tunnorna slut. Alla är kraftigt berusade. Elden börjar sakta falna tillsammans med de sista männen.

Wulf, som har låtsats sova, tittar försiktigt upp. Allt verkar vara precis så som han planerat.

Försiktigt smyger han bort till Kåre och Otrygg och ruskar om dem. Även de har tagit de varsamt med mjödet. Försiktigt smyger de fram till de tomma tunnorna. De vänder på tunnorna och lossar på botten-delen. Därunder är det ett lönnfack. Snabbt plockar de fram de gömda svärden och yxorna.

Försiktigt smyger Wulf sig fram mellan de sovande och berusade slavianerna – mot huset där Rörik och de andra fångarna sitter inlåsta.

Berdla Kåre och Otrygg smyger under tiden ned till bryggorna. Här överrumplar de snabbt de två vakterna.

Otrygg visslar och får strax en vissling till svar. Strax ser de det andra långskeppet närma sig bryggan. Wulf har under tiden gömt sig bakom ett hus strax bredvid huset där de håller fångarna.

Plötsligt hörs en massa skrik och klang från svärd som slås emot varandra. Då rusar Wulf fram mot de tre vakterna. Trots att vakterna snabbt reagerat på skriken och ljuden – så de är klarvakna och stridslustna – så har de ingen chans emot Wulf. När första vakten anfaller, viker Wulf överkroppen åt vänster samtidigt som han stöter svärdet genom halsen på vakten. I en rörelse, så drar Wulf ut svärdet, fortsätter rörelsen så att han snurrar ett helt varv och klyver skallen på nästa vakt.

Den sista ryggar tillbaks en sekund. Wulfs rörelse fortsätter så att svärdet nu hugger uppifrån och slår loss den högra armen strax under axeln. Mannen vrålar av smärta. Då går Wulf fram och stöter svärdet genom bröstet på honom.

Därefter vänder sig Wulf om och hugger loss sprinten som håller dörren låst.

«Så – nu är det slut på latmansdagarna. Nu får ni börja göra rätt för er!» ropar Wulf in mot fångarna.

På torget hade striden slutat nästan lika snabbt som den började. Nordmännen hade bara behövt att slå ihjäl en handfull män – innan de övriga gett upp. Många utav dem var så fulla, att de inte ens hade vaknat. Andra kunde inte hitta sina vapen. De som väl lyckats hitta sina vapen – hade knappt kunnat försvara sig.

När Wulf och fångarna kommer fram till torget, så står Osmo bredvid Otrygg. På darriga knän vet han inte vad han skall säga eller göra.

Wulf går fram till honom och kör svärdet rakt igenom magen på honom. Med ett gurglande faller han död ner på marken med blod som forsar ur magen.

Wulf vänder sig direkt mot de övriga slavianerna och ropar högt:

«Hur upp män. Från och med nu har ni ingen kung. Valswiek är död. Dödad av mina bröder nere vid Holmgård. Hans ställföreträdare här lär heller inte ge några ytterligare order, som ni kan se.

Vill ni se solen gå upp imorgon – så svär ni trohet och underkastelse till er nya ledare – Rörik!»

Harald tänker en lång stund innan han berättar sin plan för Ragnar:

«För att jag skall tro på dig, så vill jag att du ytterligare bevisar din situation genom handling.»

Ragnar nickar tyst i samförstånd.

«Din far har lierat sig med Ghutarna. Så just nu kan vi inte vare sig föra handel eller ens segla in i östra havet. Hela handeln i öst är stängd för oss, vilket skadar oss hårt.

Du skall hjälpa mig att bryta detta. Du skall ta dig till Visby och ha ihjäl deras ledare – Aivar Stråben.

Med honom ur spel kan vi nog göra en inbrytning.»

Ragnar ser på Harald utan att blinka. Han nickar tyst. Att något liknande skulle inträffa, var Ragnar beredd på. Ett godtagbart förslag.

«När seglar vi?» frågar han lugnt.

«Så snart mina fränder från Vestfold anländer. Även de har en del otalt med Ghutarna. De vill göra dig sällskap.»

När Ragnar och Tora senare kommer tillbaks till sitt hus, så frågar Tora nervöst;

«Men Ragnar – att ta sig till Visby för att döda Aivar Stråben – deras ledare…

Det är ju ett jättefarligt uppdrag! Vad händer med mig om du inte kommer tillbaka?»

Ragnar ler mot Tora, kramar om henne och svarar:

«Var du lugn. Jag har varit med om värre saker och klarat mig. Det vankas mig värre om jag vägrar.

Om jag inte kommer tillbaks – så är jag i Valhall. Så då ses vi där när tiden är mogen. Under tiden får du finna en ny man här bland danerna.»

En vecka senare kommer ett långskepp från Norge under ledning av Hjörvad Hornet. Hjörvad är en reslig fyr med eldrött, långt yvigt hår. Skägget är lika rött och yvigt, så allt som syns av hans ansikte är lite kinder och ögonen. Genom skägget på högra kinden kan man skönja ett långt ärr. Med sig har Hjörvad ytterligare femtio män. Alla nästan lika stora som Hjörvad och ser ut att kunna hantera både svärd och strid väl.

De byter långskeppet mot tre mindre knarrar, för att minska risken att bli upptäckta. Nu ser de ut som fiskare eller handelsmän.

De följer den scandiska kusten på så långt avstånd de kan. Från land lär ingen kunna se dem. På tredje dagen kommer de fram till den södra udden på Öland. Där väntar de tills solen gått ned – innan de tar sig iland på den östra sidan. Allt för att ingen från Eketorp skall se dem. När de äter, så äter de fisken rå – för att inte elden skall röja dem.

Natten går utan att någon ser dem. Så snart det börjar bli ljust, så skjuter de ut knarrarna och fortsätter resan.

Några timmar senare kommer de till Ghotlands södra udde. Här väntar ett par allierade på dem.

«Aivar är inte i Visby nu, utan hemma i Heffins Bryde. De skall sta och fiska», berättar de.

Männen försitter ingen tid utan tar med de bägge och seglar vidare österut. När de passerar Smiss udde, så ser de flera små fiskebåtar i Badelundeviken. Då de har medvind bestämmer sig Hjörvad att anfalla omgående.

Det tar en liten stund innan männen i fiskebåtarna reagerar. De står en stund och ser på knarrarna som närmar sig. Plötsligt hör de hur en av männen skriker att det är norrmän. De ser hur männen sliter upp sina fiskeredskap och börjar sedan ro för allt de är värda.

När de närmar sig stranden, så ser Hjörvad hur de små fiskebåtarna tar sig sick-sack mot stranden.

Plötsligt ser han en vass grynna precis bredvid knarren. Hjörvad skriker högt att vända omgående, för att undvika att förlisa. Vansinnig ser Hjörvad och Ragnar hur de små fiskebåtarna snabbt närmar sig stranden – utan att de kan följa efter. Då skriker en av de två männen de tog upp på udden;

«Styr söderut. Styr mot Grötlingbo. De är säkert på väg mot Heffins Bryde – då kan vi genskjuta dem!»

Hjörvad styr rakt mot punkten som Ghoten pekar mot. Här är det lätt att ta sig in ända fram till stranden. Så fort de kan, hoppar de ur knarrarna och springer in till land i det grunda vattnet.

Nu tar Ragnar kommandot;

«Vi delar på oss – så har vi större möjlighet att hitta dem! Hjörvad – du tar hälften av männen och tar dig mot Heffins Bryde – så tar jag mot söder – ifall de tagit en annan väg!»

Grupperna ger sig iväg så fort de kan. Terrängen är platt, med ljung och annan låglänt växtlighet. En del tallar, inte högre än de själva, står glest utplacerade. Männen tar sig springande snabbt fram. När Hjörvad kommer fram till Heffins Bryde, håller de på att springa rakt in bland Aivar och hans Ghoter. Dock ser Hjörvad att det funnits ytterligare män i Heffins Bryde som snabbt mött upp, så nu är plötsligt förhållandena det omvända. Hjörvads tjugofem man mot Aivars fyrtio. Med ett vrål vräker sig Ghoterna med Aivar i spetsen fram mot norrmännen. Aivar klyver skallen på den första norrmannen.

Stål mot stål. Bägge sidorna kämpar frenetiskt. Hjörvad träffas av ett spjut i sidan. Det gör honom ännu mer förbannad. Han stöter sitt svärd i magen på mannen med spjutet, sedan drar han ut spjutet med ett vansinnesvrål.

«Bakåt!» skriker han och norrmännen retirerar samtidigt som de försvarar sig. När de efter en stund kommer till en tall-dunge får de chansen – de vänder sig snabbt om och springer så fort de kan. Två man genomborras av pilar och faller. Bakom sig hör de hur Ghoterna illvrålar när de jagar dem. Kämpen till höger om Hjörvad träffas av ett spjut i nacken. Han ser ut att plötsligt flyga fram ett par meter innan han stendöd tar mark.

Hjörvad känner nu att såret i midjan börjar sinka honom. Han tvärvänder och anfaller själv ghoterna.

Den snabba vändningen gör att ghoterna blir helt överraskade. Två ghoter faller nästan omgående. När Hjörvad trycker in sitt svärd i magen på den tredje ghotern – hugger en annan av svärdsarmen på honom.

Med ett vrål anfaller Hjörvad mannen, men får då en yxa i ryggen. Blodet sprutar åt alla håll när han faller död till marken.

Men Hjörvads anfall har givit de andra värdefulla sekunder. Nu har de drygt hundra meter mellan sig och ghoterna. Strax framför sig står det några hus. När de rusar in mellan husen, ser de att Ragnar och de andra männen står gömda. «Nu har ni fått ert lilla roliga – nu vill vi vara med,» säger Ragnar med ett leende.

De väntar tills ghoterna precis kommer fram till husen – då anfaller de. Hälften av norrmännen tar emot dem, medan resten delar upp sig i två grupper. Dessa rusar fram på var sida av ghoterna, som nu plötsligt finner sig omringade. Det blir en våldsam batalj. Stål mot stål hörs överallt. Män från bägge sidor skadas och dräps.

Efter ett tag får norrmännen övertag – tack vare att de är några fler.

Ragnar fokuserar på att komma åt Aivar. När han nästan är framme – rusar en yngling fram och anfaller honom. Då svingar Ragnar sin sköld med all kraft och träffar ynglingen i huvudet. Han slungas bakåt och blir liggande livlös. Aivar ser desperat på sin yngsta son. Ragnar tar då tillfället – och vräker in sitt svärd i midjan på honom, med sån kraft att det sticker ut på andra sidan. Det hörs bara ett gurglande från Aivars strupe. Med blicken på sin livlöse son, segnar han död ned alldeles bredvid.

När Aivar dör, stannar plötsligt de andra ghoterna upp. De ser lite vilsna på varandra.

Ragnar ser sin chans.

«Håll upp män!» vrålar han.

«Vi har utfört vad vi kom för. Ghoter – om ni vill fortsätta kampen och dö här tillsammans med Aivar – så var så goda. Annars kan ni ta med honom hem och meddela att det var Ragnar Lodbrok, som dräpte honom här i Burs!»

Männen ser först på Ragnar, sedan på varandra. Ett kort ögonblick senare så vrålar de i kör och rusar åter på norrmännen. Kort därefter är alla utan en av ghoterna döda.

Ragnar går fram till honom och säger; «Tag dig nu till Visby och meddela vad som hänt – så att ni kan hedra er kung. Glöm inte att meddela att det var jag – Ragnar Lodbrok, son till Sigurd Ring – som dräpte honom!»

Ragnar går fram till Aivars döda kropp och lägger den till rätta, för att hedra sin motståndare.

«Han slogs väl, den gamle mannen!»

Sedan böjer han sig ned och synar ynglingen som ligger bredvid honom.

«Jag tror att vi har en som lever! Det är nog Aivars yngste. Vi tar med honom till Harald. Han kan nog komma ha nytta av honom».

Kapitel fem

Samtliga i Visby sörjer sin döda ledare. Aivars kropp ligger på en kraftigt skrudad bädd mitt på Stortorget. Även folk från de mindre byarna runt omkring på Gothland kommer till staden för att visa sin respekt för sin fallna ledare. Aivar är komplett klädd i sin finaste domar-dräkt, med underkläder, byxor, stövlar och en brynja med invävda guldtrådar. På huvudet har han sin krona av guld, fylld med glänsande ädelstenar i olika färger. De har gjort ett gott jobb med kroppen. Det ser ut som om Aivar bara ligger och vilar. Ledet med människor som köar för att ta farväl och visa sin aktning, ringlar sig långt ut genom en av portarna i stadsmuren. Hela tiden fylls den på, med ytterligande sörjande – så den ser ut att aldrig ta slut.

I tingshuset sitter de bägge övriga tredingsdomarna Ölve Hnuva och Gisle Surson tillsammans med Jork den Barske, Gånga Bengt och de övriga rådsmännen och diskuterar den uppkomna situationen. Efter att alla blivit informerade vad som hänt och hur det hänt, så glider samtalet in på framtiden.

«Enligt vår lag, Gutalagen, skall en ny landsdomare vara någon av tredingsdomarna,» säger Heidrek den Vise. Heidrek är en gammal man. Betydligt äldre än någon annan. Hans ena öga är alldeles mjölk-vitt, så på det ögat kan han inget se. Även det andra ögat är skralt, så någon får alltid leda honom så att han inte trillar eller går på något. Han har en hög käpp som han stödjer sig på när han står upp. « Ölve och Gisle är våra kandidater. Samtidigt vet vi att det var Aivars vilja att hans son, Wulf Aivarson skulle ta över efter honom och föra ättens ledarskap vidare. Som alla vet är Wulf på väring i Gårdarike tillsammans med sveonen Rörik, på uppdrag av Sigurd Ring – vår nya kung. Då han inte kan föra sin egen talan, så tar jag ansvar för hans ord.» Heidrek gör en liten konstpaus innan han fortsätter; «Jag tror mig vara säker att Wulf hedersamt skulle acceptera att ta över ledarskapet efter sin far. Han är dock fortfarande väldigt ung, så frågan är om han har tillräckligt med erfarenhet för detta ansvarsfulla uppdrag, som landsdomare?»

Ölve reser sig och tar över ordet;

«Jag och Gisle har suttit i tinget tillsammans med Aivar under en lång tid. Vi är nu båda till åren komna och tror bägge att vi gör bäst att sitta kvar i tinget tillsammans med vår nya landsdomare. Vi har som vi alla vet hamnat i en mycket svår sits och det kommer att krävas mycket kraft av vår lya landsdomare att dels klara situationen här i Visby – men även att hantera avtalet med Svitjod, vår nya kung Sigurd Ring. Vi känner alla Wulfs kvalitéer. Om Aivar trodde att han klarar uppdraget – så tror både jag och Gisle detsamma. Uppdraget Wulf nu är på kommer att stärka banden ytterligare mellan honom och Sigurd Ring. Vi föreslår att vi väljer Wulf Aivarson till vår nya ledare. Så länge han är på väring är vi bägge hans ställföreträdare – såsom vår lag föreskriver.»

Efter ytterligare en stunds diskussion – så bifaller samtliga valet av Wulf till ny ledare för Ghoterna.

Följande dag för de Aivars kropp genom Visbys gator ner till bryggorna och ombord på hans favoritskepp – Stormöga. Hela långskeppet är täckt med finaste siden och sidenkuddar från Särkland, inramat med ett hav av blommor. Mitt i skeppet sätter man Aivars kropp, omstoppad av kuddar, så att han verkligen sitter. Bredvid står en kista fylld med silverpengar från olika håll i världen, såsom Miklagård, Grekland och Särkland. Vid hans fötter vilar hans fyra närmaste trälar. Precis som seden föreskriver, så har de bragt dem om livet nu på morgonen – så att de kan tjäna Aivar även i efterlivet, i Valhall. Sedan fördes det fram flera kor. Just framför skeppet så högg de huvudet av dem innan de lade dem i skeppet. Likadant gjorde de med grisar, getter och höns. Han har även med sig sina vapen, förutom svärdet – Tyrfing. Detta har sedan många generationer gått i arv – och den seden skall upprätthållas. När allt väl var lastat, kom dödsoraklet, en gammal, satt och kraftig kvinna och bad de rätta orden till gudarna – så att han skulle få en god seglats till Valhall och att de skall ta väl hand om honom vid hans ankomst.

Bryggorna är till bredden fyllda av sörjande. Skalden Kormak Ögmundarson sjunger flera kväden som han diktat till Aivars ära. När han väl tystnar – så står alla tysta med blickarna spännda på Aivar. Jork den Barske tar av sig alla sina kläder, sätter eld på de två facklorna som de haft med sig. Med en i ena handen och den andra fastsatt mellan låren, med elden bakom sig – går han baklänges, helt naken, mot skeppet. Vid skeppet antänder han det bål som ligger under sidentyget. Därefter lösgör han tillsammans med Gånga Bengt skeppet och knuffar ut det från bryggan. Sakta glider det ut från kajen. Folket ser nöjt att flera korpar svävar över skeppet. En lätt bris tar tag i seglet och föser stilla ut det mot det öppna havet. Oden välkomnar honom, tänker de. Åskådarna ser hur elden sakta tar sig.

Den sprider sig i halmen under Aivar, ned mot trälarna, sedan till djuren. Plötsligt har elden fått riktigt grepp om bålet under Aivar. Som en hastig stöt flammar hela bålet upp och döljer kroppen helt.

Det flytande bålet tar sig sakta allt längre ut. Alla står kvar och följer spännt Stormögas sista seglats, när det helt övertänt blir allt mindre borta i horisonten.

Ett sällskap om tre personer kommer till Upsala och ber att få tala med Kung Sigurd.

När vakterna meddelar Sigurd, berättar de att gruppen leds av Jork den Barske från Visby.

Sigurd vet att Jork är en av Aivars närmaste män. Vad gör han här – utan Aivar? funderar Sigurd medan han väntar på gästerna.

När det tre kommer in, så ser Sigurd tre sammanbitna män.

Jork den Barske går främst av de tre männen.

«Vi har kommit för att meddela att Aivar Stråben har blivit dräpt. Det var en grupp med norrmän som kom för att hämnas. De högg ihjäl alla utom en, som fortfarande ligger svårt sårad. Även Aivars yngtse son, Angantyr dräptes. Det verkar som om de av någon anledning tog med hans kropp, så honom har vi inte kunnat begrava.»

Sigurd sitter tyst en stund och funderar. Kan verkligen norrmännen tagit sig ända till Gotland själva – eller är detta Harald Hildetands svar? Eller bara början av hans revansch?

Efter en stund rätar Sigurd på sig och ser Jork hårt i ögonen. «Av det lilla jag träffade Aivar så hann jag förstå att han var en god ledare med ett stort hjärta. Det gör mig ont att höra ert besked. Men han har det gott nu med sina fädner i Valhall. Intet saknas honom. Men vårt avtal skall dock bestå. Det skall klara även detta onda besked. Vi skall tillsammans hämnas detta nesliga dåd!»

Jork bugar och säger; «tack min kung. Det gör gott i mitt hjärta att höra era ord. Men jag måste tyvärr även berätta att det var Er son, Ragnar, som utförde dådet.»

Sigurd blir helt vit i ansiktet. Hade han inte suttit – så hade han nog ramlat omkull.

Har Ragnar svikit mig och lierat sig med vår motståndare? Har han gjort detta av egen vilja – eller har han blivit tvingad? Men – hur skulle någon kunna tvinga Ragnar? Men norrmän – skulle de våga sig på ett sådant farligt tilltag helt själva – eller är det Harald Blåtand som söker revansch?

Så Ragnar är nu min fiende…

Utan att yppa ett ord, tecknar Sigurd att Jork skall fortsätta.

«Vi har dock en önskan att meddelandet måste nå även Aivars äldste son – Wulf. Han är ju på väring i Gårdarike och har fortfarande inte fått beskedet».

Sigurd nickar och säger; «Ja – han är på uppdrag av mig att lösa knuten med min dotter. Jag skickar omgående ett skepp för att meddela honom». Sigurd ser på Jork den Barske och frågar; «Blir det Wulf som blir er nya ledare i Visby – eller är det fler som trånar att ta platsen?»

Jork ser på Sigurd med barsk min och svarar; «Våra övriga två tredingsdomare, Ölve Hnuva och Gisle Surson, som var Aivars närmaste – är båda till åren komna. De är överens att det är bäst att låta ungdomen sköta uppgiften – så kan de fortsätta att bistå med råd».

«Ett klokt beslut! Det blåser alltid värst på toppen av berget och det kräver en man med gott om kraft att axla manteln. Wulf är en stor kämpe med ett namn känt vida omkring. Har han bara fått hälften av Aivars vett – så blir han en god ledare och har mitt förtroende!» Svarar Sigurd.

Sigurd reser sig upp och börjar sakta gå runt i rummet när han fortsätter;

«Har nu Ragnar bytt sida och dödat vår nya bundsförvant – så är han inte längre min son.

Vi skall göra allt vi kan för att hämnas detta nesliga dåd. Vi måste dock först få reda på om det är någon annan som har beordrat mordet.»

«Ett tungt – men riktigt beslut du fattar», säger Jork. «Dock säger seden att hämden tillhör Wulf – att hämnas både far och bror.»

Sigurd stirrar tyst på Jork en lång stund innan han svarar;

«Det är sant det du förtäljer. Seden skall följas – så Wulf äger rätten att hämnas sin far och bror».

I Holmgård har Truvor stannat för att ansvara för staden. Hälften av nordborna stannar kvar för att hålla slaverna på mattan, medan övriga nordbor samt slavianerna beger sig tillbaks till Aldeigjuborg i sina skepp.

Med Sinius i det främsta skeppet, så anlöper den stora armadan bryggorna. Där nere står Rörik och Wulf i främsta ledet och tar emot dem.

Det blir ett långt omfamnande bland alla männen innan de beger sig upp mot byn.

På det stora torget har Rörik förberett ett ordentligt gille. Hela grisar och oxar grillas. Tunnor med vin och med mjöd står i rader. Lokala musiker och dansare gör vad de kan för att muntra upp den redan höga stämningen. I mitten av torget är det dukat med långbord. Allt som byn kan erbjuda finns framdukat. Även de lokala slavianerna är med och festar. Så snart de satt sig till bords, så ber Rörik att Sinius skall berätta hur det förlöpte i Holmgård.

Hans redogörelse är lång och grundlig. Precis så som Rörik vill ha det.

Efteråt, reser sig Rörik och skålar för samtliga männen – för deras framgång.

«Medan ni har varit i Holmgård och roat er, så har jag haft gått om tid att fundera. Mycket har hänt sedan vi lämnade Svitjod. Sigurd kunde inte förutse vad som väl skett. Vi har nu ett gyllene tillfälle att kraftigt utvidga vårt rike – att inlämma en stor del av Gårdarike i Svitjod!

Och den chansen har vi nu tagit!» Männen på torget skriker högt ut sin glädje när nu Rörik bekräftar det de spekulerat i under de sista dagarna.

«Aldebjuborg och Holmgård – och allt däremellan – är nu vårt! Detta skall från och med nu vara vår bas för all handel med de övriga rikena här i öst – ända ned till Miklagård i söder! Marken är bördig – så vi kan även ta hit bönder för att bruka den! Men framför allt – så finns det gott om byar som vi kan plundra och fånga trälar från!»

Röriks ögon tindrar när han berättar sina planer för männen. Men han berättar inte alla delarna av planen…

Den närmsta tiden har de alla fullt upp med att lägga upp strategier, dra upp riktlinjer för slavianerna och slavenerna vad som gäller, hur de kan agera och vad nordmännen kräver utav dem. En eftermiddag kommer en av de slavianska vakterna inrusande till Rörik.

«Ett skepp – eller en knarr – kommer från norr. Den ser ut att komma från Svitjod!»

Rörik ser på sina närmsta män – och alla ser lika förvånade ut.

«Kom – vi går ned och ser vilka de är som vill komma och hälsa på oss!» ropar Rörik högt när han reser sig upp och börjar gå ned mot bryggorna.

De – och flera andra – hinner ta sig ned till bryggorna innan knarren ankommer. Så snart de lagt till, hoppar männen upp på bryggan. Med Björn Starke i spetsen går gruppen med dystra miner bort mot Rörik och Wulf. I sina händer bär Björn ett svärd. De förstår direkt att någon där hemma nu finns i Valhall. Med tunga steg går Björn fram till Wulf – som redan känt igen svärdet. Tyst sträcker Björn fram svärdet till Wulf, som med darriga händer tar emot det.

Tyrfing – hans fars svärd. Det berömda svärdet som en gång tillhörde Wulfs ättling Beowulf, berömd från alla kväden som diktats om honom och hans bravader. Krigaren som fällde draken. Han som skapade det gothiska riket och blev gothernas förste kung. Det är känt att Tyrfing måste dräpa en människa var gång det dragits ur dess slida.

Sedan Wulf var liten har svärdet alltid funnits hos Aivar Stråben – hans far. Wulf förstår direkt att Aivar är död. Wulf stirrar intensivt på svärdet – svärdet av svärd – innan han med sorg i rösten frågar; «Vad har hänt med min far?»

En vecka senare kommer Wulf till Upsala. Han kliver in i Sigurd Rings långhus. Där sitter Sigurd med sina närmaste rådgivare samt Jork den Barske.

«Wulf, fränd – det är med tungt hjärta jag beklagar din fars bortgång,» säger Sigurd när han går fram till Wulf och kramar om honom. «Vi får trots allt glädjas åt att han nu är i Valhall, med sina fränder. Tids nog får både du och jag åter träffa honom.

Jag har talat med Jork. Tinget har beslutat att du är Ghoternas nya ledare.

De vill att du anför dem – i samma anda som din far förde. Jag vill även att du skall veta att du har mitt fulla förtroende och var mitt förstaval».

«Tack min kung. Jag tar gärna vid där min fars arbete avslutades,» svarar Wulf och bugar.

«Gott!» svarar Sigurd. Tillsammans skall vi se till att avtalet som jag och din far tog i arm på skall efterlevas. Tillsammans skall nu Ghoter och Svear leva i fred och harmoni.»

«Det är ett gott avtal för båda parter som jag med glädje verkar för att uppfylla.» svarar Wulf.

«Jag begärd dock bara en sak för egen del. När tiden kommer – måste jag hämnas mordet på min far och bror – såsom vår sed kräver»

«Självklart! Detta tog jag för givet.» Sigurd får en dyster blick i ögonen. « Vi trodde först att någon rövat bort Ragnar. Men när vi sedan fick beskedet att han, min son, bytt sida – och nesligt slagit ihjäl Aivar – min bundsförvant – din far – så förlorade jag även min son.»

Sigurd tystnar en stund och låter order sjunka in i alla och envar i rummet. Efter pausen byter han ämne;
«Tala nu om för mig hur våra planer gick i Gårdarike.»
Wulf ser först på Sigurd och sedan på de andra i rummet. Han ser att alla är mycket nyfikna.
«Planen gick mycket väl. Till och med bättre än planerat!
Vi har nu tagit Aldebjuborg och Holmgård i besittning. Hela området från Neva till Holmgård är nu en del av Svitjod!» Wulf ser hur först de flesta tappar hakan – för att sedan brista ut i ett kraftigt jubel. Även Sigurd har svårt att fatta, men rusar snart upp ur sin tron och jublar han med. «Vid Oden! Vilken framgång! Men – hur är det med Sigrid?»
«Hon mår väl. Hon befinner sig nu med Rörik i Holmgård. Tyvärr kan inte Rörik ta henne till Vladh i Könugård för tillfället.»
«Varför då?» Frågar Sigurd.
«För att lyckas med sin övertalning, så tvingades Sinius dräpa Klugius av Vitebsk. Han var bundsförvant med Vladh – så risken för hämnd är för stor.»
Sigurd nickar förstående. «Det låter som ett klokt beslut. Det är nog bäst att avvakta, så att vi får tillfälle att sitta ned och förhandla med Vladh.»

Mörkret på himlen blir allt ljusare. Solen skall snart födas på nytt och starta sin vandring över himlavalvet. Tunna dimslöjor dansar på det lugna havet. På horisonten syns ett antal små prickar, som sakta sakta blir allt större. Ett vant öga skulle direkt förstå att det är ett större antal skepp som närmar sig, men vid den här tiden på morgonen finns det ingen vaken vid Ölands södra udde. Någon timma senare, när de seglar igenom gattet mellan Öland och fastlandet, ser de nyvakna ölandsborna i Eketorp chockade – hur armadan av danska långskepp som lugnt seglar förbi. Alla står oroligt och ser på. Eketorpsborna räknar till åttioåtta långskepp samt ett antal sneckor. Om danerna väljer att slå till mot dem, så har de inte skuggan av chans mot så många.
Men danerna har inga sådana planer. Att danerna har valt just denna passage är för att inte synas för Ghoterna i Visby. Hela uppdraget skulle äventyras om de fick dem i bakhasorna. De passerar fyra, fem skepp i

bredd – fyllda med stridsklara kämpar. I det främsta långskeppet står Ragnar Lodbrok bredvid Harald Hildetand och stirrar spänt framåt, mot horisonten.

Sigurd Ring vaknar av att någon bankar hårt och länge på dörren till hans långhus. Sigurd hatar att gå upp tidigt. Med barsk min klampar han bort mot dörren i bara mässingen. Varför stoppar inte Brynja och Svegor bankandet? Sigurd känner att det kommer att bli en ordentligt upptucktning om en stund. Han sliter upp dörren – där står Bodvar Bjarki mellan två ordentligt spaka Brynja och Svegor.

«Ursäkta herre – men Bodvar förtalde att han hade ett budskap som inte fick vänta den minsta stund», harklar Brynja ursäktande. Sigurd stirrar rasande först på honom, sedan på Svegor – innan han till slut spänner ögonen i Bodvar.

«Det är bäst för dig att du har något alldeles extra att förtälja»! ryter Sigurd mot Bodvar.

Bodvar ser stinnt på sin rasande kung.

«Ursäkta min kung – men det finns inte ett ögonblick att förlora!» I denna stund seglar hela Harald Hildetands armada upp mot Ringstad.

Luften går ur Sigurd ordentligt. Han känner väl till Bodvars förmåga som hamnlöpare.

«Jag såg dem där nu på morgonen, från luften. Jag var i skepnad av en korp».

Sigurd vänder sig i dörröppningen och går in och sätter sig på sin tron. Här tänker han klarare. De tre männen följer efter.

Detta är vad Sigurd varit orolig för. Nästa del av Haralds revansch.

Slaget om Bråvalla

Kvillingeförkastningen är en långsträckt, skogklädd förkastningsbrant vid kanten av Kvillingeslätten . Den sträcker sig från Kvillinge i öster och en halvmil västerut. Förkastningsbranten höjer sig ca 50 meter över Kvillingeslätten och vid brantens fot hittas svallgrus och svallsand. I branten nordväst växer det gott om bland annat ek och hassel.

Marken är bördig, så marken ger goda skördar till befolkningen.

Solen står högt på himlen när armadan seglar in genom den trånga Bråviken. Sista biten, så tar de ned seglen och ror in till stranden på Malmön.

Chockade flyr Ringstads spanare in till Herröd, som sitter tillsammans med sina rådsmän och hirdmän i sitt långhus mitt i Ringstad.

Trots att Sigurd skickat bud till honom – är även han och de andra smått chockade av beskedet – framförallt av mängden skepp och kämpar.

«Så – Sigurds hamnlöpare, Bodvar Bjarki talade sant. Med den mängden skepp och kämpar – måste Harald tagit hjälp från både Saxland och Friesland. Förmodligen även från Norge.

Starolf – bege dig till Upsala och meddela Sigurd så snabbt du bara kan. Utan dem får vi det svårt.» Sedan reser sig Herröd och går bort till det öppna golvet, där de gjort en karta över området. Herröd tar sitt svärd som han både pekar och ritar med.

«Som vi hört har de stigit i land på Malmön. Det var en av de platser vi anade att de skulle välja.

De får en trygg plats att landstiga på – och att samla sig. Men när de sedan skall ta sig över sundet – så skall vi inte låta dem vada iland i lugn och ro!»

Herröds spanare meddelar att Haralds styrkor består av cirka sex tusen kämpar. Själv vet Herröd att han lyckats skrapa ihop knappt hälften. Utan Sigurds hjälp kommer det att gå illa, funderar Herröd. Han måste komma till undsättning, som avtalat…

«Hämta Kettil Haeing! Vi måste offra till gudarna!

Utan deras hjälp kan det gå illa!» skriker Herröd för full hals.

Strax efter kommer Kettil inrusande. «Kettil – offra fyra trälar till Oden och Tor snarast! Och be dem om hjälp inför det kommande slaget!»

Dagen efter blir till en lång väntan. På Malmön förbereder sig Haralds styrkor i lugn och ro.

De vet att de är betydligt fler. När Herröds män spanar på dem och rapporterar – så minskar deras mod allt mer. På kvällen lyser hela Malmön upp av alla lägereldarna. På stränderna kring Malmön patrullerar Herröds allt mer oroliga vakter.

Strax efter att solen går upp – ljuder en skarp signal från Malmön. Harald, tillsammans med Ragnar och Arngrim, ror över det smala sundet och går iland för att språka med Herröd.

Herröds män ser på utan att ingripa. De tre går sakta en bit upp från stranden, där de stannar och väntar på Herröd.

Herröd kommer i sällskap av Hallbjörn Halvtroll och Hjörvald Hornet, två beryktade bärsärkar och hirdmän till Herröd.

När de kommer fram till Harald, nickar Herröd kort till honom. Sedan vänder han sig till Ragnar och säger;» så här har vi den förlorade sonen – som nesligt vänt sig mot sin far, sin familj och vänner – och slår ihjäl sin fars bundsförvant.»

Ragnar stirrar tyst på Herröd. Harald däremot kan inte var tyst utan svarar bryskt; «Inte nog med det – han har även rövat bort din dotter!»

När Herröd hör detta, så exploderar han av ilska. Både Hallbjörn och Hjörvald måste med alla sina krafter hindra Herröd från att flyga på Ragnar. Själv stirrar Ragnar bara lugnt på Herröd.

«Vi får väl ta och besinna oss lite» säger Harald småleende. «Ni har lite andra problem att ta i.»

Han tystnar en stund och fortsätter; «Sigurd har försökt att vara smart – försökt klippa bandet till mig, som en gång satte honom på tronen i Upsala – utan att ens diskutera saken med mig.

Även du Herröd har gjort mig besviken. Men idag kommer du att bli varse att du har valt fel häst.

Antingen svär du mig trohet här och nu – annars kommer du och dina män inte att uppleva morgondagen.»

Herröd, som nu lugnat sig lite, är fortfarande högröd i ansiktet och darrar lite på läppen när han svarar; «Än har solen inte gått ned. Enbart gudarna vet vem av oss som får se ytterligare en solnedgång».

Solen har ännu inte hunnit långt på himlen när danerna startar anfallet. Vissa tar sig över det smala sundet via flottar de byggt dagen före. Andra tar sig över i de små sneckorna de haft med sig. En del vadar över där det är tillräckligt grunt.

De skriker allt de orkar när de tar sig över – för att skrämma sina motståndare. Men det biter inte. Herröds män väntar otåligt. Bågskyttarna skjuter för allt de kan. Pilarna haglar ned på de anfallande männen. De har svårt att skydda sig med sina sköldar – så många faller offer för pilarna. Våg på våg anfaller männen. Stranden fylls med stupade män, så de får snart svårt att ta sig förbi och upp på stranden. Trots det stora manfallet – så jagar ytterligare vågor med anfallande kämpar sig framåt.

Överallt hörs svärd som slår emot varandra blandat med gurglande ljud och smärtsamma skrik av män som såras eller dödas. Det är ett fullständigt kaos på stranden. Det enda som skiljer många åt – är det håll de försöker ta sig fram mot. Många slås ihjäl av sin egna. Andra spetsas i ryggen av pilar från egna bågskyttar.

Två män slås för livet mot varandra. Plötsligt kör en annan sitt svärd rakt igenom magen på den ene. Sekunden senare får segraren en pil rakt igenom huvudet. Närmare stranden – så krossas två daner av ryttare från Ringstad. Den brutala striden pågår i timmar.

Sakta men säkert tvingas Herröds män att backa från stranden. Allt fler daner kommer fram till stranden och trycker på framåt.

Trots stora förluster så gör danernas numerära övertag att de tvingar Herröds män allt längre bakåt.

Herröd själv står strax bakom fronten och dirigerar sina män. «Tryck ihop er! Låt dem inte kila in sig emellan er! Retirera mot Ringstad!» Efter ytterligare en timmas stridande är de strax utanför portarna till Ringstad. En signal ljuder. Portarna öppnas och Herröds bästa bärsärkar rusar ut – rakt fram mot fronten. Bärsärkarna är fullständigt galna. De märker inte ens när de träffas av en pil – de bara rusar vidare. Framme vid fronten bryr de sig inte om att försöka skydda sig – utan bara hugger allt de kan mot danerna. Tore Haklånge, den största av bärsärkarna svingar sin yxa frenetiskt. Motståndarna faller till höger och vänster. Han får sin vänstra arm avhuggen – men fortsätter att slåss som om ingenting hänt. Framar Blacke får en pil i bröstet. Han skriker besinningslöst, bryter pilen och svingar svärdet som om inget har hänt. Han faller först när han har fyra pilar i bröstet och två i ryggen.

Men övermakten är för stor. En stund senare har flertalet av bärsärkarna fallit. Herröds män tvingas retirera in, innanför palissaden som omgärdar Ringstad. Ragnar Lodbrok går i fronten i danernas här. Blod från motståndsmän har färgat honom röd från hjässa till tå. Runt honom är det fullt av motståndare, men ingen utav dem är i närheten av Ragnars svärds och stridsteknik. Han fäller ett par män i samma sving. Precis när Herröd skall ta skydd innanför Ringstads portar, så upptäcker han Ragnar, bara tjugo meter ifrån honom. «Ragnar Lodbrok! Skriker han med full hals och rusar besinningslöst bort mot mannen som stal hans dotter. Plötsligt står de öga mot öga. Trots att Herröd är betydligt äldre, så vet Ragnar att Herröd är en mycket duktig stridskarl och fruktad krigare.

Ragnar sänker svärdet och ser på Herröd. Bägge männen stirrar på varandra, för att bilda sig en snabb uppfattning om sin motståndare. Plötsligt vrålar Herröd ut sin ilska och rusar fram mot Ragnar. Ragnar tar ett snabbt kliv bakåt, parerar det hårda svärdshugget med sin sköld. När Herröd precis passerar honom, så svingar Ragnar sitt svärd stenhårt mot ryggen på Herröd. Klingan tar hårt i brynjan som Herröd har på sig. Kraften av slaget får honom att vräkas omkull. Ragnar ser chansen och kastar sig mot honom – men Herröd är överraskande snabb.

När Ragnar landar där Herröd en gång låg – så är han borta. Ragnar får då ett hårt hugg som tar i underkant vid nacken, precis på kanten på hans hjälm – så att den flyger av. Ragnar står på alla fyra med dimmig blick. Då rusar Herröd mot honom med svärdet högt över huvudet. Framför Ragnar ligger en hjälm fyllt med ett kluvet huvud. I sista sekund kastar Ragnar hjälmen i ansiktet på Herröd. Blod och hjärnsubstans skvätter Herröd rakt i ansiktet. Han tappar både syn och fokus för ett kort ögonblick – tillräckligt länge för att Ragnar finner sitt svärd och stöter det rakt genom bröstet på Herröd. Ragnar reser på sig och med armarna rakt upp mot skyn skriker han med full hals: «Ragnar Lodbrok dräpte Herröd – Ringstads hövding.» För några sekunder blir det helt tyst runt honom. Sedan flyr alla Herröds män in bakom portarna. När Harald upptäcker vad som skett, brister han ut i ett rungande skratt. «Ragnar har dräpt Herröd – deras ledare! Nu är det inte långt kvar till seger!» Vrålar han.

Inne i Ringstad tar Hallbjörn Halvtroll kommandot. Han ser sig om och konstaterar att nästan två tredjedelar av deras män har stupat. Nu är skillnaden på antal män ännu större än i början av slaget. «Blås! Blås i hornet!» Skriker han desperat. En skarp signal hörs. Sekunden senare glöms den snabbt då alla männen måste försvara palissaden.

Männen i Ringstad har nu ingenstans att ytterligare retirera. I ryggen har de sjön Glan och på de övriga tre sidorna är det daner som frenetiskt försöker riva ned eller ta sig förbi palissaden.

Då ser de hur en här med karmosinröda tunikor med brickbandsmotiv på sidorna – bärsärkarnas välkända stridsmundering – rusande anfaller från norr. Från söder kommer det beridna kämpar. De stora, långhåriga hästarna kommer i full galopp. Nu upptäcker även danerna de nya motståndarna. Harald ser sig ilsket om.

Han förstår att det är Sigurd Ring som kommer till undsättning. Plötsligt har danernas övermakt ändrats så att de nu är i underläge. Må Oden ta Sigurd, förbannar Harald. Sedan ger han snabbt order att hela hären skall samla sig i ring för att försvara sig mot de nya motståndarna.

Yttersta försvarslinjen bildar snabbt en mur av sina sköldar.

Det tar inte lång stund förrän de beridna kämparna från söder når danerna utanför Ringstad.

De första brakar rakt in i försvarsleden. Många av danerna trampas ned av hästarna. Andra har ingen chans att freda sig för svärdshuggen uppifrån. Danerna försvarar sig tappert med kraftiga spjut. Många hästar rider rakt in och spetsas av dem. Av de ryttare som lyckas ta sig igenom den första försvarslinjen, spetsas många av hästarna i sidan. Nästa våg av ryttare rider i en cirkel runt danerna och skjuter med sina pilbågar.

Ytterligare ett antal daner tar sig från Malmön till bataljen. De har med sig kraftiga rep.

De greppar repen, fyra-fem man i var ände och springer in i sveonernas beridna anfall.

Häst efter häst snavar och faller på grund av repen. De övriga danerna rusar fram och gör processen kort av de avkastade ryttarna. Nu närmar sig hastigt de springande sveonerna som anfaller norrifrån. De anfaller på bred front. I deras första anfallsvåg är många klädda i bärsärkarnas karakteristiska dräkt; karmosinröd tunika med brickbandsmotiv på sidan.

De bara rusar mot danerna. flera utav dem träffas av pilar – men de bara rusar vidare.

Ragnar ser att hans gamla vän, Vött den Starke är en av de första som kommer fram.

Med sin väldiga yxa vräker han sig fram. Det sprutar delar av daner runt honom. Flera i försvarslinjen försöker backa – men männen bakom dem gör det omöjligt. De blir till enkelt mos för Vött. Plötsligt sticker en av danerna sitt svärd med all kraft in i midjan på Vött. Svärdet tar djupt. Blodet pulserar ut när svärdet avlägsnas. Vött svarar med att krossa huvudet på honom.

Harald och Ragnar tar med sig ett ansenligt antal daner och bryter ut från försvarslinjen.

De tar en vid bana, nästan ända ned till sjön Glan, så att de undviker sveonernas första anfallsvåg.

Deras anfall överraskar Sigurd och hans män, som helt missat utbrytningen.

Snabbt försöker männen på flanken att omgruppera sig till försvar, men de hinner inte samla sig helt innan danerna dundrar in i dem. Haralds blixtsnabba och överraskande anfall får en ordentlig framgång. De mal ner motstånd efter motstånd. Sigurd vrålar ut nya order.

En grupp reserver rusar fram och utökar försvarslinjen. Ragnar slåss som i trans. Hans svärd snittar upp magen på en – i nästa sekund halshugger han nästa sveon. Marken under dem är blodröd. Alla runt dem är nedblodade. En pil träffar Ragnar i huvudet, men tack vare hjälmen – så studsar den bara mot stålet. Snabbt värjer han sig för en anfallande Sveon. Sekunden efter trycker Ragnar svärdet rakt in i bröstet på sveonen.

Plötsligt ser Ragnar sin far, Sigurd Ring, framför sig i en vild kamp med Harald Hildetand.

Bägge kämpar frenetiskt. Stål mot stål. Hugg efter hugg. Bägge männen lyckas parera motståndarens hugg. Plötsligt rusar en dansk kämpe in från sidan med svärdet högt över huvudet med sikte på Sigurd. Utan att vare sig tänka eller tveka – rusar Ragnar fram och hugger danern så kraftigt i sidan – att han nästan går i två delar.

Sigurd kastar en snabb blick och ser vad som händer. Harald ser sin chans och hugger med alla sina krafter mot Sigurd. Sigurd lyckas parera – men tappar sitt svärd. Harald skiner segervisst upp.

Han går fram till Sigurd – ser honom kallt i ögonen och svingar svärdet rakt uppifrån.

Men innan det når fram stöter Harald ut ett gurglande ljud. Han ser förvånat på svärdsspetsen som sticker fram ur bröstet på honom. Han vrider på huvudet, med blod rinnande ur mungipan och ser att Ragnar står där med bägge händerna om svärdet som han med kraft stött rakt igenom kroppen på Harald. Precis när Harald förstår vad som hänt – så signar han död ned till marken.

Det tar bara några sekunder innan resten av danerna inser var som har skett. Plötsligt avstannar hela slagfältet. Danerna ser undrande på varandra. Först är det några få, främst inhyrda saxar som tar till reträtt. Strax efter börjar varenda Dan fly mot Malmön. När de närmar sig Malmön, ser de till sin förfäran att under slaget har ett antal Ghotiska långskepp smugit sig iland, slått ihjäl de daner som var kvar för att vakta skeppen och nu helt skurit av deras möjlighet till reträtt.

Mitt på Bråvalla står nu knappt hälften av de daner som startade anfallet. Resten utav dem har givit örnarna föda.

Med förfäran i blick kastar de sina vapen och inväntar sina besegrares beslut.

Sigurd Ring har nu tagit upp sitt vapen och ser tyst på sin son Ragnar med underlig blick.

Hans närmaste män bildar ring runt dem – så att Ragnar inte kan ta till flykt.

Efter en kort stund säger Sigurd;

«Jaha – och vad skall jag ta mig till med dig nu?

Först smyger du dig iväg som ett fegt fruntimmer. Sedan stjäl du dottern till en av mina bundsförvanter. Därefter hugger du nesligt ihjäl en annan bundsförvant.» Sigurd slår ut med armarna och fortsätter; « Och nu räddar du livet på mig – och vinner slaget åt oss genom att ha ihjäl din nya kung – Harald Hildetand.» Sigurd ser sig runt bland sina närmaste kämpar. Ingen av dem säger något – utan bara väntar på att Sigurd skall fortsätta.

«Jag vet inte om jag kan lita på dig. Var detta din plan hela tiden? Eller varför ändrade du dig i sista ögonblicket?

Att jag inte blev till föda för örnarna idag har jag dig att tacka – så hämnden för Aivar gräver jag ned. Dock har du fortfarande Wulf att gnabbas med.

Att du stal Herröds dotter – och även dräpte honom under slaget kan jag förlåta då du slog ihjäl Harald och vann segern idag.»

Sigurd går tyst omkring bland männen och funderar en lång stund. Ingen av männen nära honom säger ett ord, utan bara stirrar undrande på honom. Sedan stannar han upp, går fram till Ragnar – ser honom djupt i ögonen och säger högt; «Jag har nu ett nytt rike att styra – danernas rike. Så jag sätter dig som lydkonung i Ringsted – att styra över danerna efter mina villkor. Du kan det ju redan väl.» Ragnar ser först förundrad ut, sedan går han ned på knä, tackar sin kung, sin far, för hans beslut och svär att följa hans befallningar. Därefter går Sigurd, med hela sin elitstyrka bort till de uppgivna danerna. Resten av Sigurds här står runt dem och bara inväntar sin kungs befallningar.

« Sveoner! Ghoter! Fränder! vi har idag ristat historia! Detta slag kommer att besjungas i många mansåldrar framöver! Vi har idag alla förtjänat vår plats i Valhall när den dagen väl kommer!»

Hela hären vrålar av stolthet och ära.

Därefter vänder han sig till danerna;

Daner! Ni har nu en ny konung – nämligen mig! Jag har utsett min son – Ragnar – att vara min lydkonung i Ringsted. De som svär sin trohet till honom här och nu – kan sedan följa honom tillbaks till Ringsted. Ni som inte gör det – Ni blir kvar här – att säljas som trälar. Alla ni inhyrda kämpar som gått med på att slåss mot mig mot betalning – även ni blir kvar här, för att säljas som trälar!»

Männen ställs upp i långa rader. Är de daner och svär sin nya kung trohet, får de ta upp sina vapen och ta sig bort till Malmön, till de väntande långskeppen. De som vägrar – samlas ihop på ett separat uppsamlingsområde på ön. Så snart de kommer fram till någon från Saxland, Friesland – eller annat land, så föses även de bort till uppsamlingsområdet på Malmön.

Kapitel 6

Rörik vandrar runt i herresätet i Aldegjuborg. Valswieks gamla borg. Den är stor – större än något långhus hemma, tänker Rörik lite imponerad. Seprata rum för att sova i. Ett helt rum bara för att bereda mat. Inga djur bor inne i huset. Mest imponerad är han dock av den stora salen.

Flera mans-längder till taket. Väggarna är fyllda av olika troféer. Vapen, uppstoppade huvuden – både djur och människohuvuden. Ett långt bord på var sida av rummet – och mitt fram stoltar Valswieks tron, med dödskallar på var sida av det höga ryggstödet. De där dödskallarna måste bort med en gång, bestämmer sig Rörik för.

Att leda ett folk kan inte göras gott om det bara är av rädsla.

«Så detta skall bli din nya hemvist», hörs en bekant, kvinnlig röst säga. Rörik vänder sig om och ser Sigrid. Han tycker sig till och med skymta ett leende, men det är nog inbillning, tänker han.

«Ja, det ser väl ut att bli en god boning. Har du sett alla rum? Det finns till och med skilda rum att bara sova i! Du skall sova i det översta rummet i tornet. Det är bäst skyddat. Grim och Odd kommer att hålla vakt utanför din dörr.»

«Och vem säger att jag vill bo i samma hus som du?» snäser Sigrid spydigt.

«För att jag bestämmer,» svarar Rörik kort.

I borgen huserar även hundra av Röriks hirdmän, enligt gammal sed – men främst som försvar.

Den närmaste tiden går åt till att hitta boende till alla männen. Den enkla biten är där de slavianer som dödats i striden. Där tar väringarna över både hus och familj. En del slavianer slängs bara bryskt ut och på andra håll byggs nya, stora långhus, på nordiskt manér.

När grunden har satt sig skickar Rörik bud till alla stam-ledare och klan-ledare i det nya riket. Alla skall möta upp i borgen.

Trots sin storlek blir den stora borgssalen fylld till bredden. Nu förstår Rörik väl storleken på riket.

Så mycket folk! tänker Rörik imponerad. Nu först börjar vidden av vad han erövrat sätta sig.

Aldrig har det varit så många ledare på ett rådsmöte någon stans i Svitjod!

Männen i salen ser många gånger helt olika ut, både till kläder, hudfärg, ansiktsform, längd och form. Vissa har tunna, smala ögon, nästan lite gula i hyn, medan andra är korta, smala och nästan bruna i hyn. Andra har samma hy som Rörik, men med svart hår och betydligt kortare än nordborna. Sorlet i salen är högt, så högt att det knappt går att göra sig hörd.

Rörik slår näven hårt i bordet, så att flera bägare studsar omkull. Smällen får männen att snabbt tystna.

Från sin tron, nu utan dödskallar, som de flesta redan noterat, stirrar Rörik hårt på männen innan han tar till orda:

«Män – ni har länge lytt under Valswiek och Proth, men den tiden är nu förbi. Jag har förstått att det sedan länge varit många fejder er emellan, utan att vare sig Valswiek eller Proth brytt sig. Den tiden är nu förbi.

Ni kallar oss för ruser.... – så i vårt – rusernas rike – tar INGEN strid mot någon annan! Vi skall enas som ett rike, där vi skyddar varandra – mot gemensamma fiender från andra riken.»

Rörik tystnar och låter orden sjunka in bland männen. Han ser deras förvånade miner. Vissa av dem ser trotsiga ut, men låter dem vara för stunden. Rörik har mer att komma med:

«Jag har förstått att Valswiek och Proth styrde rikena helt efter enbart sina egena huvud. Så gör vi inte i Svitjod – eller här.

Från och med nu kommer ni alla att bli kallade till ett Ting, där vi gemensamt löser oförätter, bildar lagar – och ser till att dessa efterlevs! Där löser vi problemen – inte på slagfältet!» Nu ser Rörik förvåning i alla männens ögon.

«Vissa av er kan nog se detta som ett svaghetstecken – men det är precis motsatsen.

Genom att vi tillsammans bestämmer lagarna – så kommer alla att ha en större förståelse för dem. Men – om något görs mot min vilja – så är det mitt ord som slutligen bestämmer!»

Rörik ser sig runt om i rummet igen, för att kraftigt markera.

Sedan har ni en annan gud än våra. Jag kommer inte att tvinga på er våra gudar. De hjälper oss gott – som ni kan se. Men om någon av egen fri vilja vill vända sig till våra gudar – så är de välkomna!»

Nu ser Rörik att många andas ut och blir lugnare.

Från Er – både slaver och slavianer – kräver vi tre fulla skepp med trälar varje månvarv. Dessa skall överlämnas i Adeigjuborg och Holmgård – till mina hirdmän Sinius och Truvor. Dessa skall vi sälja i Miklagård. Vidare kräver vi att ni skall ställa upp med krigare i det antal som vi begär – när vi begär det. Dessa krigare kommer att belönas väl.

Tillsammans skall vi öka handeln, både med Svitjod, men även med Särkland, Grekland och Miklagård. De har stort begär av trälar, bärnsten, skinn och pälsar.»

Rörik reser sig hastigt upp och höjer rösten ytterligare;

«Allt detta skall vi göra tillsammans! Alla av oss skall vara med och ta sin del av ansvar och av utdelningen! – Men bara om ni nu svär er trohet och underkastelse till mig!»

Männen är först tysta och avvaktande. Sedan skriker några «JA!» och lyfter sina svärd. Strax efter följer samtliga efter. Ett kraftigt vrål av JA!» ljuder i den stora salen.

När alla lämnat salen, sitter Rörik, Wulf och Torulv kvar. De sitter en bra stund tysta och låter allt sjunka in. Efter ytterligare en stund konstaterar Torulv;

«Jaha – och nu har du ett rike, långt större än Svitjod. Du har mer makt – och långt fler män än vad Sigurd kan skrapa ihop. Hur har du tänkt att göra med den saken?»

Rörik ser förvånat på Torulv och svarar; «tror du verkligen att jag skall vända Sigurd och min familj ryggen? Jag trodde att du kände mig! Svitjod och Holmgård är nu ett!

Första skeppet med varor och trälar till Upsala skall iväg så snart det vankas. Sigurd skall få besked att ett nytt skepp skall skickas varje månvarv!

Han skall även få besked att här finns hur mycket brukbar mark som helst – så alla som vill kan komma hit och få en egen täppa att bruka.»

«Skönt att höra att inte makten förgjort dig!» svarar Torulv med ett brett leende. Han reser upp, går fram till Rörik och ger honom en stor björnkram.

«Gäller detta även ghoterna?» frågar Wulf.

Rörik ser på honom skarpt innan han svarar; «Självklart! Sveoner och Ghoter är ett nu – eller hur?»

«Vi är ett!» Svarar Wulf med ett brett leende.

Redan dagen efter märker alla fyra att slavianerna verkar betydligt gladare och lättsamma.

Inte alls lika misstänksamma som innan. När de går omkring i Adeljuborg så till och hälsar en del på dem med vänligt leende på läpparna.

«Nyheterna verkar sprida sig lika fort som en gräsbrand», säger Torulv skrockande när de sitter och spisar.

«Nu gäller det bara att se till att alla klanledare, hirdsmän och småkungar lever upp till de nya lagarna», svarar Wulf. Han vänder sig om och frågar Rörik; Och hur har du tänkt att följa upp detta?

«Jag har redan satt Truvor att härska i Holmgård och Sinius här i Adeljuborg. De blir ytterst ansvariga i var sin del av riket. Därifrån får de utse egna män i varje större by»

Utan att lyfta blicken säger Sigrid plötsligt;

Jag tänkte ta en promenad vid sjön efter kvällsvarden, men vill inte ha med vare sig Grim eller Odd.»

Rörik ser förvånat på Sigrid.

«Men det förstår du väl att du inte kan gå där själv – bland alla slavianer. Risken är alldeles för stor».

«Jaha – men då får du väl följa med själv – eller vågar du inte?»

Både Torulv och Wulf exploderar i ett sådant skratt, att mat sprutar ur munnen på dem.

«Ja – vågar du – eller skall jag följa med och hålla handen?» vrålar Wulf fortfarande skrattande hysteriskt.

Rörik bara skakar på huvudet och svarar; «Jasså – plötsligt duger jag... Ja jag får väl följa dig då. Men bara om du pratar med mig.»

Sakta strosar de längs Ilmens sommargröna stränder. Ängsblommorna tävlar med gräset om att synas mest, medan björkarnas löv försiktigt rasslar i den lätta sommarbrisen.

«Det är ett vackert land du skaffat», öppnar Sigrid med. Det känns lite klumpigt. Det var ju länge sedan hon ens pratade med Rörik, men nu orkar hon inte vara arg och sur längre. Hur som helst – så är isen nu bruten.

Rörik skiner med ens upp. «Ja – visst är här vackert! Det är ett rikt och bördigt land. Kan vi bara få dem att sluta gnabbas med varandra, så blir det riktigt bra».

Sigrid finner en flat liten sten hon kastar den längs vattenbrynet, så den studsar tre-fyra gånger innan den plumsar ned i vattnet. «Oj -såg du! Den var riktigt bra!» ropar hon glatt.

Sedan vänder hon sig mot Rörik, ser mot honom med ledsna ögon och frågar;

«Och när har du tänkt att lämna mig till Vladh?»

Rörik sänker garden helt, går fram och tar ömt i henne och svarar:

«Du vet att det är det sista jag vill! Jag vill ha dig för mig själv! Jag vet att jag inte kan gå emot din far – men jag har en plan. Jag lovar att göra allt jag kan för att det skall bli vi två».

Rörik ser att tårarna kommer i Sigrids ögon. Hon går fram och kysser honom ömt. Rörik känner hur värmen och åtrån exploderar inom honom. Så länge som han väntat på detta. Utan att släppa Rörik, så lägger sig Sigrid i det gröna, knähöga gräset och drar med honom över sig. Kyssen blir allt intensivare. Bägge börjar treva med händerna. Plötsligt ligger de där helt nakna. Sigrid ryser lätt när hon känner hans erektion. Sekunden efter är de ett. Han stöter först försikigt, men kan snart inte hejda sig.

Efteråt ligger de tysta och bara kramas och ser kärleksfullt på varandra.

«Från och med nu är du min» viskar Sigrid ömt. «Och du min», viskar Rörik tillbaks.

Några dagar senare kommer en av vakterna in till Rörik. «Min kung – det kommer några konstigt klädda människor till stadsporten. Med några konstiga hästar. Jag tror att de kommer från Särkland!»

Särker – här? tänker Rörik förbryllat. «Hur många är det?»

«Tjugo eller trettio stycken tror jag. Jag räknade dem inte …»

«Släpp in dem. Ta sedan hit deras ledare!»

När mannen kommer in är han verkligen annorlunda. Rörik har sett några särker tidigare, men den här särken ser väldigt speciell ut. Tros sina konstiga skynken till kläder, så syns det att han är rik och mäktig. Han har flera ädelstenar fastsydda – och även guldtrådar. Runt halsen har han ett kraftigt halsband av rent guld.

«Var hälsad Kung Rörik!» Utbrister mannen och böjer sig djupt när han hälsar. «Mitt namn Ibn Fadlan, hovkommisarie i Bysans. Jag kommer hit på befallning av vår kejsare Basileios. Han vill på detta sätt visa Er hans respekt. Han vill även diskutera möjligheten att utveckla handeln mellan oss».

«Då är du välkommen till bords vid solnedgången. Mina män visar dig och dina män till våra gästhus. Jag har förstått att ni inte äter griskött – så jag slaktar några tjurar istället, på ert sätt».

Ibn Fadlan ser upp lite överraskad, men blommar snabbt upp i ett brett leende. «Min kung – Er kunskap om oss imponerar! Tackar allra ödmjukast!»

Vid middagen är stora salen åter helt full med folk. Rörik har bjudit in alla sina hirdmän, men även de lokala slavianska ledarna. Bra både för våra interna relationer -men även gott att imponera lite på särken, tänker Rörik.

Rörik ser att Ibn Fadlan inte är glad i mjödet som trälarna serverar honom. Han smuttar lite försiktigt, sedan rynkar han på näsan och ställer ned stopet. Rörik kallar till sig en träl och beodrar henne att servera vatten till sin gäst. Som vanligt drar måltiden ut på tiden. Rörik bjuder på det bästa man kan erbjuda ihop med dans, tokerier och akrobatik. Vid slutet av måltiden är alla nordbor och de lokala gästerna ordentligt berusade. Bysantinierna har dock bara druckit vatten, så de är alla klara i huvudet. Rörik har även han varit försiktig med mjödet – då han sett sin gäst bara dricka vatten.

När sorlet börjar bli allt för stökigt, reser sig Rörik från sin ståtliga tron och ber Idn Fadlan att följa med. De går in i ett mindre utrymme, lagom för en diskussion.

«Och vad är Ert intresse som får Er att komma ända hit?» frågar Rörik.

Ibn Fadlan ser leende på Rörik när han svarar:

«Vi har under flera mansåldrar haft en god handel med Norden. Men under de senaste åren är det allt mer sällan. Vi har förstått att det inte beror på bristande intresse från Er – utan på problem att passera Kiev med karavanerna. Jag kommer precis från Vladh – och har tagit upp problemet med honom – men han säger att ni inte vill acceptera hans villkor. Stämmer det?»

Rörik lutar sig lugnt bakåt och väger orden innan han svarar:

«Ja – så kan man också uttrycka det. Nej – vi kan inte acceptera att han tar en femtedel av värdet av varje handelsskepp – både åt söder och till norr! Inte heller kan vi acceptera hans plundring och mördande av våra landsmän!» Rörik tystnar en stund innan han fortsätter;

«Men det är gott att höra att Basileios vill förbättra vår handel. Det är precis därför jag har kommit hit! Jag skall lösa problemet och ser fram emot att komma och hälsa på i Miklagård!»

«Det gläder mig att vi har samma intresse! Jag ser fram emot att få hälsa dig som gäst när du kommer till Bysans. Säg mig – har ni varit där någon gång?»

Rörik ruskar på huvudet och svarar: « Nej – det har jag inte. Men några av mina fränder har besökt den vita staden. De säger att den är oerhört vacker – och stor – ingenting hos oss kan jämföras med den.»

Ibn Fadlan ler stort och hans ögon gnistrar glatt när han svarar: « Det är i sanning en riktig iaktagelse. Staden har funnits i över tusen år. Försvarsmurarna är så kraftiga att ingen har lyckats att inta staden någonsin! När du kommer skall jag visa dig palatset – och Hagia Sofia – en underbart vacker Moské. När du ser den kommer även du se styrkan i vår gud!»

När de första löven börjar falla, ger sig Wulf av med en stor flotta nedför Dnepr. Med tjugo långskepp och ett stort antal mindre, lokala båtar fyllda med väringar beger de sig söder ut.

De tar sig fram enbart på nätterna, för att undvika att bli upptäckta. Strax innan de kommer fram till Kiev-sjön så tar de sig iland. Med mycket slit, släpar männen skeppen landvägen ända till Särngård, Dnesternas huvudstad. Här väntar både polanernas ledare Boghdar och dnesternas ledare Alexandr. Wulf har tidigare skickat bud att möta honom där. Polanerna och Dnesterna har en bräcklig vapenvila mellan sig, så Boghdar, polanernas ledare, har med sig en livvakt om hundra man. De har slagit läger utanför staden.

Bägge ledarna lyfter på ögonbrynen när de ser nordmännens armé komma dragandes med skeppen. Wulf och Truvor tar sig fram till ängen utanför stadsmuren. Där sätter de sig och väntar. En stund senare kommer både Alexandr och Boghdar, med var sin rådgivare som sällskap.

«Var hälsad Wulf av Gothland. Ditt rykte är vida spritt sedan mången tid. Er senaste erövring skallrar fortfarande häromkring. Men hittills har vi bara hört gott om Er Rörik, Rus från Svitjod.

Att slippa Valswiek var en välgärning i sig. Han har ställt till med mycket elände häromkring.

Men även om ryktet om Rörik hittills bara är positivt. så vet vi ju fortfarande inte var vi har honom – eller vad han har för ytterligare planer», öppnar Alexandr. Wulf förstår att de bägge redan talat ihop sig, för Boghdar bara nickar tyst. Wulf ser allvarligt på bägge männen innan han svarar;

«Vårt mål är att säkra handelsleden till Miklagård. Som ni väl vet, så har vi haft stora problem under senare tid. Valswiek var ett av problemen, Holmgård ett annat. Bägge dessa är nu lösta.

Vårt sista problem är Vladh i Kiev. Och detta är ett större problem än de bägge föregående ihop.

Vi har en plan att lösa detta – men vi behöver er hjälp.» Wulf tystnar en stund för att låta orden sjunka in innan han fortsätter;

«Vi vet att även ni har stora problem med Vladh. Hans armé är stark, och han kommer och hälsar på hos er emellanåt. Han stör även ut er handel norrut, med oss och andra. Vi vill tvinga Vladh till ett freds- och handelsavtal, så att vi alla kan få lugn och få handeln att återupptas.»

«Det låter gott – men för att riskera våra arméer – vad exakt erbjuder du oss?» frågar Boghdar.

«Först ett freds och handelsavtal med oss. Därtill ett motsvarande avtal med Vladh. Då får ni lugn från den här sidan av era gränser – och kan fokusera på att hålla khazarerna i öst på mattan.

Ni kommer, precis som oss – att kunna handla med Miklagård utan att störas av Vladh.»

«Men varför bara nöja oss med ett avtal med Vladh? Tillsammans kan vi göra oss av med honom för gott – och ta över hela Kiev!» basunerar Alexandr.

Wulf ser menande på honom.

«Jo – det skulle vi kanske göra – men vem skall då styra Kiev? Du? Boghdar? Rörik?

Eller skall vi dela på det? Det kommer garanterat att sluta i att vi börjar gnabbas sins emellan.

Nej – vårt mål är att skapa fred och få en stabil handelsled med Miklagård. Tro mig – det är bäst även för er.»

Både Boghdar och Alexandr är tysta och funderar en lång stund, sedan bryter Alexandr tystnaden:

«Det är kloka ord från er ledare Rörik. Han syns som en stor och vis ledare. En man med visioner.

Det är ett avtal som jag kan acceptera!»

Boghdar nickar instämmande. Sedan kan han inte vänta längre utan frågar;

«Nu måste du berätta varför i all sin dar ni drar med skeppen på land ända hit?»

Efter att Wulf och Trudor givit sig av, så jobbas det för högtryck i Adeljuborg. Ett par veckor senare kommer även förstärkningen från Sigurd som Rörik skickat bud om. Trots alla skeppen och mannarna som följde med Wulf – så är de nu fler än innan. Rörik känner sig segerviss och kan inte låta bli att småle när han blickar ut över flottan och mannarna.

«Vad står du här och småler för?» undrar Sigrid när hon får syn på honom. Ända sedan dagen på stranden, så känns allt så mycket bättre tycker hon. Bara Rörik kunde berätta sin plan för henne.

Hon är både nyfiken och nervös. Hon förstår att alla skeppen och männen har med planen att göra – men mer än så vet hon inte. Att be honom vara försiktig är ingen idé – det vet hon.

Så nu väntas många oroliga och sömnlösa nätter.»Det ser ut som vi kommer att få lite roliga nappatag i Kiev» svarar Rörik, som fortfarande småler när han kramar om henne.

När budet från Wulf kommer, sätter Rörik full fart på männen. De seglar söderut så fort det går, både dag och natt. Männen vilar och ror i skift. Folk på stranden som ser dem blir livrädda och flyr – men Rörik vet att även om Vladh lyckas få besked om dem – är det redan för sent för honom att göra något.

När flottan är framme vid Kiev-sjön så ser Torulv Wulfs spanare på stranden. Han vinkar glatt åt honom. Strax efter har spanaren tänt en stor eld med kraftig rökutveckling. Rörik ser nöjt på. Nu vet även Wulf att de nalkas. Rörik beordrar skeppen att segla i bredd i dubbla led – allt för att skrämma sin motståndare. Det är en riktigt imponerande – och skrämmande uppsyn.

Strax efter att de siktar Kiev, så hör de hur Kievs vakter slår i larmklockorna.

«Så ja – nu har Vladh fått något att bita i», säger Rörik glatt till Torulv, som bara nickar skrattande.

När de närmar sig Kiev så stannar hela flottan på såpass behörigt avstånd – att inte Kievs långbågar kan nå dem. Ett antal skepp tar sig till land och släpper av sin last med kämpar.

Dessa tar och blockerar alla vägar. Rörik vet att Wulf gör precis samma manöver söder om Kiev, som nu är helt omringat och avskuret. Belägringen har börjat.

Trots sin stora armé, så gör inte Rörik mer än så. Ingen kommer vare sig in eller ut ur staden – men ingen anfaller heller. Dagarna går, veckorna går. De ser hur vakterna hela tiden oroligt spanar på dem. Efter tre veckor skickar Rörik iväg ett bud till Wulf. Dagen efter går Torluv obeväpnad fram till ängen framför porten och väntar. Efter en stund kommer en man ut och möter honom. De bestämmer förhandling till följande dag.

På morgonen möts de av ett häftigt regn. «Oden vill tydligen ha ett ord med i förhandlingen,» kommenterar Rörik glatt, när han ställer sig och låter regnet piska honom i ansiktet.

«Detta kommer säkert att få Vladh på ännu sämre humör!» Skrockar Torulv.

När Rörik och Torulv kommer fram till ängen, så ser de att Vladh har satt upp ett tält.

De tittar på varandra, ruskar på huvudena och skrattar.

När de kommer in i tältet, finner de Vladh i en liten bärbar tron, med fyra av sina livvakter samt två rådgivare. Som avtalat bär ingen av männen några vapen.

Vladh stirrar strängt på ruserna innan han börjar att tala:

«Först slår ni ihjäl en av mina vänner och allierade, sedan kommer ni hit – och istället för att ha med min brud och fredsinvit – så kommer ni med en stor armé och belägrar Kiev!

Vad är detta för fasoner?»

Rörik ser lugnt på Vladh och svarar:

«Som du ser har vi lite andra planer. Vi har tröttnat på att bara följa dina krav och dina påfund.

Allt för många av våra handelsskepp och män har förlorats. Vi har länge protesterat mot dina höga tullar – utan att du brytt dig. Trodde du verkligen att vi skulle fortsätta att bara ta order av dig?»

Rörik slår ut med armarna. Vladh sitter tyst och lyssnar. Rörik fortsätter:

«Du har säkert sett att i söder så finns även två av dina gamla ärkefiender – både Dnesterna och Polanerna. Alexandr och Boghdar har ett antal gäss oplockade med dig. De vill inget hellre än att bli av med både dig och dina män. Just nu har min fränd fullt upp med att hålla tillbaks dem.»

Plötsligt skärper Rörik rösten;

«Du har två val – antingen accepterar du mitt förslag – eller så jämnar vi dig, dina män och Kiev med marken.

Vårt förslag är följande: Du garanterar våra handelsskepp fri lejd genom

Kievs område. Du garanterar även deras säkerhet. För varje skepp som av
någon anledning plundras i Ert område – ersätter du oss fullt ut. Mot detta
får du en tiondel per rundtur. Vidare ingår du ett freds och handelsavtal
med Dnesterna och polanerna. Deras handelsvillkor är samma som våra.

Dessa avtal förbinder bägge parter att inte ingå några fientligheter med
motparten.

Om du bryter något i dessa avtal -så kommer vi gemensamt tillbaks och
då slutar det inte vid förhandlingsbordet.

Till sist -så avsäger du dig önskan att gifta dig med Sigurds dotter, Sigrid. «.

Vladh funderar först tyst en lång stund. Sedan diskuterar han kraftfullt
med sina rådsmän, innan han åter vänder sig till Rörik:

«Så det ligger en del i vad mina spejare från Adeljuborg informerat. Den
sista delen i avtalet kommer inte från Sigurd Ring – utan har tillkommit
bara från dig – inte sant?

Hur som helst – så accepterar vi villkoren. Jag har redan andra kvinnor
som står i kö att äktas av mig».

Efteråt beger sig Rörik och Torulv till Wulfs läger, söder om staden. Här
informerar de Wulf, Alexandr och Boghdar om mötets utgång.

«Vid min själ – du är en stor och klok ledare, Rörik av Svitjod! Jag är glad
att ha dig till granne och allierad. Det är en stor skillnad mot Valswiek!
Från och med nu så ser jag att mycket kommer att förbättras i våra riken!»
berömmer Alexandr glatt och ger Rörik en riktig björnkram.

«Ett sant nöje att samarbeta med Er, Rörik av Svitjod. Ni har åstadkommit
mer i området på några få månvarv – än någon annan gjort under flera
mansåldrar!» basunerar Boghdar och även han omfamnar Rörik med en
björnkram.

Rörik står i fören på det främsta skeppet under återresan till Adeljuborg.
Han ler förnöjt. Allt har fortlöpt precis som han planerat. Han regerar nu
över ett rike långt större än Svitjod.

Han har fred med grann-rikena, inklusive Kiev – så resorna till Miklagård
kan äntligen återupptas.

Nu kommer handeln åter att blomstra! I rikena öster om Adeljuborg finns
hur mycket trälar som helst. Björn, varg, hjort, rådjur, älg, bärnsten – allt
ger goda förtjänster i Miklagård.

Och Sigrid är fri från Vladh!

Så snart de kommer till Adeljuborg, så skall han direkt fortsätta hem till Upsala, med förstärkningen. Han har mycket att diskutera med Sigurd Ring...

Kapitel 7

Ragnar står kvar en lång stund när den decimerade flottan kommer tillbaks till Ringsted. Han ser och anar skvallret som pågår mellan de återvändande kämparna och de på bryggorna. Men han står för långt bort för att höra vad de säger. Att först dräpa deras ledare – och sedan komma tillbaks som deras nya kung – lydkung till fienden – är magstarkt. Det förstår Ragnar gott. Men nu är det som det är.

Visar han minsta tecken på svaghet – så sväljer de honom hel – det är han mycket väl medveten om.

Plötsligt ser han sin stora kärlek, Tora Borgarhjort, komma mot honom på bryggan. Han tar sina vapen och skyndar av skeppet och fram till Tora. Han tar henne kraftullt i midjan, lyfter upp henne och snurrar runt skrattande. «Min älskade blivande maka – vad jag har längtat efter dig! Du ser – du behöver inte oroas mig!»

Tora ser både glad, lättad och orolig ut på en gång.

«Älskade Ragnar! Nu kan jag äntligen få en god natts sömn!»

«Det skall vi allt bli två om!» svarar Ragnar skälmskt.

«Men det går en massa hemska rykten om dig och vad som hände i Svitjod – att du dräpte Harald – och nu tagit hans plats som kung över danerna?»

Ragnar släpper ned Tora på marken och ser varligt på henne.

«Det är sant – precis när Harald var till att dräpa far   kunde jag inte låta det ske. Jag slog ihjäl honom och sparade far. Därmed avgjorde jag även hela slaget åt Svearna. Som tack avblåste han blodshämden och satte mig som kung här i Ringsted. Det har varit många som tittat snett mot mig under färden hit – men den knuten skall jag nog snart ha knutit upp».

«Och far – hur gick det med min far?» frågar Tora oroligt.

«Han sitter och spisar med gudarna i Valhall», svarar Ragnar kort, men ömt. Han berättar dock inte vem som dräpte honom…

Både Ragnar och Tora känner blickarna när de flyttar in i Haralds långhus. Haralds änka har redan tagit sina barn och sina närmaste tillhörigheter och flyttat tillbaks till sin färdnesby.

Tora ser på Ragnar – och kan inte hålla sig från att fnittra till. Tänk – att vi skall bo här! Till och med större än hemma i Ringstad, tänker hon glatt för sig själv. Hon är ju van att röra sig i de fina kretsarna – men detta slår tiden i Ringstad med råge. Ragnar gläds åt Toras sprittande glädje. Allt har ju gått så fort. Han känner att det är svårt att hinna smälta. Från att varit en rymling, till kungadräpare – till och med trippel kungadräpare – till kung över danerna...

Han ser på Tora – och plötsligt betyder det ingenting. Åtrån i honom exploderar, inget annat räknas plötsligt. Han lyfter varsamt upp Tora och bär bort henne till den breda kungabädden. Försiktigt lägger han henne i sängen. Han ser att hon snabbt sliter av sig sina kläder. Ragnar gör detsamma. Tora ser med stora upphetsade ögon på hans kraftiga erektion. «Kom – kom och ta mig», stönar hon.

Följande dag kallar Ragnar till rådsmöte med alla hirdmän i Ringsted. De övriga, långväga får han ta senare. Strax innan solnedgången är långhuset fyllt till bredden. Stämningen är tät – snarare hetsk.

Ragnar sitter lugnt i tronen, med sitt livgarde av svear som Sigurd skickade med honom.

Han sitter lugnt och inväntar att alla skall tystna av sig själva. Sakta avtar sorlet allt mer.

Ragnar låter blicken sakta svepa över männen innan han tar till orda:

«Daner – hirdmän! Det är nu nya tider! Istället för att ni daner regerade även över Svitjod – så regerar nu Svitjod över Er. Bemärk att Svitjod nu även härskar över Ghoterna!

Jag är tillsatt av min far – Sigurd Ring – att styra här efter eget huvud. Sigurd har länge betalat gäld till er – men nu begär han bara hälften i retur. Gör vi detta väl – så har vi en stark ställning tillsammans.

Istället för att fortsätta att vända agg mot varandra – så skall vi istället samverka – och vända blickarna västerut – här finns mycket att skörda! Betydligt enklare och bätrre betalt än att fortsätta i gamla fotspår.

Vi skall snarast rusta för att fara till frankernas rike. Här fattas inget! Skatterna vi kan ta är enorma!»

Bodvar Brage – en av Haralds närmaste hirdmän tar ett steg fram och ser trotsigt på Ragnar och avbryter:

«Så allt vi jobbat med tidigare skall vara ogjort? Det blir svårt för många av oss att följa den man som tog livet av vår sedan många år ledare och kung».

Ragnar ser tyst på honom under några sekunder. Sedan tar han blixtsnabbt sitt svärd – slungar iväg det med en sådan kraft att det far rakt igenom bröstkorgen på Bodvar och fastnar djupt in i väggen.

Blodet sprutar runt svärdet. Bodvar tittar chockat på svärdet. Blod rinner ur munnen på honom. Han försöker säga något – men det hörs inga ord. Sekunden senare sjunker huvudet livlöst ned mot bröstkorgen. Hans hjälm lossnar och slår i golvet, med kroppen fastnaglad, hängande i väggen.

«Någon annan?» frågar Ragnar lugnt.

Ingen annan tar ton.

När alla hirdmän lämnat långhuset kallar Ragnar till sig Anganthyr. Ragnar har inte sett honom sedan han kom hem ifrån räden på Gotland.

När Anganthyr kommer in, känner Ragnar åter fientligheten stickande i luften.

Den här gången har han all förståelse…

«Anganthyr, du vet mycket väl att det var jag som dräpte din far. Du har all rätt till din fientlighet mot mig och säkerligen önskan om hämnd.

Jag vill att du skall veta att det var Harald som tvingade mig. Jag hade inget otalt med Aivar. Tvärtom – så var han ju min fars allierade. Men det var även jag som räddade livet på dig – trots att de andra ville slå ihjäl dig på plats.

Jag har nu hämnats din far – genom att själv slå ihjäl Harald». Efter en kort paus fortsätter Ragnar:

«Jag sitter nu i Haralds tron. Du har nu två val; som du ser finns det inga livvakter här – bara du och jag. Antingen försöker du få din hämnd nu – genom att försöka ha ihjäl mig här och nu. Eller så väljer du att tro på vad jag just förtalt – och tillsammans med mig fara till frankerna och plundra. Här kommer inget att fattas dig – och du får chans att visa vad du går för.»

Anganthyr står tyst en lång stund och begrundar Ragnars ord. Sedan knäböjer han och svarar:

«Min far, Aivar, har lärt mig att ett svärd i sig inte är farligt – utan att det är handen som håller i det som man skall passa sig för.

Jag tror på dina ord och ser fram emot att segla till frankerna.»

Ragnar inser att för att snabbt komma ifrån den interna situationen i Ringsted, så krävs att kämparna får något annat att tänka på. Följande dag beodrar han full fart på förberedelserna för plundringståget till frankernas rike. Nya skepp byggs. På andra skepp höjs bogen och förstärks för att klara den hårdare sjön. Kvinnorna syr kläder och förbereder proviant. Mjöd bryggs.

Bankandet från smederna när de smider nya vapen hörs ständigt. Alla har fullt upp. Ingen har tid till gammalt groll.

Till Höstblotet firas det rejält. Ragnar hade avkrävt av de heliga männen och kvinnorna att de skulle offra extra mycket till Oden, för att han skall ge dem god jaktlycka på färden.

Sju dagar efter höstblotet far de iväg. Hösten är varm och solig. Oden är med oss, känner Ragnar förnöjt.

Som vanligt så är det grov sjö i havet utanför Gjuland, men redan dagen efter, när de seglar längs Frieslands låga kust – så är havet betydligt lugnare. Vinden är dock stabil, så männen behöver inte ta till årorna. Precis som Ragnar planerat, så har männen fullt upp med plundringståget. Det andra har de nu släppt. Ombord är stämningen precis som den brukar vara.

När de närmar sig frankernas rike, så tilltar både vind och sjö. Vågorna tornar upp rejält. Många slår över relingen – så alla männen gör allt de kan för att ösa ut vattnet ur skeppen. De levande djuren skriker av rädsla. Flera av männen tappar fotfästet och far omkring innan de lyckas ta sig upp och fortsätter att ösa. Ragnar står vid rodret på det främsta skeppet och njuter till fullo.

Vid Oden – detta är att leva! tänker han förnöjt.

Plötsligt ropar Rolf Krake och gestikulerar. Rolf har seglat hit vid flera tillfällen tidigare. Han pekar på Spetsen på en halvö som sticker ut från kusten. «Styr babord – vi har seglat för långt!

Hela armadan slår full babord och seglar österut längs kusten på halvön. Ragnar inser att de låg lite för långt ifrån kusten, på grund av den grova sjön. Men nu har de vinden i ryggen, så de tar snabbt in tiden de har tappat. Snart siktar de utloppet till floden Seine. Där skall de in. Hela utloppet är väldigt sandigt och grundt. Ragnar beodrar att samtliga skepp skall ha en utkik, så att de inte fastnar i någon sandbank.

På norra sidan siktar de en liten by. De kan se hur människorna flyr i panik. Ragnar bara skrattar åt dem. «Den lilla byn bryr vi oss inte om!» ropar han. Målet för dem kommer efter ytterligare ett antal krökar på floden – staden Rouen.

När de når fram till Rouen, så har stadens invånare redan blivit varnade.

Bryggorna ligger tomma. Inte en människa syns utanför stadsportarna. Stadsmurarna myllrar av stridsberedda soldater. «Jaha – det ser ut som om vi inte behöver presenteras oss!», ropar Ragnar skrattande till männen. Männen både skrattar och vrålar – för att skrämma frankerna lite ytterligare.

Ragnar tar gått om tid på sig med förberedelserna. Hela dagen går. Morgonen randas och förberedelserna fortsätter oförtrutet. Först vid kvällningen den andra dagen så närmar sig kämparna stadsporten. Försvararna skjuter iväg salva efter salva med pilar, som formligen regnar ned på nordmännen. Men de är förberedda. Huvuddelen av de anfallande bär på upp-och-ned vända mindre skepp. Dessa ser snart ut som igelkottar, men de flesta av männen klarar sig.

De på kanterna har det lite värre.

De övriga har lyft sina sköldar över huvudet. Trots detta skördas många offer bland nordmännen. Männen under det främsta skeppet bär även på en kraftig ekstam som murbräcka. När de kommer fram till porten börjar de med all kraft stöta mot porten. Vid varje stöt skakar hela porten. Samtidigt väller kämpar fram med enter-stegar och börjar snabbt att klättra upp mot murkrönet. Stege efter stege knuffas bort. Många av männen på stegarna slår ihjäl sig när de faller ned. Men direkt efter så kommer det nya och tar full fart igen. Plötsligt häller försvararna kokande olja över anfallarna. Kraftiga skrik hörs från de som träffas – men stötarna fortskrider. Stora stenar vräks ned från muren. Vissa lyckas slå hål i skeppen. Ny kokande olja hälls ut, nya skrik – men stötarna fortsätter. Hela tiden fylls det på med nya nordmänn under det främsta skeppet.

Plötsligt syns det kraftig rök som bolmar upp från andra sida av staden. Vad frankerna missat är att en stor grupp av nordmän smugit sig runt staden. De har lyckats smyga fram till en mindre port, tack vare mörkret, och satt eld på porten. Elden har nu tagit sig ordentligt och även börjat sprida sig till närliggande byggnader. Ragnar ser röken. Direkt vrålar han ut nya order.

Plötsligt slutar stötarna mot huvudporten. Istället avancerar nordmännen ända fram till huvudporten med ett annat skepp. Skeppet lägger de ned så att det vilar mot porten – plötsligt syns eld välla fram även här. Nordmännen har haft med sig olja som de dränkt in skeppet i och som nu tar sig snabbt. Elden får även snabbt grepp om virket i skeppet och snart når lågorna nästan ända upp till murkrönet. Oljan som försvararna tidigare hällt ut spär på elden ytterligare. Strax börjar även virket i porten att ta fyr. Nu försöker försvararna desperat att istället hälla vatten på elden. Men det tar tid att få upp vatten, speciellt då många av frankerna redan tvingats att försöka släcka elden vid den lilla porten och husen innanför – som redan står i lågor och snabbt sprider sig i den trånga staden. Nordmännens bågskyttar fokuserar sig på männen rakt ovanför huvudporten – för att störa ut deras släckningsförsök.

Nu brinner det ordentligt även i porten. Plötsligt rusar nordmännen åter fram och återupptar försöken att slå in porten. Efter en kort stund visar porten en första antydan att ge vika. Stärkta av detta rusar ytterligare män fram och hjälper till. Med ett brak ger sig det ena fästet. Vakterna på insidan börjar omgående att skuta pilar ur det smala öppna utrymmet. Andra av dem sticker med sina lansar för att hålla anfallarna borta. Men nu hörs det plötsligt vrål och skrik bakom dem. Den lilla porten har gett vika och försvararna kan inte hålla undan nordmännen som stormar in i staden. Röken ligger tät. I de trånga gränderna hörs skrik, från både män, kvinnor, kor och grisar. Allt är i kaos. Det är svårt att överhuvud taget se om det är nordmän eller försvarare som kommer rusande längs gränderna. Då brister även det andra fästet till huvudporten.

Med ett kolosalt djuriskt vrål stormar nordmännen in genom porten. Moralen hos försvararna är nu som bortblåst. Vissa flyr, andra bara sänker sina svärd och fryser fast av rädsla. Andra fortsätter att desperat försvara sig – men deras korta svärd har ingen chans mot nordmännens långsvärd – och kraften de svingar dem med. Armar flyger i luften, huvuden rullar. Gatorna fylls med döda, lemlästade kroppar, marken, husen – allt färgas blodrött, samtidigt som nordmännen stormar in genom gränderna. Slakten sprids till hela staden. Ingen sparas. Nordmännen är som i extas. De vrålar, svingar sina svärd, krossar med sina yxor. Många kvinnor, barn och äldre har flytt in i kyrkan – men plötsligt vräks porten upp och nordmännen stormar in även här. Ingen sparas.

Solens ljus är nu helt borta. Det enda som lyser upp är eldsflammorna. Nu river nordmännen husen närmast lågorna för att få stopp på elden. Elden har gjort sitt. Nu vill de kunna samla ihop skatterna utan att dessa förgås av flammorna.

De franker som trots allt klarat sig, samlas ihop för att tas med och säljas som trälar. Nordmännen kalasar i mat och vin under tiden som de söker efter värdesaker.

Ragnar går in i kyrkan och begrundar allt guld, silver, silkestyger och andra värdeföremål. Han kliver över de döda kropparna utan att ta notis.

Anganthyr sparkar in dörren till en jättestor smedja. Han ser sig om och grinar glatt. Smedjan är enorm. Den största han sett. Hundratals svärd och tusentals pilar står och ligger längs väggarna.

Lansar, yxor – vapen överallt.

När Ragnar kommer ut ur kyrkan, ser han att Helge i Brå står utanför med en fånge. Fången är välklädd, så Ragnar förstår att han måste vara en viktig person i Rouen.

«Vad skall vi göra med den här?» frågar Helge.

«Ta reda på var han bor. Där finns säkert mycket att hämta. Sedan tar vi med honom. Vi kan säkert få en god lösen för honom», svarar Ragnar.

Redan följande dag så packar Ragnar skeppen. Tidigt dagen efter kastar de loss och lämnar efter sig en stad i spillror.

Rouen finns i princip inte mer.

De fortsätter färden längre upp på Seine. Floden ringlar sig som en orm framför dem. Dalen de färdas i är bördig. Stränderna längs floden är på många ställen fyllda av sand. Precis som tidigare sitter en nordman längst fram i varje skepp och spanar – så att de inte fastnar i någon sandbank.

De passerar flera mindre byar, men Ragnar tar ingen notis om dessa. Nästa mål hägrar – frankernas huvudstad – Paris.

Floden viker i en lång sväng åt vänster. På bägge sidorna om floden växer det en kraftig lövskog – men ändå känner männen att de närmar sig. De känner röklukt, hör ett sorl i bakgrunden, som bara kan komma från en stor stad. Strax innan floden viker av ännu kraftigare åt vänster, så slutar skogen tvärt. De har äng på var sida – och nu ser de plötsligt Paris höga ringmur. Då ekar lika plötsligt larmklockorna. De ser hur folk slänger vad de bär på och rusar in genom stadsporten.

Vakter på ringmuren pekar och gestikulerar. Framför dem tornar skepp efter skepp upp sig.

Det rasslar i kedjorna och vindbryggan halas hastigt upp. Sedan blir det tyst. Ragnar står och begrundar den mäktiga staden. Ringmuren är högre, vidare och kraftigare än någon han sett tidigare.

Skeppen lägger sig mot stranden, som vätter mot Paris, i en lång rad. Ragnar och Anganthyr hoppar i land och går fram en bit mot ringmuren – men håller sig fortfarande på långt avstånd – långt längre än någon långbåge kan nå dem.

«Det här var skillnad mot Rouen», säger Anganthyr imponerad.

«Ja – här får vi allt lite mer att göra», svarar Ragnar fundersamt.

Ragnar går tyst och funderar. Han visste att Paris var stort – men inte så här stort.

Här har vi hamnat i knipa. Vi är för få för både anfall eller belägring. Våra skepp är fulla, tunga och långsamma. Om vi försöker undfly, som är risken stor att de anfaller oss i ryggen…

Ragnar bestämmer sig för en skenmanöver. Strax innan solnedgången beodrar han ut grupper av mannar att sprida ut sig längs en linje på behörigt avstånd från ringmuren.

Här gör männen upp stora bål som de antänder strax efter att solen gått ned. Från ringmuren lyser en lång rad av eldar. Innanför ringmuren är spänningen stor. Den frankiske kungen, Karl den enfaldige, vandrar fram och tillbaks inne i den stora hovsalen. Han gormar och skriker ut order. Alla måste vara beredda – hela natten – på en attack. Becket måste koka. Bågskyttar står redo. Kvinnor öser upp hinkar med vatten – ifall de anfaller med eldpilar.

Timma ut och timma in spejar vakterna ut mot de flammande eldarna, utan att någonting händer. Hela natten går. När solen till slut lyser upp området – så börjar eldarna att brinna ut.

Hur männen än spanar – så kan de inte se några nordmän. Plötsligt inser de att även skeppen är borta.

När solen nu lyser upp, så ser Ragnar att de närmar sig Seines utlopp. En timma till – så är de ute på öppet hav – och säkra. Han vänder sig om – men ser ingenting som tyder på en motattack.

Han spricker ut i ett häftigt skratt, dunkar Angathyr hårt i ryggen och utropar glatt;

«Där lurade vi den enfaldige gott! Nu skrämde vi upp honom ordentligt – så nästa gång skiter han i byxorna!»

Ragnar känner sig upprymnd och segerviss när de återkommer till Ringsted. Skeppen är fulla med skatter, trälar och vapen. Nu har de tillräckligt med vapen för nästa, betydligt större plundringståg till Paris. Med skatterna och trälarna har de resurser att skaffa tillräckligt med kämpar. Ragnar ser sig runt – men finner inte Tora någonstans. Märkligt – hon brukar alltid komma och ta emot mig, tänker Ragnar. Han tar sina närmaste saker och beger sig bort mot långhuset. Strax utanför möts han av Gudvar Gramtoft, en av äldermännen och rådsmännen i Ringsted. Ragnar ser att det verkar allvarligt. «Hur är det fatt Gudvar?» Frågar Ragnar.

Gudvar ser allvarligt på Ragnar och svarar;

«Med mig är det gott – men för Tora är det värre».

Ragnar känner hur en iskall kår ilar genom hela kroppen.

«Va – vad har hänt henne?»

«Några nätter efter att ni avseglat, så blev hon dräpt. Lite senare fick vi tag på nidingsmannen.

Det var Vegard Enarm som stack henne».

Ragnar känner hur benen viker sig under honom. Han sjunker ihop där han står och sitter tyst och bara stirrar tomt en bra stund. Sedan frågar han;

«Varför? Varför dräpte han henne?»

«Vegard säger att det var en hämnd för att hon svikit sin fars vilja att gifta sig med Halvdan Svarte».

«Den fähunden till norrman! Var är han?» Vrålar Ragnar.

Gudvar talar om att de håller honom fängslad i skjulet bredvid grisarna – där de alltid håller sina fångar fängslade. Ragnar rusar bort till skjulet. Vakter utanför flyttar sig så snart Ragnar kommer stormandes. Han vräker upp dörren – rusar fram till den fastkedjade Vegard – tar tag i bägge hans öron och sliter loss dem. Vegard skriker som en gris. Sedan tar han grepp runt Vegards pungkulor och krossar dem. Vegard är nu nästan medvetslös av smärtan. Då tar han ett fast grepp runt halsen och krossar strupen. Strax efter ligger Vegard livlös på marken. Plötsligt kommer Anganthyr instormande och ser vad som hänt. Ragnar reser sig och ser på kroppen. Anganthyr tar ett fast grepp om axlarna på Ragnar och ser förstående på honom och säger beklagande:

«Den grisen kom för lindrigt undan. Ge sig på en värnlös kvinna!» Ragnar andas tungt, står tyst en stund innan han vänder sig mot vakterna och beodrar: «Släng in honom till grisarna!»

Sedan vänder han sig mot Gudvar:

«Gudvar – meddela rådsmännen att vi skall samlas imorgon. Vi har en del vi måste diskutera».

Senare sitter Ragnar ensam i sitt långhus, sörjande och funderande. Kan verkligen Halvdan Svarte ligga bakom detta nesliga dåd? Att hämnas på en värnlös kvinna? Eller var detta bara ett dåd av Vegard Enarm – för att hamna i ynnest hos Halvdan? Annat än att dräpa en värnlös kvinna dög han ju inte till?

Tidigit följande morgon väcks Ragnar bryskt av larmet från varningsklockorna.

Han rusar ut i bara mässingen och möter män huller om buller, som precis som han rusar ut och undrar vad som står på.

«Norrmännen anfaller! Fullt med skepp närmar sig i bukten!» hör han plötsligt hur en vakt vrålar. Han rusar snabbt in och slänger på sig sina stridskläder och vapen. Sedan rusar han ner till hamnen. Han stirrar ut över bukten – och ser att hela bukten är fylld av norska långskepp.

Snart ser han det stora skeppet Ormen Långe – det största långskeppet av alla, med dess kapten och kung, Sigurd Fafnesbarne. Så – då var det på hans – och hans allierade Halvdan Svartes anmaning som Vegard Enarm utförde sitt nesliga dåd! Konstaterar Ragnar rasande.

De har inväntat vår återkomst – för att kunna få en lätt seger över tröttkörda män – men då skall de få en överraskning! Med vapnen vi erövrade i Rouen – är vi bättre beväpnade än någonsin – och för männen var det inte mycket till strid – så de är helt utvilade…

Ragnar vrålar ut en första order att dra upp samtliga skepp ur vattnet. Männen stirrar först oförstående på honom – så han måste vråla ut ordern en andra gång innan de sätter igång.

Männen rusar snabbt ned till skeppen – vissa ut i det grunda vattnet och knuffar på- medan andra tar tag i tampar i fören och drar allt de orkar från stranden.

Sedan går Ragnar fram till Angathyr, ger honom instruktioner och beordrar honom att snarast möjligt bege sig till huvudflottan, som ligger i den närliggande bukten närmare öppna havet.

När männen väl dragit upp skeppen – vrålar han till dem att hämta alla oljefaten de har.

Han beordrar ut män med oljefat på var sida om hamnen och invänta hans kommando.

De övriga männen förbereder sig på bästa sätt inför den kommande striden.

Kvinnorna och barnen föser med sig djuren och lämnar staden genom porten som vätter in mot land.

När skeppen närmar sig land, strax innan bågskyttarna når dem – beordrar Ragnar att männen skall tömma ut oljan i vattnet. Oljan flyter snabbt ut och lägger sig som en film på vattenytan.

Snabbt sprider den sig allt längre ut. Strax närmar den sig skeppen. Ragnar ser på och hör männen som ror för allt de är värda. «Nu!» skriker Ragnar till bågskyttarna – som direkt skickar iväg en första svärm med pilar. De är så många till antalet – att himlen mörknar när de snabbt flyger mot sitt mål. Plötsligt hörs dunsar och skrik om vartannat när den första svärmen träffar. Nästa är då redan i luften. «Nu män! – sätt eld på oljan»! vrålar Ragnar. Strax efter far en skur med eldpilar igenom luften.

Plötsligt brinner hela bukten. Skeppen i första ledet blir snabbt övertända. Brinnande män vrålar ut sin smärta. Många utav dem hoppar i vattnet och drunknar. Andra brinner som facklor på skeppen. Mitt i kaoset landar nästa svärm med pilar.

Männen i skeppen i andra led gör allt för att styra undan den brinnande oljan. Trots detta tar flera av även dessa skepp fyr. Männen gör sitt yttersta för att släcka. Samtidigt börjar deras bågskyttar att beskjuta danerna. Trots umbäranden, närmar sig skeppen allt mer hamnen.

Då ser Ragnar att Angathyr hastigt närmar sig bakom norrmännen med huvudflottan.

Han hör hur Sigurd Fafnesbarne vrålar ut nya order – plötsligt girar skeppen – precis innan de skall nå land. Männen börjar åter att ro besinningslöst. De ror i en vid båge för att undkomma Anganthyrs skepp – men Anganthyr har inga problem att genskjuta dem.

Med full kraft bordar danerna norrmännens skepp i sidorna. Häftiga strider mellan männen utbryter. Ragnar ser att en mindre del av norrmännens skepp, bland dem Röde Orm, försöker ytterligare en gång att bryta sig ut. De ror febrilt mot den sista lilla öppningen – Anganthyr ser lugnt hur Ormen Långe försöker ta sig emellan hans och ett annat skepp. Precis innan Ormen Långe är i jämnhöjd – vrålar han ut sin order. Männen halar frenetiskt.

En kraftig tamp rycks upp mellan de bägge skeppen. Röde Orm far rakt in i tampen och fastnar – samtidigt som de bägge skeppen trycks in mot dess bägge sidor. Sigurd Fafnesbarne inser att han är utmanövrerad och övermannad, så han beordrar sina män att ge upp. Anganthyr signalerar till Ragnar och avvaktar sedan – utan att borda Röde Orm. Ragnar tar sina närmaste, sätter sig i en liten roddbåt och ror ut mot den besegrade norrmannen. De tar sig sakta fram mellan brinnande skepp, vrakdelar och förkolnade kroppar som ligger och flyter. Stanken är förfärlig. Värmen från de brinnande skeppen slår mot dem när de passerar. Ragnar står i fören och stirrar hela tiden på Sigurd Fafnesbarne.

Samtliga av männen på Ormen Långe står tysta, nedslagna och ser på när Ragnar närmar sig. De vet att de har förlorat och vet vad som väntar dem.

Ragnar hoppar ombord med ett kraftfullt hopp. Han stirrar Sigurd i ögonen och utbrister:

«Jaha – ni kom hit och trodde på en lätt seger. Att vi skulle vara uttröttade och vara ett lätt byte.» Han ser sig runt bland männen innan han fortsätter: «Men där bedrog ni er ordentligt!»

Sigurd Fafnesbarne stirrar på honom rakryggad och svarar myndigt; «Jo – efter först den tuffa holmgången i Bråvalla – och sedan plundringståg till frankerna -så räknade vi med ett lättare nappatag – men där bedrog vi oss. Så nu är frågan hur du vill avsluta detta – skall vi få träffa våra förfäder i Valhall eller har du någon annan plan för oss?»

Ragnar ser myndigt på sin förlorade motståndare och svarar:

«Var det du och Halvdan Svarte som låg bakom dråpet på min Tora?»

Sigurd ser förvånat på Ragnar och svarar:

Skulle vi ligga bakom ett så nesligt dåd? Nej du – det kan jag tydligt klargöra – något sådant fegt nidingsdåd är inget vi sysslar med!»

Ragnar nickar tyst förstående. Precis som han trodde – den fähunden Vegard Enarm hade desperat utfört dådet i hopp om att komma i bättre dager.

Ragnar tar sedan åter till order: «Ni har väl gjort er förtjänta att få äta av Serimer – men det får vänta ett tag. Jag har andra planer. Vi skall tillsammans fara till Kaupang och språka med din allierade Halvdan Svarte!»

De slagna norska kämparna hålls i ett område utanför byn, väl bevakade av danerna.

Deras vapen är beslagtagna, men de får ha redskap för att laga de skepp som går att laga.

Ingen försöker göra motstånd elller fly – då deras kung har beodrat dem att stilla sig.

Ragnar låter Sigurd Fafnesbarne härbärgera i sitt stora långhus, väl passande för en kung.

Redan ett par veckor senare far den gemensamma flottan norrut – mot Kaupang – norrmännens största by, belägen i början av viken. Ragnar tar plats bredvid Sigurd i Ormen Långe, som tar täten. Den totala flottan är enorm. När de seglar går det inte ens att se alla skepp. Turen till Kaupang är lugn och fin. Vädret är torrt.

Ragnar njuter till fullo. Han känner hur den ökade makten spirar i kroppen. Ragnar känner att gudarna är med honom.

När de närmar sig Kaupang så ser de att det blir ett fullständigt kaos runt byn. Folk flyr in bakom den kraftiga palissaden – torts att Ormen långe seglar i främsta ledet.

När de nästan är framme – beodrar Ragnar att samtliga skepp skall stanna kvar på redden – utan Ormen Långe.

När de äntrar bryggan utanför porten är tystnaden total. Ragnar och Sigurd går fram mot porten.

Sigurd beordrar med hög röst att de skall öppna porten. Strax efter öppnas portarna och Halvdan Svarte med sina närmaste män kommer ut och möter dem.

Halvdan ser skeptiskt – först på Sigurd – och sedan på Ragnar. Sedan frågar han:

«Du kommer med en oväntad gäst Sigurd. Hans huvud på ett fat hade varit mer förväntat!»

Sigurd står, trots hans nesliga situation, med rak rygg när han svarar:

«Jo – det vankades inte som planerat. Ragnar var en starkare motståndare än vi trodde. För stark. Vi är nu hans fångar. Men han har behandlat oss väl – och vill diskutera något med oss.»

Ragnar ser leende på Halvdan. Det har varit några duster genom åren – mellan svear och norrmän. Men på senare tid har det skett en del hos oss. Sigurd Ring härskar nu över Svitjod, hela Ghotland och danerna. Vi är en helt annan motståndare nu – om du vill gnabbas med oss.

Vi kan när som helst komma hit med en styrka – långt större än vad ni tillsammans kan skrapa ihop.» Ragnar tystnar en stund och låter hotet smälta in, innan han fortsätter:

«Men jag kom inte hit för att komma med hot om nya stridigheter. Istället vill jag, tillsammans med Er – samla en här, stor nog att rå på frankernas huvudstad – Paris.»

Åter tystnar Ragnar för att låta orden smälta in. Sedan fortsätter han:

«Jag såg Paris på vårt senaste plundringståg. Staden är enorm – med sådana rikedomar att ni inte ens kan drömma om! Vi var för få man att rå på frankerna då. Men vi fick med stora mängder vapen – smidda av bästa stål. Tillsammans kan vi samla en tillräckligt stor här!»

Halvdan lyssnar tyst. Han nickar smått, funderande under tiden. Sedan frågar han:

«Men – jag ser bara daner och norrmän. Inga svear eller ghoter. Hur kommer detta sig?»

«Sigurd Ring är nu fullt inriktad på att lösa problemen med handelsrutten till Miklagård.

Dessutom har han fullt upp med att ena hans nya välde. Jag skall förstås tala med honom, men skall det bli något – så ligger det främst på oss!»

Ragnar ser hur Halvdan fortsätter att stå tyst och smånicka samtidigt som han funderar.

Efter en stund säger han; «du får vänta här. Jag vill diskutera detta med Sigurd och mina övriga rådsmän.»

Ragnar slår ut med händerna och svarar; «visst. Ta ni den tid ni behöver. Jag stannar här.»

När Halvdan, Sigurd och de övriga går in genom porten, så går Ragnar ned till männen vid skeppet.

Han tar ett stop mjöd och slår sig ned bredvid Anganthyr. Först nu berättar han sin plan för Anganthyr. Anganthyr skakar på huvudet och frågar kritiskt: «Och hur kan du lita på dessa – efter vad de precis gjort? De kom ju för att hugga ihjäl oss! Vad får dig att tro att de inte försöker igen – så fort de får chansen?» Ragnar ser lugnt på Anganthyr och svarar: De har först nu blivit varse vår enorma styrka. De vågar inte göra om misstaget. Dessutom har de allt att vinna på detta samarbete.» Efter en stund lägger Ragnar sig på rygg, blundar och avvaktar.

Först sent på eftermiddagen öppnas åter porten. Två män, två av Halvdans rådsmän, går ned till skeppet och ber Ragnar att följa dem. Anganthyr ser misstänksamt på Ragnar – som bara skrattande skakar på huvudet. «Du skall se min vän – att jag har rätt. Om inte – så blir det ditt ansvar att hämnas mig.»

Ragnar känner Anganthyrs oroliga blickar i ryggen, när han närmar sig porten. Innanför porten möts han av norrmän i fulla krigsmunderingar. De står och tränger på var sida om gången som leder fram till Halvdans långhus. De stirrar dödsföraktande på honom – men ingen vare sig säger eller gör någonting. De tre männen tar sig tålmodigt framåt mot långhuset. Ragnar känner att de går lite extra sakta – för att skrämma honom. Men det är inte så lätt.

Inne i långhuset väntar Halvdan, Sigurd samt deras trälar. Bägge reser sig när Ragnar kommer in. De tar armtag och ber honom sätta sig till bords, samtidigt som trälarna börjar servera mat och mjöd. Efter en stund tar Halvdan till orda; «Vi har noga diskuterat ditt förslag. Vi finner det i det hela som ett gott förslag. Men vi behöver komma överens om vem som skall föra hären – och hur vi skall fördela bytet».

Ragnar skiner upp samtidigt som han snabbt svarar: «Jag skall förstås föra hären. Vid min sida vill jag ha min förtrogne – Anganthyr samt dig Sigurd. Av bytet tar jag hälften och ni två får dela på andra hälften.»

Halvdan och Sigurd diskuterar tyst sins emellan en stund. Sedan säger Halvdan:

«Det är att bud som vi kan acceptera. Låt oss bekräfta vårt samarbete med ett ordentligt gille!

Sigurd här vill att du skall träffa hans dotter och ha henne till bords under detta gille!»

Utan att invänta svar, reser sig Sigurd upp och går ut. En liten stund senare har han med sig sin dotter. Han går fram och ställer sig mitt framför bordet där Ragnar sitter. «Får jag presentera min dotter. Hon kallas Kraka – men heter egentligen Aslög.»

Ragnar känner hur hela hans kropp stelnar. En sån vacker uppenbarelse! tänker Ragnar och bara stirrar på henne. Hon påminner så om Tora Borgarhjort – om inte än vackrare. Efter en kort stund rycker han till och reser sig upp. Han tar lite klumpigt hennes hand och ber henne att slå sig ned bredvid honom.

Kapitel 8

Långskeppet och sneckorna rör sig fram i lugnt och behagligt tempo mellan öarna i Roslagens skärgård.

Solen står högt på himlen och vinden är helt stilla. Männen ror i lugnt och behagligt tempo.

Rörik står i fören på långskeppet och spanar ut över den skärgård där han spenderat så mycket av sin uppväxt. Hemma efter över ett års tid, säger han för sig själv, med ett brett leende på läpparna.

Att åter få se sitt hem, sina nära och kära, gamla vänner – är en underbar känsla. Rörik känner hur det spritter i kroppen. Han ser på Torulf. Även han har samma leende på läpparna. Torulf känner sig iakttagen och vrider huvudet mot Rörik. Han ser på Rörik och brister ut i ett stort leende. «Det var ett tag sedan!

Härligt att vara hemma igen!» dundrar han så alla i långskeppet hör det.

Rörik skrattar gott och svarar;» Ja – så sant som det är sagt! Gudarna har varit på vår sida! Ikväll blir det ett sort gille för att ära dem!»

Efter ytterligare en stund så skymtar Rörik Nordrona högt uppe på toppen av berget. Hans leende blir om möjligt ännu bredare. Rörik blir både lugn och lycklig när han konstaterar att allt verkar vara som normalt här hemma.

«Män – nu är vi äntligen hemma!» skriker han högt – och får ett rungande tjut som svar av besättningarna.

När de kommer fram till bryggorna, så är det fullt med folk som tar emot dem. Fnitter och tjut hörs från de förväntansfulla människorna på bryggorna. Båtarna hinner knappt förtöjas innan flera av männen hoppar iland och kramar om fruar, barn, föräldrar och vänner.

Rörik ser förnöjt att hans mor, hans yngre bror Helge och hans yngre syster Gertrud står bland de främsta och väntar. Själv försäkrar han sig att skeppet är väl förtöjt innan han hoppar iland och kramar om dem.

«Oj Gertrud – du har ju vuxit upp till en riktigt fager kvinna medan jag varit borta!» brister Rörik ut när han kramar om sin yngre syster. Han tar fram en brosch av guld, fylld med ädla stenar, som han fäster i hennes klänning.

«Vi får nog snart fundera på att gifta bort dig!»

Gertud tackar och flinar lite snett på honom. «Det får vi nog vara två om!» svarar hon lite trotsigt.

Sedan vänder sig Rörik till sin mor. Han ser glädjetårar som rinner ned för kinderna, ned till det stora leendet. Rörik vet att hon alltid är orolig när han är borta.

Tyst går hon fram och kramar hårt om honom. Sin mor pryder Rörik med ett par vackra örhängen av silver.

Helge står tyst kvar och väntar på sin tur. Helst hade han följt med sin bror på hans äventyr, men Rörik hade bromsat honom och sagt att han var tvungen att stanna kvar och ta hand om sin mor och sin syster.

«Tids nog skall även du få fara i österled» hade Rörik sagt.

Rörik går fram och tar tag i Helge om bägge axlarna. Han ser honom djupt i ögonen och säger leende;

«Helge, min bror. Du har tagit väl hand om vår familj. Det tackar jag dig för! Även du har vuxit! Snart är du redo att följa med i österled!»

Rörik tar upp ett halsband av rent guld och överlämnar till honom. «Varsågod. Nu kan du imponera på kvinnfolk!»

Männen i båtarna visar stolta upp den dyrbara lasten de har med sig. Det är pälsar, vax, honung, silvermynt, ädelstenar, smycken och mycket annat.

Rörik beordrar att alla män och kvinnor skall hjälpa till att lossa lasten och bära upp den till byn.

Strax bildas en lång kedja av människor som bär. När allt ligger väl inpackat i ett uthus, sätter Rörik två män att vakta. Resten, tillsammans med byborna, förbereder ett ordentligt gille, dagen till ära, men främst för att tacka gudarna.

Långbord dukas upp mitt i byn. Hela grisar hamnar på spett och börjar grillas. Mjöd-tunnor bärs fram.

Rörik har haft med en halv björn, som männen bär fram och börjar grilla – till allmän munterhet.

Han tar även fram flera amforor med vin från Adeigjuborg. Många av byborna har aldrig smakat sådant vin. Vissa tycker om det medan andra, många av de äldre, rynkar lite på munnen.

Rörik låter männen umgås med sina nära och kära i två dagar, innan de far till Upsala.

Åter igen kommer Rörik med en stor karavan med dyrbara varor – tribut från Östra Svitjod – eller Rutenien, som lokalbefolkningen där borta säger.

Den här gången står dock även Sigurd Ring och tar emot dem. Han är på bästa humör. Han vrålar för full hals och ger Rörik en riktig björnkram. Sedan beodrar han mjöd till alla gästerna. Här skall det firas!

Gillet i hans Kungshus är betydligt större och mer påkostat än det de hade hemma i Nordrona.

Spelmän och danserskor från främmande länder bjuder på underhållning. Mjödet flödar – så att det rinner från borden. Stämningen är snart riktigt hög. Det tuggas och sörplas. Vrålas och skålas. Flera män däckar redan under maten. Andra spyr. Precis så som ett riktigt gille skall vara.

Först mitt på dagen, följande dag sätter sig Rörik och Sigurd för att språkas allvar. Sigurd är omåttligt intresserad av vad som händer i hans nya rike.

Hur stort är det?

Hur stora problem är det med befolkningen?

Skattar de bra nog?

Fungerar rutten till Miklagård än?

Hur mår Sigrid. Rörik reagerar på att detta inte var Sigurds första fråga. Men – han känner Sigurd.

Rörik tystar Sigurd och tar till orda:

«Rutenien – som ortsbefolkningen döpt det till, är ofantligt stort! Du vet själv sedan tidigare vilka rikedomar det finns. Aldeigjuborg, Holmgård, Pskov, Vitebsk och Polotsk tillhör oss.

Vi har även ett avtal med Dnesterna och Polanerna.

Tillsammans med dem tvingade vi Vladh i Kiev att underteckna ett freds och handelsavtal, som ger oss fri lejd ner till Dnepr. Vårt sista mål är nu att även få ett avtal – eller erövra Ulicherna och Bulgar-slaverna.

Jag har även gjort en överenskommelse med en hovkommisarie från Miklagård – Ibn Fadlan – om regelbundna leveranser av trälar, päls, vax och valrossbetar.

Varje månvarv kommer vi att skicka tribut till Upsala – motsvarande samma tribut vi har med oss denna gång.»

Rörik tystnar, ser på Sigurd och inväntar hans reaktion.

Den kommer inte med en gång. Sigurd sitter tyst och begrundar vad Rörik berättat. Efter en stund tar han till orda;

«Detta – min bästa Rörik – är en bragd, mer än man kan begära under en hel levnad! Du har verkligen gjort dig förtjänt av en plats i Valhall, den dagen det vankas!» Sigurd formligen skriker ut orden, samtidigt som han – för att kraftigt markera – slår bägge nävarna hårt i det kraftiga ek-bordet.

«Rutenien – från ruserna, som de kallar oss? Tja – varför inte. Men jag föredrar Öst-Svitjod.

Men – hur är det nu med Sigrid. Hur mår hon efter bortrövandet? Och att inte få gifta sig med Vladh?

Jag trodde att hon skulle följa med dig hem.»

Rörik tar ett djupt andetag och svarar; «Hon mår riktigt bra. Så bra att hon vill stanna kvar i Holmgård och bli min fru.» När Rörik tystnar – blir det tyst en lång stund. Rörik är nu beredd på det värsta.

Men då ser han hur Sigurd spricker upp i ett brett leende och svarar;

«Med Vladh i koppel – så har han spelat ut sin roll.

Då tycker jag att hon gör ett klokt val! Som drottning till lydkonungen av Rutenien passar hon perfekt!

När har har du tänkt att äkta henne?»

«Så snart som möjligt...» svarar Rörik.

«Jasså – det ligger till på det viset. Ja, då får jag väl packa och följa med på återresan,» svarar Sigurd med ett leende.

Ett månvarv senare ser Sigrid, Wulf och de flesta andra i Holmgård hur en stor flotta närmar sig längs Volkhovs sävligt rinnande vatten. I främsta långskeppet står Rörik tillsammans med Sigurd Ring, sin mor, syster och lillebror. De känner direkt igen skeppen och glädjen sprider sig som en löpeld i staden. Alla möter upp vid bryggorna.

Sigrid, otålig som alltid, kan inte vänta på att skeppet skall förtöjas – utan hoppar ombord, så snart det kommer tillräckligt nära. Hon omfamnar först sin far och sedan Rörik.

«Du har väl pratat med honom?» viskar hon i örat på Rörik. Han ser henne leende i ögonen och nickar.

Då släpper hon snabbt greppet och rusar tillbaks till sin far och kramar om honom igen.

Kvällen blir som brukligt – ett stort och långt gille. Först mitt på följande dag börjar Sigrid fråga ut Rörik om allt han och Sigurd pratat om och bestämt.

«Så vi gifter oss så snart som möjligt. Det är nog bäst – för det börjar synas så smått!» Säger Sigrid glatt.

Redan två dagar senare startar cermonin.

Sigrid är klädd i den finaste klänningen av rent silke, med fastsydda ädelstenar och finaste både halsband och armband av silver, gjorda i Särkland. På huvudet bär hon ett diadem av tvinnade silver och guldtrådar, även det utsmyckat med ädelstenar av de duktigaste hantverkarna i Särkland.

Rörik är nybadad, med kammat skägg och hår, i kungamantel och en kraftig krona på huvudet stegar han in i borgen, sitt eget residens. I andra änden av den stora salen står Sigurd Ring i sin finaste kungautstyrsel. Med krona, större än Röriks, på huvudet och en mantel som hänger ned över bålen, ned till knäna – är han imponerande att se. Bredvid honom står Sigrid – vackrare än någonsin. Rörik tycker att det skiner om henne – som om Freja ledsagar henne.

Bakom står Röriks mor, även hon i finaste klänning och övrig tillhörande utstyrsel. Bredvid henne står Gertrud – och skiner även hon. Helge står bredvid Gertud. Rörik har klätt upp honom i full mundering, för första gången i hans liv. Stolt som en tupp står han och låter sig hänföras.

Längs bägge sidorna står övriga familjemedlemmar och hirdmän.

Rörik går sakta och högtidligt igenom salen – fram till Sigurd och Sigrid.

Sigurd ser stolt på Rörik när han högt höjer sin röst:

«Rörik, Sigrid, familj och hirdmän. Det är med stor glädje jag överlämnar min dotter till Rörik, lydkonung av Öst-Svitjod! Som ett bevis på detta överlämnar jag denna kungaring!» Stolt lyfter Sigurd upp en stor guldring, fylld med flera stora ädelstenar. Han tar Röriks hand och trär på ringen på högerhandens ringfinger. «Denna ring är ett bevis på att Rörik nu formellt är lydkonung i Öst-Svitjod!»

Sedan vänder han sig mot Sigrid och säger högt;

«Jag överlämnar härmed min dotter Sigrid – att äkta Rörik och bliva hans hustru!

Med Frejs hjälp skall hon ge honom många söner!»

Rörik tar ett steg fram och tar Sigrids utsträckta hand. Nu hurrar hela församlingen. Sigurd tar Rörik om bägge axlarna och skakar om honom av glädje.

Därefter leder Rörik bort Sigrid till bröllopssängen, där han äktar henne i allas vittne – så som seden kräver. Därefter lämnar församlingen de nygifta och påbörjar den stora festen till Frejs ära.

Det, precis som alltid på gillen – äts och dricks det i kopiösa mängder. Allt fler unga kvinnor bär in mat och dryck. De som burit in, stannar kvar och medverkar på festligheterna, medan ytterligare kvinnor fyller på. Det tar inte lång stund förrän det börjar vänslas och snart därefter älskas det lite runt om i salen.

Allt i Frejs ära.

Följande höst närmar sig en typisk flatbottnan liten båt, liknande en knarr – men inte så rund om bogen, söderifrån. Utkiken från tornet ser att det är fyra roddare med sex passagerare i båten. De ror motströms, men vattnet är lugnt i floden Volkov så de tar sig framåt i lagom takt.

Utkiken ser att männen är ringa beväpnade, men meddelar deras ankomst som han blivit tillsagd.

Då det är vanliga ärende-löpare, tas de emot av de vanliga väktarna.

När de meddelat vakterna sitt ärende, så går en av vakterna upp till borgen, medan de övriga håller främlingarna under uppsikt.

Efter en stund kommer vakten tillbaks från borgen och anmanar männen att följa honom.

Uppe i stora salen tar Rörik emot männen. Bredvid honom sitter Wulf, Torulv och Truvor.

När männen kommer in i stora salen, så bugar de så djupt de kan för att visa sin underkastelse.

«Min vakt sa att ni hade ett viktigt meddelande från Era kungar. Vilka då? Och vilket är ert meddelande?» frågar Rörik lite avmätt.

«O – store och mäktiga kung Rörik! Fruktad av sina fiender och samtidigt älskad av sina undersåtar!

Vi kommer från Minsk, Starodub och Pereyaslav. Våra härskare vill diskutera möjligheten att införlivas i ert goda rike – och därmed även ha Ert beskydd!»

Utan en min sneglar Rörik på först Wulf och sedan Torulf och Truvor.

«Ibland flyger svalan rakt in i munnen» – viskar han med ett leende.

«Res hem till era kungar och meddela att vi visst kan ha ett möte och diskutera en sådan uppgörelse.

Jag räknar med att se dem här om tjugo dagar. Jag skickar med två knarrar med kämpar som eskort. Hälsa dem att de kommer att ha mitt fulla skydd under hela resan.

Precis tjugo dagar senare ankommer skeppen söderifrån. Kung Vjatislav, härskare av Dregovianerna, från Minsk, Kung Pitr av Sverianerna, från Starodub och Stormästare Dragomir II av Polanerna, från Pereyaslav, ankommer i var sitt överdådigt utrustat skepp, tillsammans med de två knarrarna med kämpar, som Rörik skickat som eskort.

Rörik, som förberett mötet noggrant och även nu lärt mer om de lokala traditionerna, tar emot i bästa stil, med fanfarer, och männen uppställda längs vägen ända upp till borgen. Väl här inne tar Rörik emot i sin överdådiga tron. Alla tre männen är mycket väl klädda, med smycken hängande runt hals och armar, kungakronor på huvudena – allt för att göra ett så starkt intryck som möjligt.

De tar sig fram till tronen innan de försiktigt bugar sig lätt och hälsar.

«Ärade Kung Rörik. Det är vårt stora nöje att få träffa Er och diskutera ett djupare sammarbete», öppnar

Kung Vjatislav.

«Sammarbete – jag fick uppfattningen att ni ville diskutera att ingå i Rutenien – och formerna för detta», svarar Rörik lite förvånat.

«Ja, jo – det är väl så som är vårt mål – om vi kan komma till en godtagbar uppgörelse», rättar sig kung Vjatislav.

«Ni har ju haft god tid på Er att diskutera igenom för Er acceptabla villkor – så berätta», svarar Rörik.

Kung Pitr, som vill visa att han inte är någon bakgrundsfigur, tar ett steg fram och övertar ordet;

«Som du säkert vet, så har Ert freds och handelsavtal med Kung Vladh av Drevlyanerna gjort att han vänt sig ännu mer mot oss. Hans trupper gör omfattande, överraskande anfall mot oss allt som oftast.

Våra folk lider stort – och då även vi. Inte ens tillsammans kan vi försvara oss mot hans armé.»

Stormästare Dragomir II, vill även han visa sig, så han avbryter och fortsätter:

«Han anfaller helt utan anledning. Han bränner våra byar, tar männen och säljer dem som trälar.

Vi måste få ett slut på hans härjningar!»

Vjatislav, tar snabbt tillbaks ordet och fortsätter:

«Om vi kan enas – och bli en del av Rutenien – så vågar han inte fortsätta. Våra enkla krav är att vi får sitta kvar som lydkonungar. Vi tar in den skatt du kräver, men i övrigt styr vi våra riken precis som nu.

Vidare vill vi öka vår handel med Er – men även söderut.»

Rörik tittar på sina rådgivare och säger på sitt hemspråk; «jaha – det var ju som serverat på silverfat».

Sedan vänder han sig till sina gäster och svarar på deras språk: «detta är fullt rimliga villkor som jag med glädje accepterar. Era arméer skall stå till mitt förfogande, men ni ansvarar även för dem. Från och med nu är ni del i Rutenien – och del av vårt försvar. Ni kan åka hem till Era folk och meddela att de från och med nu kan sova tryggt om nätterna! Jag tar itu med Vladh!»

Följande vår startas förberedelserna för en ny handelsfärd i österled. Rörik har givit Wulf ansvaret att ta sig bort till Suzdal och Bulghar. Suzdal har sedan länge varit det nordliga centrumet för silkesvägen och Bulgar är det nya centrum för silver och silvermynt.

Som andreman på resan har Wulf med sig Björn Farman. Björn är en av få farmän med mycket erfarenhet av att handla med Khazarer och Volgabulgarer. Även Helge, Röriks bror får följa med på sitt första äventyr.

Knarrarna packas fulla med bärnsten, pälsar, vax, honung, valrossben och andra varor som betalningsmedel i Suzdal. På färden från Suzdal skall de fylla skeppen med trälar, som de skall ta till fånga. Trälar står högst i kurs i Bulghar, men även de övriga varorna.

När isen väl släpper sitt grepp om floden så bär det iväg. Snön ligger fortfarande på träden och på marken. På dagarna värmer solen en god bit över fryspunkten, men nätterna är fortfarande kalla.

Tidigt på morgonen ger sig de tolv knarrarna av söderut. Männen värmer sig med att ro. En stund senare kommer de ned till sjön Ilmen. Den lilla sjön är snart passerad och de kommer ut i floden Lovat.

Här är strömmen lite starkare, så takten på årorna ökar. Halvvägs till Vitebsk slår de läger för natten.

Wulf sätter ut några vakter, trots att de är på eget territorium. Man vet aldrig säkert…

Vid slutet av följande dag kommer de fram till Vitebsk. Här tas de emot med hela famnen.

De bunkrar upp med ytterligare fyra knarrar fyllda med varor. Redan följande morgon fortsätter färden.

Wulf har hyrt in tre stora arbetshästar per skepp, då färden nu bär av via land söderut. Hästarna och männen drar skeppen på runda stockar som får fungera som hjul.

Det finns ett väl använt område som sträcker sig ända ned till Dnepr, där marken är ganska jämn och utan några större hinder, såsom berg och annat. Männen sliter tungt under en hel vecka, innan de äntligen når fram till nästa flod, Dnepr. Här lämnar de tillbaks de uttröttade hästarna, som får vila i en hägnad i väntan på nästa grupp med båtar som skall transporteras norrut.

Nästa mål är Smolensk. Smolensk är Radimichianernas fäste. De har hittills inte haft något otalt med dem – men heller inget avtal med dem, så man vet aldrig.

Wulf ser på männen att de är medvetna om situationen. Alla sitter tysta och spejar medan de ror.

Wulf håller knarrarna mitt i floden, för att minska risken för ett bakhåll. Efter ytterligare några timmar, så ser de en rökstrimma som arbetar sig upp ovanför trädtopparna. Wulf förstår att de nu börjar närma sig Smolensk.

Strax innan de är framme vid Smolensk, viker floden av i en krök till höger – samtidigt som den smalnar av ganska ordentligt. Wulf märker tydligt hur strömmen i floden ökar. Plötsligt ser Wulf att ett tjockt rep spärrar av hela floden. Han vrålar högt till männen att stoppa knarrarna. Stoppet kommer så hastigt att flera knarrar brakar in i varandra. Flera åror brister, då männen inte hinner med i kalabaliken.

Wulf's knarr är nu bara tio steg från det kraftiga repet. Plötsligt fylls stränderna på bägge sidorna av män, beväpnade med pilbågar. Alla bågarna är riktade mot dem – helt utspända och beredda att fyras av.

Wulf ser att männen ser riktigt krigiska ut. Några sekunder senare skingras några män och ledaren träder fram.

Han ropar något på ett språk som Wulf inte begriper. Han kallar till sig Björn Farman, som varit här tidigare och frågar om han begriper vad han säger.

«Jodå – nog begriper jag det. Han frågar om vårt ärende», svarar Björn lugnt.

«Så – svara honom då», säger Wulf.

Björn vänder sig mot ledaren på stranden och ropar;

«Vi är Ruser från Rutenien. Vi vill inget otalt. Vi är på genomfart till Suzdal med handelsvaror. «

«Det kostar tull för att passera!» Får han till svar.

När Björn översatt till Wulf säger Wulf till Björn att de vill komma iland och förhandla.

Så snart ledaren givit ok, så beordrar Wulf att årsmännen skall ro in mot land. Wulf och Björn hoppar iland och tar sig fram till ledaren och hälsar.

«Säg till honom att vi vill träffa deras kung», beodrar Wulf till Björn.

Ledaren ser lite misslynt på dem, men visar dem snart att följa honom. När de passerar porten in i Smolensk, så ser sig Wulf om. Staden är betydligt fattigare än både Holmgård och nu senast Vitebsk.

Byggnaderna är enklare, folket verkar ha enklare kläder, gatorna smutsigare, djuren smalare.

Mitt i byn står ett betydligt större hus än de övriga. Framme, säger Wulf till sig själv.

När de kommer in i byggnaden – så är det en stor öppen sal. Längst bort sitter en tjock, äldre herre, nästan hårlös, med spretigt, tovigt skägg och väntar på dem.

Björn tar täten och hälsar artigt med en djup bugning. Wulf följer hans exempel.

«All vördnad, o kung Vasnetsov! Vi kommer i fredligt ärende från Ert nya grannrike Rutenien.

Vår kung Rörik hälsar att han vill Er allt gott och önskar att ha en god dialog med Er.»

Wulf ser att kung Vasnetsov lyser upp en del. Sedan svarar han:

«Vi har noga följt Er utveckling. Än så länge har vi bara hört gott! Även vi önskar att det så förblir även i vår relation.»

«Ert svar gläder mig och min kung Rörik. Men han vill egentligen mer än så. Han känner mycket väl till alla fejder ni får utstå från andra grannar, mest från Khazarerna i öst, men även Vyatherna ställer till med mycket förtret för Er. En allians med oss skulle ge Er fred i Ert land – men även hjälpa Er med ökad handel. Med vår hjälp kan vi sälja era varor ända bort till Byzans.»

Kung Vasnetsov svarar först inte. Efter en längre tystnad svarar han:

«Jag behöver ett tag att fundera på Ert förslag. Ni blir mina gäster inatt – så ger jag mitt svar efter morgonmålet.»

Följande dag beger sig Wulf och Björn tillbaks till båtarna, med en ny allians i bagaget.

«Jag hörde inte att Rörik nämnde något sådant när vi for», säger Björn till Wulf.

«Nä – det gjorde han inte. Det blir vår present!»

När färden fortsätter, så har de med ytterligare tre lastbåtar fyllda med varor som de skall sälja åt Vasnetsov, mot en mindre provision. Dessutom slapp de betala tull.

Dnepr blir nu allt smalare. Det märks att de närmar sig början av floden. Efter ytterligare en dags flodfärd, styr Björn in mot stranden. Återigen måste männen dra knarrarna på land. Nu är siktet mot nordost, mot Moscowith-floden. Men här finns inga hästar att hyra – så männen tvingas att dra knarrarna själva. De finner en del trädstammar som använts vid tidigare förflyttningar. Resten får de leta reda på och fälla själva. När solen försvinner, beodrar Wulf vila för kvällen. Följande morgon börjar slitet. Utan hästar och med betydligt sämre markförhållanden, så sliter männen hårt för att ta sig fram. I de värsta uppförsbackarna får några män gå bakom knarrarna och låsa fast dem mot marken, när männen där fram emellanåt, slinter eller tvingas till en kort vila. Dagsetapperna blir betydligt kortare, så det tar tio dagars hårt slit innan de når Moscowith-floden.

Här beordrar Wulf en full dags vila innan de fortsätter färden.

Nu har de strömmen med sig, så männen kan sitta och luta sig bakåt och njuta av färden under förmiddagen. Mitt på dagen kan de urskilja strimmor av rök ovanför trädtopparna.

«Vi närmar oss Moscowithernas by», säger Björn. «Det är dags att fylla på förrådet med trälar!»

Wulf beordrar att fyra av skeppen – de som har flest kämpar ombord – tar sig in till land.

De fortsätter sedan så snabbt de kan mot byns baksida, medan övriga knarrar tar sig fram i sävlig takt. När Wulf närmar sig byn, är byborna på högsta stridsberedskap. Moscowitherna står alla beredda att försvara sig nere vid stranden. Wulf låter knarrarna breda ut sig framför männen – utan att komma för nära för att vara lätta mål för deras bågskyttar.

Kämparna står tysta i knarrarna och bara stirrar på byborna. Dessa vrålar och skriker – för att försöka skrämma sina fiender. Wulf står lugnt i fören och avvaktar. Plötsligt hörs ett oväsen inifrån byn.

Wulf ser hur männen på stranden reagerar på det nya hotet bakifrån. Då vrålar Wulf med all kraft – order att anfalla. Rorsmännen ror så snabbt de kan mot stranden. Det tar inte många sekunder innan fören på knarrarna far upp på strandkanten och männen kastar sig iland – tjutande betydligt högre än Moscowitherna. Dessa blir riktigt skärrade av det dubbla anfallet och tappar både skärpa och taktik.

Vissa springer in i byn för att försvara familjer, medan andra tappert står kvar och försvarar sig.

Men då det nu blivit stora luckor i försvaret – så blir de en lätt match för ruserna.

Rusernas betydligt större kroppshyddor och muskelmassor gör att deras betydligt större svärd och yxor slår igenom stål, sköldar, brynjor och kroppar. Marken färgas röd av allt blod. Högarna med kroppar växer allt mer på marken. Det tar inte lång stund förrän Moscowitherna tvingas retirera. Snart står de rygg mot rygg mitt inne i byn med ruser runt omkring sig. Plötsligt hör ett gällt skrik – och Moscowitherna slutar med ens att försvara sig. De kastar sina vapen och ger upp på sin kungs befallning.

Wulf ser hur vissa utav dem skakar av rädsla. Andra är så arga att de knappt kan bärga sig.

Moscowithernas kung tar några steg fram från sina män och kastar även han sitt svärd på marken framför Wulf.

Han säger något, som Wulf inte förstår, så han kallar till sig Björn Farman som snabbt översätter:

«Han ber om nåd och ber oss spara hans befolkning.»

«Säg till honom att vi fyller våra knarrar med så många män som går i, tar de skinn och annat vi kan hitta och den mat som vi behöver. Sedan får männen glädja sig lite med deras kvinnor. Det har de förtjänat.

Därefter lämnar vi dem i fred.

Säg även till honom att vi snart kommer tillbaks. Vi kräver då att få med lika många trälar – annars kommer vi att utplåna deras by. Så nu får de tid att själva ordna fram trälar från andra byar.»

Armadan med knarrar fortsätter färden. De flyter lugnt och stilla med strömmen. Efter en och en halv dagsetapp når de bryggorna till Suzdals hamn. Staden ligger en bit in från stranden – ett tydligt tecken på att staden främst nyttjas av beridna handelsmän som kommer i karavaner och nomader. Khazarerna, som håller staden, är ett nomadfolk som härskar över oerhört stora områden öster och söderut, berättar Björn Farman. Karavanerna har varit på väg i flera månader, från ett land som heter Sino. Det är härifrån deras dyrbara laster av silke, porslin, ädla metaller och konstverk kommer ifrån. Från Suzdal fortsätter sedan karavanerna ibland ända till Miklagård innan de åter vänder tillbaks till Sino.

Alla trälar får bära så mycket som de bara kan av varorna som skall säljas här i Suzdal. För det trälarna inte klarar av att bära, hyr de kärror med oxar som får transportera in varorna till marknadsplatsen.

Innan de ger sig av så tvättar alla ruserna sig i floden. De kammar sitt hår och sina skägg.

De som har, tar på sig sina halsband, så att de ger ett gott intryck.

Strax innan de kommer fram till stadskärnan, så står det en massa konstiga djur i en hage. Björn berättar att det är dromedarer, ett slags hästar som finns i sandområdena i Särkland. De kan bära mycket och behöver knappt något att äta och dricka. «Så de passar bra på de här långa resorna som karavanerna kräver,» säger Björn.

När ruserna kommer in i marknadsområdet – så tittar folk frågande på dem. Det är inte ofta de ser dessa vildar så här långt österut. Däremot har de flesta hört ryktet om dem, så när de tar sig fram, så flyttar sig folk för att inte komma för nära. Som vanligt är de flesta ruserna huvudet högre än de övriga – och motsvarande mycket bredare.

När de kommit tillräckligt långt in i marknadsområdet, så stannar Wulf och beordrar männen att förbereda för marknaden. Tält slås upp, trälarna kedjas fast, varorna staplas i säljande högar.

Strax efter att allt är på plats, så kommer de första kunderna. Wulf låter Björn sköta förhandlingarna, då han både kan språket och vet hur han skall förhandla.

Fem dagar senare är alla varorna och trälarna bytta mot siden, smycken, porslin och andra eftertraktade varor. De packar in dem i de tomma knarrarna. Sedan ger de sig av mot Bulgar.

Seglatsen till Bulghar är knappt en dagfärds i medström på floden Volga. Men då de måste fylla på förrådet med trälar, så styr de in i floden Kama och ror upp ett gott stycke innan de kommer fram till en lämplig by. Här bryr de sig inte om någon taktik – ut bara köttar på. Tyvärr är byn lite för liten – och ruserna lite för ystra, så det räcker inte till att fylla knarrarna – även då de tar med de yngre kvinnorna.

Wulf beordrar att de stannar kvar i byn över natten. Här finns allt de behöver – och följande morgon tar de ett par av trälarna att visa dem till en annan by. På kvällen slaktar de får och grillar. De hittar vin att dricka. Många av männen förlustar sig med de yngre kvinnorna i byn, så Wulf tycker att kvällen blir riktigt trevlig.

Följande dag blir mycket varm. Inte ett moln på himlen. Då det enligt trälarna är en halv dagsmarsch till nästa by, avvaktar Wulf till eftermiddagen innan de tar avfärd. Då byn har gott om hästar, så tar de sig fram på dessa. Strax innan solnedgången, så pekar en av trälarna och säger att bortom nästa krök ligger byn.

Wulf skickar fram två spejare. De kommer strax tillbaks och bekräftar. Detta är dock en betydligt större by, med högre träpalisader och vakttorn.

Wulf kallar till sig Björn Farman och ber honom att beordra en av trälarna att gå fram och meddela att han vill förhandla med hövdingen.

Trälen går nervöst fram mot porten till byn. Han ropar sitt meddelande. Efter stund får han ett svar, som han hastigt springer tillbaks och berättar för Björn.

«Han säger att de går med på en förhandling. Två män från oss och två män från dem. Det blir inte deras hövding, utan hans närmaste män.»

«Det blir gott nog!» svarar Wulf. Han tar av sig sitt svärd, Björn gör likadant, sedan går de fram mot porten. Halvvägs fram stannar de och väntar.

Efter en liten stund öppnas porten och två män går fram till Wulf och Björn.

Männen stirrar ilsket på Wulf och Björn och frågar «Vad är ert ärende?»

Wulf svarar lugnt; «vi behöver fylla på med trälar. Dessa har vi tänkt att hämta från er.

Vi kan antingen anfalla och skövla hela er by – eller så kan vi göra på ett smidigare sätt.»

Wulf tar en konstpaus medan Björn översätter. Han ser hur bägge männen formligen exploderar på beskedet. Sedan fortsätter han; Jag föreslår en tvekamp. Man mot man.

Svärd och sköld. Om vi vinner – så lämnar ni över trälarna till oss. Om ni vinner – så drar vi oss tillbaks, utan några anspråk.»

Männen ser på varandra en stund. Sedan frågar de; «Vem är Er utmanare?»

«Det är jag», svarar Wulf lugnt.

Männen ser återigen på varandra en stund. Sedan nickar de accepterande.

«Ok – vi antar vadet. När skall det hållas?»

«Vi har inte mycket för oss – så nu blir väl bra,» svarar Wulf.

Männen ser åter på varandra. Sedan nickar de, vänder sig om och går tillbaks. Wulf visslar på Tjelvar, som direkt kommer gående med Wulfs vapen.

Björn och Tjelvar backar tjugo steg och väntar.

En stund senare öppnas åter porten och en enorm man, huvudet högre än Wulf, kommer ut.

Ögonen är helt vidöppna och stirrar rakt ut. Han vrålar – som värsta bärsärk. Men Wulf står lugnt kvar och väntar. Strax framför Wulf stannar mannen upp. Han stirrar vansinnigt på Wulf, medan han rör sig sidledes fram och tillbaks. Wulf står lugnt med svärdet hängande längs sidan.

Den väldiga mannen gör ett utfall och hugger mot Wulf. Wulf ser att han räknat med att Wulf skall ducka, så han står lugnt kvar och svärdet viner längs hans vänstra sida. Nu gör mannen ett utfall och stöter mot hjärtat på Wulf. Då vräker Wulf svärdet rakt upp. Det träffar mitt i mannens svärd – och slår det i bitar. Jätten ser förbluffad vad som händer. Wulf fortsätter rörelsen i en vid cirkel som nu slår av huvudet på jätten.

Tjopp! Ögonen stirrar fortfarande när det landar i sanden. Blodet sprutar ur hålet i halsen när kroppen dråsar i backen.

Björn går fram till Wulf. Där ropar han så högt att det hörs in till byn. «Nu väntar vi på trälarna!

Men vi har ytterligare ett förslag att komma med!»

De får vänta en dryg timma innan porten åter öppnas. Först kommer ett långt led med unga män.

Därefter kommer de bägge männen ut. Nu ser de betydligt dystrare ut än förra gången.

«Vi hade ett avtal. Vi lever upp till det och räknar med att även ni gör det. Vad vill ni mer?», frågar männen surmulet.

«Jo,» svarar Björn, Vi vill komma tillbaks för ytterligare trälar. Men då vill vi byta mot silver.»

Männen ser återigen på varandra, men nu har mungiporna åkt upp en bit. De nickar gillande åt förslaget och frågar; «När då?»

«Om ett månvarv,» svarar Björn.

Staden Bulghar ligger tätt på bägge sidor om Volga. Hela staden är byggd i ljus sandsten. Wulf tycker att den påminner om Visby – men är betydligt större. Dessutom har den flera jättestora byggnader med stora runda tak, spetsiga torn – som det plötsligt hörs en människa skrika en klagande sång från.

Björn berättar att det är deras tro – Islam. Skall detta oväsen tvinga folk till sig deras religion…

Märkliga människor, tänker Wulf.

När de förtöjer knarrarna, samlas det en stor skara med människor runt dem och stirrar. Många har aldrig sett vargager (som de kallar männen från roslagen) och deras båtar tidigare. Själva står ruserna och studerar skaran med människor – i deras konstiga kläder. Vita särkar. Nästan bara män. De få kvinnorna de ser – ser de inte, för de är helt dolda i tyg. «Varför vågar de inte visa sig?» undrar Ingvald Vidhåge.

«Det har med eras religion att göra,» svarar Björn kort. «Och hur skall man då kunna ha lite kul med kvinnfolk – om man inte ens kan se henne?» Ingvald bara skakar på huvudet och fortsätter ordna med knarren.

Plötsligt skingras folkmassan och en man i en finare särk banar sig väg och går fram till Wulf och Björn.

Han presenterar sig som tjänare till Arjinbul Khan, Bulghars härskare. Han önskar träffa vargagerna till middag, vid skymningen. Björn tackar för inbjudan och lovar att han och Wulf kommer till bjudningen.

Innan de går får både Wulf och Björn bråttom att tvätta och kamma sig. De tar åter på sig sina finaste kläder, så att de ser riktigt stiliga ut, enligt deras måttstock…

När de går genom staden så slås de av mängden människor. Överallt myllrar det av människor. Många är svarta som natten. Andra har lite gul hy, med lite sneda ögon. Andra ser mer skitna ut – även om de inte är det.

De ser massor med hästar och såna där med stor puckel på ryggen, men knappt några kor – och inga grisar. Lite annorlunda mot hemma, konstaterar Wulf.

Palatset är nog den största byggnad som Wulf sett. Den är byggd helt i samma ljusa sandsten som de övriga byggnaderna, men är betydligt större och mer utsmyckad. Vakter står utposterade lite här och där.

De visas in i den stora salen. Den är hur stor som helst! Salen är upplyst av oljelampor, fästade på väggarna runt hela salen – så det är nästan lika ljust inne som ute.

Vid den bortersta ändan sitter Arjinbul Khan i en enorm tron av guld. På bägge sidor om honom tronar en mängd karlar längs ett långbord som sträcker sig på var sida om tronen. Framför dem dansar urtjusiga unga kvinnor, lättklädda – med vickande, rullande höfter, ackompanjerade av något entonigt stränginstrument.

Så det är här alla tjusiga kvinnorna är! Han behåller dem för sig själv, konstaterar Wulf.

Arjinbul Khan är en man i sina bästa år, men riktigt rund om magen. En stor dubbelhaka rundar av hans huvud, så det knappt syns någon hals. Hans mustasch ligger som en orm runt hans mun. Som huvudbonad bär han något som ser ut som en ring med förgyllda blad. Hans kläder är röda, av finaste silke – så det riktigt blänker om honom.

Han ser lite nedlåtande på sina gäster innan han tar till orda:

«Och ni är från det nya riket Rutenien förstår jag. Vi har handlat med Er vargager tidigare, men då ifrån Ert hemland. Jag har hört att ni har med gott om trälar, pälsar, bärnsten och de andra varorna som ni har haft med tidigare.

Som du säkert vet, så har vi gott om silver från främst Baghdad – så vi skall nog komma överens.

Men först skall vi äta, dricka och förnöja oss. Då skall ni berätta mer om ert nya rike och era planer!»

Rörik sitter i sin tron och myser när Wulf berättar om resan.

«Allt som planerat – och så mycket mer!» utbrister han när Wulf avslutat. Han ser sig runt i salen – över allt de fört med sig. Nu förstår han hur Sigurd kände sig när han själv kom på besök i Upsala.

«Så från nu gör vi om resan vartannat månvarv! Så nu har vi bara det slutliga målet – Miklagård kvar!

Det börjar bli dags att planera även för detta äventyr!»

Kapitel 9

Sigrig känner att hon vaggar fram som en anka, eller som en gammal kärring – när hon går ned till floden.

Magen är hela tiden i vägen. Hon kan inte sova på mage, som hon brukar. Det är svårt att sova över huvud taget. Magen är i vägen hela tiden. Den mol-värker. Allt som oftast känner hon att fostret rör sig eller sparkar. Även ryggen värker. Men värst är att äta. Inget smakar, och när hon väl skall äta – så blir hon illamående efter bara några tuggor. Men snart är allt över, intalar hon sig själv. Jag skall ju ha när som helst.

Hon är ute på sin vanliga morgonpromenad. Hon går ned till stranden, följer den ett stycke, för att sedan vika av och runda ett berg, för att därefter komma tillbaks längs huvudvägen in till staden. Takten är betydligt lugnare än vanligt, men hon har inte bråttom. Sigrid tycker att det så skönt att promenera alldeles själv på morgonkulan – och uppleva när naturen vaknar för dagen. Våren visar sig allt mer. Träden har börjat slå ut sina blad. De tidiga vårblommorna har tittat fram och fåglarna har börjat att sjunga sina locktoner.

Solen värmer gott på Sigrids rygg. Våren är underbar -även här i Rutenien, konsterar hon förnöjt. Bara i vissa skuggiga områden finns det fortfarande lite snö kvar, men inte länge till.

Hon känner hur pulsen ökar, betydligt mer än normalt, trots hennes lugna tempo. Hon ler och ruskar på huvudet åt sig själv.

Plötsligt känner hon hur det hugger till i underlivet. Hon stannar upp. Strax därefter känner hon hur hon blir alldeles blöt om benen. Vattnet har gått, konstaterar hon förskrämt. Och jag är som längst hemifrån – bakom berget! Jag får ta mig bort till vägen – där kan säkert någon hjälpa mig, tänker hon febrilt och vaggar försiktigt vidare. Hon känner att pulsen ökar ytterligare. Sedan exploderar magen i krystvärkar.

Benen viker sig på Sigrid, som sjunker ihop på ängen – så ingen kan se henne.

Efter en stund så lugnar sig värkarna. Sigrid tar sig försiktigt upp på benen och tar sig fram så fort hon kan och vågar. Men efter bara en liten stund, så drar värkarna igång igen. Denna gång hårdare än första gången.

Åter igen viker sig benen på henne. Helt förskrämd ligger hon och flämtar efter andan. Krystvärkarna är så kraftiga att hon knappt får luft. Efter ytterligare en stund, så släpper de igen och hon tar sig upp på darriga ben och stapplar framåt. Vägen är fortfarande längre bort än hon kan se. Ännu en gång så drar krystvärkarna igång. Åter igen faller hon ihop och kippar efter andan. Nu känner hon att hon börjar öppnas. När värkarna släpper efter en stund, så försöker hon ta sig upp igen – men nu bär inte benen längre. På darriga armar och ben tar hon sig fram krypande. Hon tittar framåt – och vägen känns som en evighet bort.

Efter bara några meter drar värkarna igång igen. Nu ännu hårdare. Sigrid skriker högt av smärtan. En smärta som är mycket värre än något hon tidigare upplevt, eller ens kunnat fantiserat om.

Hon känner att hon öppnas ytterligare. Hon ser ned – och ser att hon är alldeles blodig. Strax efter kommer ytterligare en lång kramp av krystvärkar.

«Var är Sigrid?» Frågar Rörik Gerda, Sigrids ena träl.

«Herre – hon gick för att ta sin morgonpromenad». Svarar Gerda försiktigt.

«När då? Jag har inte sett henne på en bra stund», frågar Rörik igen.

«Hon – hon brukar vara tillbaks vid det här laget», svarar Gerda ängsligt.

«Och varför gick du inte med? Varför har du inte sagt något?» svarar Rörik uppbrusande.

Rörik känner väl till hennes morgonpromenad. Han rusar ut och ned mot floden. Han ser sig runt omkring – men ingen Sigrid. Han springer fram längs stigen. Ögonen far åt alla håll. Han ropar på henne, men får inget svar.

När Helge ser hur Rörik rusar ut, blir han orolig och frågar Gerda vad som står på. Ögonblicket senare rusar han efter Rörik. Men Rörik har redan försvunnit så långt att Helge inte ser honom. Då han inte heller känner till Sigrids morgonrunda – springer han ut på vägen från staden och letar.

Även han ropar högt efter Sigrid – men får inget svar han heller.

När Rörik till slut rundar berget längst bort på Sigrids morgonrunda, så upptäcker han blod längst stigen.

Förfärad drar han sitt svärd och fortsätter sakta, på helspänn.

Strax ser han Sigrid liggandes på marken, blodig – med ett nyfött barn i famnen!

Rörik tappar fattningen fullständigt. Han slänger sitt svärd, rusar fram till Sigrid – faller ned på knä och bara stirrar, först på barnet och sedan ömt på Sigrid.

Sigrid ser leende, men helt utpumpad på honom. «Det – du har fått en son!» säger hon sprött.

Rörik svarar inte. Han bara stirrar – utan att det riktigt går in i honom. Han som först trott att något hemskt hänt Sigrid – och nu detta…

Rörik böjer sig ned och lyfter upp Sigrid och barnet i sin famn. Sedan går han försiktigt bort mot vägen.

Strax efter ser han hur Helge kommer rusande. Även han har svårt att inse vad som hänt.

«Hämta mitt svärd och kom efter!» beordrar Rörik Helge.

När de väl kommer fram till vägen – så blir det en stor uppståndelse. Alla vill gratulera sin kung till hans förstfödda son. Rörik går som om han inte känner trötthet av tyngden i famnen. Sigrid ler åt alla längs vägen.

Nyheten far snabbare än de gående. Framme vid stadsporten kommer Sigurd, Torulf och de övriga springande. De omfamnar dem och hjälper till att föra Sigrid och barnet in i kammaren.

När väl mor och barn är väl omhändertagna vrålar Sigurd till trälarna att omgående hämta tunnor med mjöd. «Här skall firas och blotas till Oden för lycka och välgång!» vrålar han med ett leende som nästan spräcker hans ansikte.

Några bägare senare frågar han Rörik nyfiket; «Och vad skall mitt barnbarn heta?»

Rörik ser glatt på Sigurd och svarar; «Han skall heta Ingvar, efter min far!»

Sigurd nickar förstående. Han hade själv hoppats på att han skulle få hans namn, men seden säger att Rörik gjort rätt.

Gillet i Kaupang är nu i full gång. Det äts, sups, dansas, kräks och älskas – precis som vanligt. Sigurd och Halvdan sparar inte på något. Ragnar är som förtrollad i Aslög.

Sigurd knuffar till Ragnar och avbryter hans kranka diskussion med Aslög;

«Du får fara till Paris utan mig,» säger Sigurd. «Men i mitt ställe skickar jag Gånge-Rolf.» Sigurd vinkar till några av hans män vid dörren. Salen tystnar snabbt när Rolf Ragnvaldsson kommer in i salen.

Han är så lång – att han måste huka sig kraftigt för att inte slå i huvudet i dörrkarmen. Ragnar har sett – och mött många storvuxna karlar, men ingen i den här storleken!

«Vafalls – han måste vara släkt med jättarna!» utbrister Ragnar imponerad.

Det är inte bara längden som är stor. Axlarna, armarna, benen. Han är som ett monster, tänker Ragnar.

«Detta är Rolf Ragnvaldsson, men han kallas för Gånge-Rolf. Det gör han för att ingen häst orkar bära honom, så han får ta sig fram till fots.

Rolf kommer egentligen från Fakse, i danernas – ditt rike», rättar Sigurd sig snabbt. «Han har tagit sin tillflykt hit – då han sedan en tid är dömd som fredlös av din föregångare».

«Varför då?» undrar Ragnar.

«Jo, Rolf hade gått bra långt, på väg till sitt hem i Fakse. Han hade gått över hälften av en smal bro när han mötte några av Haralds män, som då krävde att han skulle backa och låta dem gå över först.

Men Rolf tyckte att de gått kunde vända – så att han kunde fortsätta. Det ville de inte utan blev griniga.

Det blev svärdshugg och Rolf fick till sist gå över bron, precis som han velat.»

«Och hur gick det med Haralds män?» undrar Ragnar, som visste redan svaret.

«De blev kvar på bron.»

«Hur många var det?»

«Tolv män.»

«Jo – honom kan vi nog ha nytta av,» svarar Ragnar imponerat.

Följande dag ser Ragnar till att han «råkar» springa på Kraka nere i byn.

«Så han skall till och nabbas med Frankerna», konstaterar Kraka lättsamt.

«Jo – det blir väl så. Har inget bättre för mig», svarar Ragnar glatt.

«Du skall inte med? Jag hör att din mor är den beryktade sköldmön Brynhilda. Med arvet ifrån henne och din far -, så har du det i blodet!»

Kraka ler lite förföriskt och svarar:

«Inte denna gången. Du får förs bevisa dig – så skall jag fundera på det till nästa gång!»

Efter middagen sitter Ragnar och språkar med Sigurd. De går åter igenom planeringen för resan till frankernas Paris.

Efter en stund säger Sigurd; «Jag hörde att du frågade om Kraka ville följa med dig?»

Ragnar sitter tyst en stund och funderar innan han svarar; «Jo – det gjorde jag. Egentligen var nog frågan lite djupare. Som du vet så mördades min fru av en av dina landsmän. Det är tomt därhemma.

Så fort jag träffade Kraka – så tog hon mig med storm. Jag kan inte sluta att tänka på henne.»

Sigurd nickar tyst innan han svarar; «Jo, det har jag allt märkt. Det vore gott för grannsämjan – med både dig och din far. Så långt är det en klok lösning. Men jag gör inget mot Krakas vilja.

Har hon sagt att du får visa dig duglig – så är det det som gäller.»

Dagen efter skall Ragnar ge sig av. Inte till sitt nya hem i Ringsted, utan till Upsala för att möta sin far och Kung, Sigurd Ring.

Nu är det Krakas tur att «råka» gå förbi mitt i förberedelserna.

Efter en stunds prat om ditt och datt säger Ragnar. «Jag talade med din far om dig igår. Jag anhöll om din hand – och han accepterade, om du vill!»

«Kom du hem först, med frankerna kuvade och den skatt du talat så mycket om, så skall jag tänka på det under tiden», svarar hon skälmskt.

Efter den dryga seglatsen runt Svitjod, klampar Ragnar in i sitt barndomshem, Sigurd Rings långhus i Upsala.

När Ragnar kommer in, rusar Sigurd upp och omfamnar sin son. Som vanligt vrålar Sigurd order om mat och mjöd. Under maten berättar Sigurd allt som hänt i österled.

«Du har missat din systers bröllop. Det blev inte med Vladh i Kiev som planerat – utan med Rörik!»

Ragnar nickar. Han är bara lite överraskad, då även han vetat om Röriks och Sigrids känslor för varandra.

«Så nu är mitt rike nästan ända ned till Miklagård! Nästan lika stort som Rom en gång var!»

Sigurd rundar av och ser på Ragnar och frågar:

«Jag hörde att du hade nappatag med norrmännen? De fick visst ordentligt på tafsen!

Det är gott!» Sigurd lyfter bägaren till en skål.

«Jo, nog fick de känna av vårt stål alltid. Men nu har jag gjort en allians med dem – så hotet från väster är borta!»

Sigurd gapar stort av glädje. Åter tar han en ljudlig skål. Det vrålas högt av samtliga i salen.

«Hur då? Berätta!»

«Vi skall tillsammans bilda en armada och segla på plundring till Paris. Jag är här för att höra om vi kan räkna med förstärkning även från dig?»

«Det var ett stort projekt du planerar. Tycker nog att du borde rådfråga mig innan.

Men trots allt – det är ett projekt jag välkomnar! Att vi dessutom får frid i väster är ett stor plus!

Mycket av min flotta behövs i öster – men assistans skall du allt få. «

Strax efter att vintern släppt sitt grepp, så far de iväg. Fartygen strålar samman vid vattnet utanför Ringsteds hamn. Den största flottan som någonsin skådats i dessa nordliga farvatten – nästan fyra hundra skepp sätter segel. Den är så stor att ingen kan se samtliga skeppen samtidigt – från vare sig land eller ombord på något av skeppen.

I fören, på det främsta långskeppet, står Ragnar, Anganthyr och Gånge-Rolf. Alla tre känner sig oövervinnliga. Med gudarnas hjälp kan inget stoppa dem!

När de passerar det smala gattet mellan Brittanien och frankernas rike, så kan de se en del människor som står längs stränderna, livrädda och stirrar ut på dem.

Ragnar ler när han ser dem. «Denna gång kan ni vara lugna,» säger han, så att bara de andra ombord på långskeppet hör. «Nästa gång kanske det är eran tur!» Ljudliga skratt hörs i skeppet.

Den här gången kan de vattnen och navigerar betydligt bättre. De kommer fram till Seins mynning strax innan solnedgången, precis som planerat. Den här gången styr de direkt upp i floden. När de kommer fram till Rouen, så attackerar de första trettio skeppen staden – bara för att hålla dem sysselsatta med annat än att skicka sändebud till Paris. De vräker sig in i staden. De hugger ihjäl alla de ser. Spar ingen.

Denna gång bränner de inte ner staden – då detta skulle synas bort till

Paris. Istället fyller de båtarna med så mycket virke de kan. Sedan styr armadan vidare – mot Paris.

Nattdimman ligger fortfarande tät längs Seine när de kommer fram till Paris – strax efter soluppgången. Spökligt flyter de tyst, nästan osynliga fram mot målet. Väl framme vid ön (Cité) tar sig hälften av armadan mot den norra bron och hälften mot den södra. De få franker som redan är uppe och tagit sig utanför stadsmurarna, får en chock när de ser den enorma armadan. Vakterna på stadsmuren sätter frukosten i halsen. Sekunden senare hörs larmen eka genom hela staden.

Paris befolkning får ett bryskt uppvaknande.

Den här gången attackerar nordborna direkt. Med skydd av sina sköldar drar de fram allt virke som de haft med, som de hittar på marken och annat brännbart de kan hitta. Under respektive brofästen, under portarna, startar de två stora bål. Bålen är på var sida av porten. De placerar dem såpass långt ifrån porten att vakterna inte når att släcka, men nära nog så att röken tränger in bakom murarna. Dessutom bombarderar de staden med både eldpilar och eldsklot från katapulter. Nordborna belamrar bägge broarna som ger dem god sikt och möjlighet att fylla på, både med män och virke till bålen. De närmaste vakterna får svårt att både andas och se vad anfallarna gör. De skjuter pilar på måfå, samtidigt som de måste skydda sig från nordmännens vanliga pilar. De gör vad de kan för att släcka bålen, men det är lönlöst.

Inne i staden kämpar befolkningen med att släcka alla eldar, samtidigt som all rök gör det näst intill omöjligt att både andas och se.

Med plötsliga anfall attackerar väringarna portarna med sina grova murbräckor. De rusar med all kraft in mellan bålen, i skydd av all röken. Ibland attackerar de porten bara en gång – och inland flera, bara för att inte motståndarna skall lära sig ett mönster. Ju större bålen blir, ju närmare portarna kommer de. Snart är de så nära att elden sveder de stora ekportarna. De svartnar – börjar glöda. På vissa ställen av portarna tar sig elden. Väringarna nöter på, dag och natt, dag och natt.

På den tredje dagen kommer Gånge-Rolf med en fånge till Ragnar. Ragnar tycker att fången inte ser frankisk ut.

«Jag hittade honom i en konstig båt vid hamnen. Han säger att han är en köpman ifrån Konstantinopel – det är väl samma som Miklagård?»

«Ja – det stämmer. « Svarar Ragnar och ser undrande på mannen. Sedan ropar han på Toke, som talar frankiska.

«Hur kom du hit?» Frågar Ragnar.

Toke översätter frågan. Strax efter säger han; «Han säger att han tog sig hit med sitt skepp.»

«Hmm – så han vet hur man seglar till Miklagård härifrån.»

Toke nickar jakande.

«Rolf – för honom tillbaks till hans båt och sätt en man på vakt. Han kanske blir till nytta. Jag får fundera lite.»

På den femte dagen, fortfarande utan att något ytterligare hänt, kommer Anganthyr till Ragnar.

«Jo – där borta som kanalen löper in genom muren är det ett järngaller som går ned i vattnet.

Jag tror inte att det går ända ned till botten. Jag vill se hur djupt det går.»

Ragnar ser intresserat på Anganthyr och frågar:

«Hur har du tänkt då?»

«Innanför står ett antal vakter. Om några uppehåller dem – så kan jag simma dit under vattnet och se efter.»

«Det låter alldeles strålande!» svarar Ragnar glatt. Det ordnar jag så snart du är beredd!»

Anganthyr, Ragnar och en grupp väringar tar sig bort mot kanalen. Strax efter kommer skur på skur av eldspilar flygande över muren runt vakterna, samtidigt som vanliga pilar yr in rakt igenom gallret.

Vakterna slänger sig i skydd.

I skydd av de andra väringarna, klär Anganthyr av sig och tar sig ned i vattnet utan att bli upptäckt.

Han simmar lite närmare, längs kanten. Sedan tar han ett djupt andetag och dyker ned.

Med kraftiga armtag simmar han fram under vattnet, mot gallret. När han får tag i det med händerna, drar han sig allt djupare.

Strax senare är han tillbaks bakom den bågskjutande väringa-patrullen.

Ragnar kommer fram och frågar hur det gick.

«Som jag trodde. Det slutar ungefär en famn under vattenytan!»

Efter solnedgången sätter de planen i verket. Åter tar sig en grupp väringar bort mot där kanalen skär igenom stadsmuren. Åter börjar pilarna yra, både eldspilar över muren – och andra rakt in genom gallret.

För att ta all fokus har de även med en murbräcka för att försöka bräcka gallret. De vet att det är lönlöst – men det tar all fokus från fienden.

Samtidigt dyker Anganthyr och Bård ned under vattnet och simmar bort mot gallret. De har svärden fästade kring midjan, som tynger dem och gör det ännu svårare att simma under vattnet. Det spränger i lungorna redan när de kommer fram till gallret. De sliter sig ned och tar sig under gallret. Men nu måste de simma ytterligare tio meter innanför gallret för att undvika att bli upptäckta. Bård har panik. Han skall precis avbryta och simma upp till ytan – när Anganthyr drar ned honom och trycker honom framåt. Anganthyr ser att Bård håller på att förlora medvetandet. Med ett sista kraftigt ryck, puttar han honom den sista biten och upp till ytan, alldeles vid kajkanten.

Det tar några sekunder innan Bård kvicknar till. Ragnar ser nu att de har kommit fram och beordrar bågskyttarna att styra pilarna bort ifrån dem. Anganthyr ser sig runt och rekognoserar läget. Han ser åtta vakter runt gallret. Anganthyr redogör snabbt med Bård. Sedan dyker han ned och simmar över till andra sidan.

Så snart Anganthyr ger tecken, så klättrar de snabbt upp för kajkanten. Vakterna, som har full fokus mot gallret, blir helt överraskade av männen som angriper dem bakifrån. Anganthyr hugger huvudet av den första vakten. När nummer två överraskad vänder sig om, så trycker han svärdet rakt i bröstet på honom.

Nu märker både nummer tre och fyra honom. Bägge rusar unisont till anfall. Precis innan de är framme – så kastar sig Anganthyr åt sidan och hugger av högra underbenet på nummer tre. Han faller vrålande till marken. Nummer fyra måste runda honom, så Anganthyr hinner resa sig upp. Bägge står några sekunder och måttar in varandra. Nummer fyra gör en stöt – Anganthyr slår undan hans svärd och hugger sedan honom kraftigt i sidan. Vrålande av smärta faller han ned i kanalen.

Anganthyr ser snabbt över på andra sidan kanalen. Han ser att Bård också har varit lyckosam. Nästan.

Han blöder kraftigt i sidan. Men ler ändå mot Anganthyr.

Nu rusar de övriga väringarna fram till gallret. De vräker in sina vapen innanför gallret och kastar sig sedan ned i vattnet för att ta sig under. Under tiden signalerar Ragnar till ytterligare män att ta sig dit.

Efter en stund är det runt hundra väringar som tar sig bort mot den närmaste porten. När de kommer fram, så går de genast till ett rungande anfall. De vrålar allt vad de kan när de rusar fram. Överraskningen är total bland de försvarande frankerna. När den fasansfulla köttmuren av vrålande väringar vräker fram mot dem – så gör de vad de kan för att försvara sig – men de är chanslösa. En kort stund senare är samtliga franker som försvarat porten dräpta. Fler franker stormar mot väringarna. Men dessa håller dem stågna samtidigt som flera av väringarna öppnar porten. Sekunderna senare stormar ett hav av fullständigt galna, fasansfulla väringar in i Paris. De hugger ned allt de ser. Vågen tar sig till den andra porten och öppnar även denna. Ytterligare en svallvåg med väringar stormar in mot de chanslösa frankerna.

Gånge-Rolf går i främsta ledet i den ena vågen. Med sin enorma yxa dräper han två-tre man åt gången.

Han får en pil i axeln. Utan en min drar han ut den och fortsätter. Efter en stund kommer de fram till en stor katedral, St. Eloi. De vräker upp dörrarna och rusar vrålande in. Katedralen är fylld av livrädda Paris-bor, som tagit sitt skydd inne i guds heligaste hus – men det är inget som väringarna bryr sig om. Katedralen färgas röd även på insidan. S:t Symphorien, S:t Christophe, Notre Dame, Biskopspalatset – samtliga får samma behandling.

Ragnar stannar först utanför palatset. Här står några rädda franker och viftar med en vit flagga.

Ragnar tar med sig Gånge-Rolf, Halvdan Svarte och Toke.

Utanför palatsmuren möter de en grupp av fem franker. Ragnar förstår att Kungen inte är någon utav dem, utan han har skickat sin närmaste män.

«Vår fromme Kung erbjuder er en stor gäld om ni avbryter er skövling av vår stad och drar er tillbaks», översätter Toke.

«Jo – det kan jag förstå att han gör – men vi kan ju lika gärna fortsätta – och då ta även gälden», svarar Ragnar muntert.

Frankerna står mållösa.

«Men vad erbjuder han?» frågar Ragnar.

«Din vikt i guld,» svarar Toke.

«Den har jag redan», svarar Ragnar.

«Nej – om vi skall avbryta festligheten, så skall vi ha min, Halvdan Svartes och Gånge-Rolfs vikt i guld.

Dessutom tar vi allt vi redan erövrat, samt så många trälar vi får plats med. Dessutom kommer våra män att förlusta sig med era kvinnor under kvällen.»

När Toke översätter, så protesterar männen kraftfullt. Då går Gånge-Rolf fram och klyver huvudet på han som protesterar mest.

«Jag föreslår att ni övriga tar med vårt förslag till Er kung och låter honom bestämma!» svarar Gånge-Rolf.

I Aldegjuborg har Rörik kallat till ett möte.

«Vänner, vi har som ni vet en del bekymmer med Miklagård. Villkoren som jag kom överens med Ibn Fadlan om – fullföljs inte. Vid senaste färden fick vi betydligt sämre betalt för trälarna. Vi tvingades vänta över en vecka innan affären fullföljdes. Dessutom nekades vi även reparation av de tre sneckorna som skadats i strömmarna. Wulf – jag vill att du följer med nästa färd och löser detta med Idn Fadlan».

Wulf nickar. «Då gör jag det!»

«Bra – sneckorna håller på att packas. Som vanligt får du påfyllning av skepp längs vägen».

När flottan når Miklagård, lägger de till, som vanligt vid Prosphoriska hamnen, precis innanför försvarslåset Kastellet i början av Gyllene Hornet.

Förtruppen har gjort sitt jobb, så Ibn Fadlan möter upp vid kajen och tar dem till sitt residens, Lausus palats.

Tre dagar senare lämnar väringarna Paris. De lämnar en hårt härjad stad, som trots allt är glada att nordmännen försvinner.

Alldeles vid Seines utlopp stannar de till. Gånge-Rolf, tillsammans med 100 skepp slår läger.

De skall förvara gälden – och hålla ett öga på frankerna, medan Ragnar, tillsammans med resten av armadan, skall ta sig till Miklagård, med hjälp av köpmannen Saleh Suliman som vägvisare.

Ragnar har tagit med Saleh Suliman i sitt långskepp, tillsammans med Toke, så att han får översätta.

«Har du handlat med några andra städer än Paris på din väg från Konstantinopel?» Frågar Ragnar.

Saleh, förstår nog vad Ragnar är ute efter, men är ändå tacksam att han fortfarande är i livet.

Och då han vill så förbli, svarar han:

«Jo – det finns en stad ett par dagetapper härifrån – Sevilla. Också den är mycket rik. Precis som Paris, så ligger den en bit inåt landet vid en flod, som heter Guadalquivir. Andras krigsskepp kommer inte så högt upp på floden, så den är mer skyddad från landssidan än från floden».

Ragnar nickat belåtet. «Intressant. Vi skulle kanske ta en visit.»

Ljudet från årorna hörs knappt när de ror upp för floden Guadalquivir. Även denna gång anfaller de om natten. Förutom det direkta överraskningsmomentet, så är temperaturen nu lite svalare än på dagen. Vattnet i floden är lugnt, då höjdskillnaden är liten. Strax före gryningen så delar sig floden. Toke säger «Vi skall hålla till styrbord. Staden ligger strax efter svängen».

I ett smalt gatt ligger den första försvarsanläggningen. Det är två uppmurade torn, med en kraftig kätting uppspänd strax över vattenlinjen, rakt över floden. I skydd av mörkret tar sig de första långskeppen iland på var sida, strax innan. Bågskyttarna skjuter ned vakterna i tornen, samtidigt som några män överrumplar vakterna utanför portarna till tornen. De tar sig snabbt in i tornen, där de dräper de sista vakterna. Sedan sänker de ned kättingen i vattnet och ger fri passage.

Strax senare ser de staden på styrbords sida. Byggnaderna skiljer sig markant åt mot de i Paris.

Många stora byggnader har tak som ser ut som lökar och med smala tunna torn.

Ringmuren är hög och har gott med vakttorn. Marken runt staden är sandig och karg. Ragnar ser snabbt att det inte finns någon stans att skydda sig, eller gömma sig.

Ragnar vänder sig mot Halvdan Svarte och säger: «Mitt förslag är att vi sätter in all kraft mot mitten av den västra sidan. Där finns minst antal försvarsposter. Vi använder ramper, stegar och enterhakar, med understöd av katapulter, eld och bågskyttar.»

Halvdan lyssnar tyst. Sedan nickar han med ett belåtet smil. «Då kör vi!»

Ytterligare en stad som bryskt väcks ur sin morgonsömn. Alarmsignaler vrålar. Män rusar fram längs stadsmuren. Folk i allmänhet förbereder sig för hemskheterna som komma skall.

Som regn från helvetet vräker eldpilarna in över staden. De dräper människor och tänder eldar överallt.

Sedan kommer stenblock och eldklot från katapulterna – som Tors vrede.

Ramperna backas fram, stegar och enterhakar. Morerna försvarar sig med pilar, stenblock, kokande olja, svärd och lansar. Plötsligt öppnas huvudporten till staden och ett kavalleri på dromedarer anfaller väringarna i sidan. Efter en framgångsrik anfallsvåg så drar sig de överlevande snabbt tillbaks igen.

Ragnar funderar en stund. Sedan beordrar han att männen skall hämta långa tampar och dra med sig fyra långskepp från floden.

«De där konstiga hästarna verkar inte kunna hoppa. Fäst tamparna och spänn dem en benslängd upp från marken. Då kan de inte ta sig förbi – och ryttarna kan inte hugga av tamparna!»

Striden fortlöper under hela dagen. Väringarnas armé är väldig. Med det nya skyddet vågar sig inte kavalleriet ut igen.

När natten kommer, så intensifierar väringarna sitt anfall. Några timmar senare är de första väringarna uppe på stadsmuren. Sedan går det snabbt. Plötsligt väller det väringar över stadsmuren. Morerna tvingas snabbt till reträtt. Åter igen är den totala skövlingen på gång.

När de kommit fram till fortet Alcásar, stannar väringarna och väntar in Ragnar och Halvdan.

De desperat försvarande morerna gör likadant. I den tillfälliga vapenvilan. går Ragnar, Halvdan och Toke fram mot fortet. En liten stund senare öppnas portarna och Morernas ledare kommer ut i sällskap med sina närmaste. Morernas ledare, Abd al-Rahman, är en rutinerad ledare. Han visar inte en min.

Han säger något på ett språk som ingen av dem förstår. Toke frågar om han talar frankiska.

Abd nickar och säger kort, lite knackigt:

«Vad vill ni ha för att sticka härifrån?»

Nu tycker Halvdan att det är hans tur att ta ordet;

Vi vill ha vår vikt i guld, oss tre, samt tio av deras fartyg fyllda med trälar. Som avslutning kommer männen att förlusta sig med Era kvinnor inatt.»

Några dagar senare är armadan mitt ute på det öppna Medelhavet. Inte land åt något håll – så långt ögat kan se.

«Fråga Saleh om han är säker på riktningen!» Anmanar Ragnar Toke.

Saleh tar fram ett solur och mäter. Sedan nickar han och svarar; «Jodå – vi håller kursen.»

«Vi behöver fylla på våra vattenreserver inom ett par dagar. Finns det någon lämplig plats?» Frågar Halvdan.

Saleh svarar att jo – om ungefär två dygn – om vinden håller i sig, så når vi ön Sicilien. Där kan vi gå in i staden Suracusa. Men de blir nog ganska försiktiga när det kommer så här många krigsfartyg.»

Ragnar ler åt Saleh's försiktiga påpekande;

«Jo – det hade nog även jag blivit. Men skeppen är fulla, så den här gången begär vi bara vatten och lite mat. Jag tror nog att vi kan övertyga dem!»

När de närmar sig Miklagård, befaller Ragnar att merparten av skeppen stannar kvar på redden, Medan bara tjugo skepp seglar in i hamnen. Innan de ankommer har han dock skickat ett mindre skepp, en snecka, med obeväpnade väringar och fyllda med handelsvaror, för att meddela deras fredliga avsikt.

Därefter seglar de övriga skeppen in i Miklagårds välbevakade hamn.

Ragnar ser att murarna är enorma, minst tio manslängder höga – och i flera lager. På murarna kryllar det av soldater. Ragnar lägger till skeppen. Sedan väntar de på att någon skall komma och ta emot dem.

Flera timmar går utan att något händer. Männen söker den lilla skugga som finns. Några spänner ut seglen som solskydd.

Sedan öppnas de enorma portarna och ett stort sällskap av uppklädda män, eskorterade av ett mindre regemente, går emot dem.

Mannen som välkomnar dem talar ett språk väldigt likt frankiska, så Toke förstår vad han säger.

«Han undrar vilka vi är – och vårt ärende», översätter Toke.

«Hälsa att vi är handelsmän från Norden, som önskar att idka handel med kejsaren!»

Befälhavaren leder dem in i Miklagård. Från Julians hamn går de in genom porten och bort mot Antiochos Palats. Till höger har de den imponerande Hippodromen. Befälhavaren ser deras märkliga blickar och förklarar att det är här de har de ökända kapplöpningstävlingarna. De passerar palatset och viker av mot höger. Till vänster ser de då en annan stor byggnad – Basilika Cisternen. Detta är staden stora vatten-cistern, förklarar Befälhavaren. Hmm – vatten finns ju i floden, tänker Ragnar. Som om Befälhavaren kunnat läsa hans tankar, förklarar han; «Staden kräver så mycket vatten att vi måste förvara det på detta sätt. Vattnet kommer längs de 150 kilometer långa akvedukterna, som ni ser till vänster om den!»

Där bredvid ser de nästa imponerande byggnad; Zeuxios badhus. Till vänster ser de då även den största byggnaden – Haga Sophia. Berättar befälhavaren vidare. Därefter kommer de fram till Daphnes Palats, resans mål. Kraftigt omtumlade tar de sig upp för den höga trappan.

På kvällen tar kejsar Basileios emot dem i sitt överdådiga palats. När de kommer in. knuffar Halvdan till Ragnar i sidan och utbrister; «frågan är om ens Valhall är så här överdådig!»

«Våra gudar är inte så pjoskiga!» Svarar Ragnar frankt.

Till middagen bjuds gästerna på rätt efter rätt. De har aldrig ätit något liknande utav det som bjuds tidigare – men allt smakar underbart. Till middagen bjuds på finaste tänkbara underhållning, såsom vackra dansande kvinnor, gladiatorspel och musik.

Efter maten, så reser sig kejsaren och lämnar dem. En av hans närmaste män, Generalkonsul Mohammad Fatteh, tar hand om förhandlingarna. Lite senare stiger de tre ut ur palatset.

En bit bort möter de Anganthyr och några andra som väntar på dem.

«Ni kan meddela de andra skeppen att de med last kan ta sig in till kaj. Samtliga varor är sålda!»

Ragnar ser att Anganthyr sätter tillbaks sin kniv och frågar;

«Vad har du gjort med kniven?»

Anganthyr brister ut i ett brett leende och svarar;

«Jag har ristat några heliga runor! Nu kan världen i all framtid se att jag har varit här!»

Samtidigt i en annan del av Miklagård:

När Wulf deklarerar sitt missnöje, svarar Ibn Fadlan;

«Vad gäller reparation av era skepp, så har vi aldrig haft med detta i vårt avtal. Jag vet att Rörik nämnde det, men det kom aldrig till någon överenskommelse. Att ni fick vänta en stund förra gången, beror på att vi var strängt upptagna med annat.

Att vi nu betalar lite mindre för slaverna, beror på att utbudet är stort. Som nu till exempel, så har vi just mottagit en stor sändning av frankiska trälar, som faktiskt verkar i väl så god trim som era slaver.

Det lustiga är – att dessa levererats av andra nordmän!»

Wolf sätter vinet vi fel strupe och hostar högt av förvåning. «Andra nordbor? Vi har inte skickat några andra! Definitivt inte med frankiska trälar!»

Ibn Fadlan ler åt Wulf; «Nej – det tror jag inte heller! De kom från andra hållet, från väster! Via Medelhavet!»

«Är de här nu?» Frågar Wulf.

«Ja – det stämmer. De håller som bäst på att lossa lasten»

«Jag vill träffa dem. Kan du ta mig till dem?»

«Ja – javisst kan jag det», svarar Ibn Fadlan med samma breda leende på läpparna.

Alltid trevligt att överraska...

Wulf följer Ibn Fadlan och går ut och bort mot Agyroprateia, Antiochos Palatset och fortsätter förbi Hippodromen, ned mot Julians Hamn. Strax efter stadsmuren ser Wulf någon – som han inte tror är möjligt – Är – är det...

«Angathyr – är det verkligen du?» Frågar Wulf häpet.

Han tror inte sina ögon. Hans lillebror dog ju tillsammans med hans far hemma på Gothland.

Anganthyr, som genast känner igen rösten, vänder sig hastigt om och ser sin bror för första gången på en evighet. Först tror han inte sina ögon. Han står och stirrar en lång stund innan det går helt upp för honom. Han känner hur känslorna exploderar i bröstet och vrålar;

«Wulf! Min bror! Är det verkligen du! Att se dig igen – att träffa dig här – av alla ställen!!»

Wulf rusar fram och kramar om sin bror så hårt det bara är möjligt. Länge, länge står de tysta och bara kramar varandra.

«Jag – jag hörde att du blev dödad samtidigt som far», säger Wulf i örat på Anganthyr.

Då ser Wulf Ragnar, som står längre bak och tittar på dem.

«DU! Ragnar – son till Sigurd Ring. Min fars mördare!» vrålar Wulf, samtidigt som han knuffar bort Anganthyr. «Gudarna är sannerligen på min sida! Äntligen får jag hämnas honom!» Wulf drar sitt svärd och rusar fram mot Ragnar.

Ragnar uppfattar dock snabbt situationen. Han hinner precis få upp sitt svärd och parerar hugget. Männen på bryggan gör snabbt plats, så att de inte kommer i vägen. Samtidigt vill de inte missa en sådan här rafflande uppgörelse. Ingen av de två männen bär sköld, så det är svärd mot svärd, stål mot stål. Två mästare mot varandra. Kampen är extremt hård, med snabba hugg, pareringar, knuffar.

Ena sekunden är det Ragnar som går till anfall. I nästa sekund är det Wulf som attackerar.

Ragnar får ett läge och gör ett utfall. Wulf kastar sig åt sidan, rullar runt och är snabbt på benen igen.

Vid marken fick han med en handfull sand i sin vänstra hand. Han inväntar rätt läge – och kastar sanden i ansiktet på Ragnar. Ragnar, som inte är beredd – tappar synen för ett ögonblick – tillräckligt länge – så att Wulf hinner slå svärdet ur handen på honom. Wulf ser triumferande sin chans – precis när han skall sätta in det avgörande hugget – så kastar sig Anganthyr runt hans arm och blockerar hugget.

«Stopp! Sluta! Wulf, du vet inte allt! Ragnar var tvungen. Dessutom räddade han livet på mig! Och har gjort det flera gånger!»

Plötsligt blir Wolf som paralyserad. Ända sedan han fick beskedet om sin fars död, har han gått och trånat efter blodshämnden. Men nu plötsligt förändras hela bilden.

De extra sekunder som Ragnar nu fick, räcker för att hinna få synen tillbaks, få tag i svärdet och hitta tillbaks till striden. Men då han ser att Wulf tvekar, väntar även han.

Luften går ur Wulf. Han sänker svärdet och vänder sig mot Anganthyr;

«Vad säger du? Är det sant? Räddade han livet på dig?»

«Ja! Det var Harald som gav honom uppdraget. Om han inte gjort det, så hade Harald dräpt både honom och hans fru. När jag sedan låg medvetslös på marken, så var det Ragnar som räddade mig och tog med mig till Ringsted. Han har sedan dess hjälpt mig hela tiden. Utan honom hade jag inte stått här idag!»

Wulf sänker svärdet. Han stirrar Ragnar hårt i ögonen och säger;

«Jag kan inte förlåta mordet på min far. Men att du räddat Anganthyrs liv får mig att släppa blodshämnden.»

Wulf för tillbaka svärdet i slidan och vänder sig mot Angathyr;

«Kom min bror. Vi har så mycket att språkas om!»

Ragnar står tyst kvar och ser hur de två går tillbaks mot staden. Han ruskar småleende på huvudet, innan han fortsätter med att lossa trälarna.

När väl alla varor är sålda, så ger sig Wulf tillbaks mot Aldegjuborg. Med sig har han sin lillebror, Angathyr.

Under hela resan tillbaks till Aldegjuborg så står de två längst fram i fören och pratar om allt som har hänt.

De kan inte släppa varandra, inte med en meter.

Tillbaks i Aldegjuborg presenterar Wulf glatt Anganthyr för Rörik, Sigrid och de övriga.

«Historien är otrolig!» utbrister Rörik. «Vi måste tacka gudarna för denna överraskning!»

Rörik tar Anganthyr om axlarna och utbrister; «Oden måste ha speciella planer för dig!»

Två månvarv senare har Rörik ett möte med sina närmaste. Han vill att Wulf skall ta sig ned till Särkland och inta staden Berda'a.

«Staden är mycket rik och är strategisk viktig för oss om vi skall stärka vår position mot både Bahgdad och Miklagård. Du tar med en här om tre tusen man. Jag ger även order till Vladh att bistå med ytterligare tusen man.»

Kapitel 10

Hamnen i Adelgjuborg är full med folk och båtar av olika slag, trots den tidiga timman.

Det är marknadsdag idag – så handelsmän från rikets alla hörn – men även handelsmän från andra riken har kommit med sina båtar för att sälja sina varor. Det är trångt om plats för alla som vill lägga till.

Det gormas och skriks av upprörda män som försöker finna en ledig plats. Även på och kring bryggorna är det trångt. Det knuffas och bärs varor överallt. Där emellan kommer alla som är nyfikna och vill se vad som kommer att bjudas ut.

En lite mindre båt som kommer söderifrån – som även den är fylld med varor för marknaden, närmar sig sakta bryggorna. I båten sitter det fyra män. De har ett slaviskt utseende, typiskt för de södra delarna. Även kläderna skvallrar att de kommer från de södra områdena. De ser ut precis som många andra köpmän som kommer till marknaden, så ingen lägger någon större notis på dem. När de närmar sig bryggan – så spejar de försiktigt åt alla håll. Trängseln är stor och alla har fullt upp med sitt. Till skillnad från övriga köpmän – så har de fyra männen svärd gömda under varorna. De förtöjer båten en bit från de övriga. Sedan tar de sig upp ur båten – men istället för att börja packa upp varorna – som alla andra gör när de anländer, så går de åt var sitt håll. Strax efter är de som uppslukade av folkmassan.

När marknaden börjar följande morgon – är männen inte där. Deras varor ligger fortfarande kvar i båten.

Först vid skymningen kommer de tillbaks till båten, från var sitt håll. Istället för att umgås och festa med de övriga handelsmännen, så sitter de kvar och äter kvällsmat för sig själva i båten.

Följande dag är det samma historia.

Tidigt på morgonen den tredje dagen, så smyger de sig bort till borgen. När en av borgens trälar kommer ut med avfall, så följer de efter på avstånd. När trälen går in mellan två av de yttre husen för att tömma avfallet, där ingen annan kan se dem – så rusar de ifatt trälen. Innan trälen hinner fatta vad som händer, så hugger en av männen en stor dolk snett ner i nacken på honom, medan en av de andra håller ett fast grepp runt munnen – så att han inte kan skrika. Trälen faller stendöd ned på marken. De tar hans kläder och gömmer sedan kroppen bland soporna. En av männen tar på sig trälens kläder och tar hans plats.

Han tar den tomma hinken och går tillbaks mot borgen. Väl framme, så är det ingen som lägger notis av honom. Han går in i palatset – som om han gjort det massor av gånger. Väl inne, så tar han sig försiktigt runt och ser sig omkring.

Senare, närmare skymningen, så smusslar den oäkta trälen in de övriga tre i palatset. De smyger runt i borgen – till de kommer fram till Sigrids rum. De hör tydligt att hon är därinne. De stannar till utanför rummet, ser sig runt och kontrollerar att ingen ser dem – sedan vräker de upp dörren och rusar in. Sigrid och hennes två trälar ser förskräckt upp när de främmande männen stormar in.

Männen hugger bryskt ihjäl den ena av trälarna. Sigrid ser chockat på när de sedan rusar fram och tar hennes andra träl, henne själv och sonen till fånga. Männen tvingar sedan trälen att kalla efter Rörik. «Säger du något om oss – så är det sista gången du ser dessa i livet», hotar de trälen med.

Efter en stund hör de att någon närmar sig. När Rörik kommer in i rummet, överraskas han helt av att männen har både Sigrid och sonen till fånga.

Tysta står de en stund och ser på varandra.

«Kasta ditt svärd och byt plats med dem, annars dräper vi dem!» hotar männen.

Rörik ser Sigrid djupt i ögonen, och instruerar henne med lugn, saklig röst; «Gör nu som de säger. Ta Ingvar i handen och gå ut genom dörren». När Sigrid och Ingvar precis lämnat rummet, så kastar han sitt svärd. Så fort männen ser att svärdet når golvet – så kastar de sig mot Rörik.

Men Rörik är beredd. Han duckar för det första hugget, sparkar den anfallande i skrevet – vrider svärdet ur hans hand och trycker sedan upp bladet djupt in i bröstkorgen på honom. Sekunden senare kastar han sig åt sidan för att undkomma ett nytt svärdshugg. I luften klyver han benet på nästa man. Mannen vrålar av smärta och faller ihop med blodet sprutande från stumpen. Detta får de två återstående att hejda sig någon sekund. Rörik utnyttjar detta och kastar svärdet så att det trycks rakt igenom magen på nummer tre. Han rusar snabbt fram och tar upp det svärd som denne tappar när han livlöst faller till marken. Nu stannar Rörik upp och skådar nummer fyra djupt i ögonen samtidigt som han utbrister; «Då var det bara oss två kvar. Nu får vi se om du har lite mer att komma med!»

Då kastar nummer fyra sitt svärd mot Rörik. Rörik parerar – men samtidigt tar mannen ett språng och kastar sig ut genom fönstret och flyr i panik.

Rörik ser sig glatt runt i rummet. Sedan ropar han till Sigrid; «Sigrid – ta hit några trälar och städa upp rummet!»

En stund senare sitter Rörik med Torulv, Wulf och Sinius och diskuterar. Vem ligger bakom detta illdåd?

«Vi har många fiender, men själv tror jag att det är Vladh. Den svekfulle rackaren är den som mest av alla vill se dig död», säger Sinius.

«Jo – han är nog en god gissning. Men utan några bevis kan vi inte nacka honom.

Tyvärr kan vi ju inte förhöra någon av männen – och den sista lyckades smita undan», tänker Rörik högt.

«Jo-» skrockar Torulv högt, «nästa gång får du vara lite varsammare med svärdet – så slipper vi sitta här och gissa!» Sekunden senare vrålar alla högt av skratt.

Vem skickade dem?

Dagen efter är det ting i Adelgjuborg.

Två män från en liten by strax söder om Adelgjuborg har en tvist som kräver tingets beslut.

Bägge männen kommer in i salen och bugar djupt.

«Nå – vad gäller saken?» undrar Rörik.

«Jag har blivit lovad att gifta mig med Elmira. Jag har betalat tribut till hennes far, det finns flera vittnen. Men nu har han precis dött – och den där påstår att han gjort lika dant!» Mannen glor ilsket på den andre mannen.

«Det är sant! Hennes bröder kan intyga det!» svarar den andre.

«Hmm,» funderar Rörik fundersamt.

«Men vad säger Elmira själv?»

«Hon är inte med!» svarar bägge.

Rörik vänder sig mot den äldre kvinnan som står i bakgrunden.

«Vem är du? Elimras mor?»

Kvinnan nickar försiktigt.

«Vet du om Elmira vill gifta sig med någon av de här två?»

Åter nickar kvinnan lite försiktigt.

«Jaha – och med vem utav dem?» frågar Rörik.

Kvinnan lyfter handen och pekar på den lite kortare utav dem.

«Då är det avgjort! Elmira skall gifta sig med den hon själv vill – och ingen annan!»

Rörik vänder sig mot den avspisade mannen och befaller;

«Du skall ha tillbaks din tribut. Sedan skall du acceptera tingets beslut.»

I slutet av tinget, ber Rörik samtliga lämna salen, förutom Torulv, Wulf och Anganthyr.

När de väl är ensamma tar Rörik ordet;

«Handeln med Miklagård går inte riktigt som tänkt. Allt sedan vi gjorde avtalet med Ibn Fadlan -så har de inte levt upp till det. De gör precis som de vill. Allt enbart på deras villkor.

Men jag kastar även lystna blickar mot särkernas Berda'a. Näst Rei och Isfahan, är ju detta deras största handelsplats – och den ligger lite bättre till för oss.

Kan vi göra en inbrytning här – så får vi oanade möjligheter!

Wulf – jag vill att du och Anganthyr tar er dit och ordnar detta på bästa sätt. Själv skall jag och Torulv ta oss till Miklagård och språka med Ibn Fadlan. Han måste få klart för sig att fullfölja ingångna avtal.»

Efter en kort paus, andas Rörik tungt innan han fortsätter;

Med på er färd skall Helge Hvidfarne medfölja. Han har varit där tidigare och kan vara till stor hjälp, både med färd, språk och lokal kunskap.

Jag har förstått att efter ni kommit till det svarta havet så viker ni öster ut. Ni får ta er ända bort till östra änden – till Tmutorakan. Här får ni betala tull till Khazarenas hövding. Därifrån får ni ta er vidare på floden Don. Sedan kommer ett dragställe vid Tzaritsyn, där ni får dra skeppen över land till floden Volga. Den tar er in till nästa innanhav. Här får ni segla söderut till floden Kuras mynning. Floden skall ringla fram som en orm, men vara farbar.

En knapp dagetapp på floden och ni är framme.

Ni får passa er för både Tartarer och Khazarer och säkert lite annat folk på vägen, så öron och ögon på skaft – och en hand på svärdet! Området runt Berda'a skall vara bördigt, så föda skall det inte saknas.

Tag femtio skepp så skall ni nock reda er,»

Två månvarv senare ger de sig av. Bredvid Wulf står Anganthyr längst fram i första skeppet, tätt följt av skeppet med Helge Hvidfarne.

Det är sen natt när fartygen närmar sig flodmynningen till floden Don. I deltat har floden delat upp sig i 3 slingrande fåror. Helges skepp, som nu har tagit täten, styr mot den södra, bredaste, fåran. Övriga skepp följer efter som ett pärlband. Anganthyr ser på sin bror som står lugnt och ser ut att njuta av att närma sig land.

Själv tar han upp sin amulett, en Tors-hammare, som hänger runt hans hals, pussar på den och ber tyst Tor att leda dem lyckosamt.

Trots den sena timman så är det riktigt varmt och kvalmigt i luften. Insekter och fåglar ljuder konstant.

Efter ett tag möts flodfårorna. De två norr om dem har redan slagits ihop – så den fåran är nu lika stor som den de färdas på. Nu är floden betydligt bredare. Efter ytterligare några svängar så lyser det upp på himlen.

När de närmar sig ser de att två stora bål brinner, ett på var sida floden. Bålen står på var sin stenhöjd, med vassa kanter och raka sidor. Mellan bålen löper en kraftig kätting tvärs över floden, så inget skepp kan passera. Strax efter ljuder larmet från Tmutorakans vakter. Beväpnade soldater rusar ut ur stadsportarna i långa rader. De grupperar sig men gör sedan inget mer. Wulf ser att även uppe på stadsmuren råder det nu full beredskap. Försiktigt styr de skeppen mot den södra strandkanten och lägger till. Det är ett långt pärlband med långskepp. Tre män går halvvägs fram emot skeppen. Där stannar de och väntar. Helge och Wulf lägger sina vapen och går fram emot dem. Helge för talan. Han berättar kort deras ärende och ber att få bli förd till deras hövding.

Två dagar senare, och med tullavgift fattigare, så fortsätter resan på floden Don. Vattnet skiftar i gult, på grund av all sediment från den mineralrika jorden. Floden bryter fram igenom bergen och tar sig fram i skiftande terräng. Från att ena stunden vara ett ganska brett lågland, kniper dalen ihop så att floden precis kan passera. Här och var blir stigningarna så pass branta att de måste dra skeppen igenom det forsande vattnet. De passerar byar längs vägen. Där står befolkningarna och spejar oroligt. Men Helge och Wulf har garanterat att inte röra byarna, så när väl den långa armadan passerat så kan de lättade männen återgå till sina bestyr. Wulf vet – att de måste ju ta samma väg hem igen.

Efter ett par dagars slit längs floden, blir den så smal och grund att skeppen knappt får plats. Tack vare att de är så flatbottnade – så räcker i alla fall det grunda vattnet. Precis när de börjar att diskutera om det är dags att dra skeppen, så öppnar sig sjön Don upp. Det är en avlång vacker sjö, med stora ängar som omsluter den.

Mitt i sjön sticker det ut en halvö med höga berg.

Nu är det inte motströms längre, så männen har en betydligt behagligare rodd.

Sjön avslutas som en tarm som vrider sig åt söder och blir allt smalare. Här pekar nu Helge att det är dags att dra upp skeppen. När skeppen väl är på land, så börjar många av männen att fälla träd. De kvistar dem och kapar dem i lagom långa längder. Andra förbereder skeppen för att dras på land.

Helge pekar ut riktningen – det är egentligen den enda möjliga. en smal korridor som leder mellan bergen.

«Det är inte långt till Volga,» lovar Helge. «Vi bör vara där lagom till kvällsvarden.»

Stockarna placeras ut, vissa av männen drar i tjocka rep framför skeppen, några puttar längs sidorna och ett resten puttar på från aktern. Ett annat lag tar stockarna som rullar ut bakom skeppen – och lägger dem framför, så att det hela tiden finns stockar att rulla på.

När männen drar skeppen – så upptäcker Wulf att de bevakas av män som spejar i bergen. De försöker dölja sig, men Wulf's tränade öga ser dem.

Helge tittar på Wulf och säger lugnande; «Det är män från Dailem. En stad strax norr om oss vid Volga.

De gör oss ingen harm. De vågar inte. Dessutom har de order från Marzuban i Tmutorakan!»

Precis som Helge sagt, så är de framme lagom till kvällsvarden. De når Volga när floden precis gör en kraftig böj. Sediment har skapat en ö framför dem och skapat att smalt lugnt vatten, perfekt för att sjösätta skeppen. Det smala vattnet blir snart fyllt med skepp. Flera av männen kommer tillbaka efter jakt, så det slaktas och ett stort bål sätts i brand för att laga kvällsvard till alla hungriga munnarna.

De tröttkörda männen somnar strax efter maten och sover hårt i den efterlängtade vilan.

Efter ytterligare en slitsam vecka på Volga, når de det stora innanhavet. Nu får äntligen männen slappna av och låta vinden föra fram skeppen. Här kan de även fylla förråden med fisk.

De följer den västra stranden söderut, som planerat.

Strax efter en smal halvö, som en tarm - där slår de läger för natten. Inte långt söderut är floden Kuras mynning. Wulf skickar iväg en grupp om 100 man för att säkra inloppet till Kura. De beger sig gående av strax innan solen dör för dagen. Enligt Helge så skall de vara framme strax innan gryningen. Övriga män får en kort natts vila. De seglar igen mitt i natten, så de når Kuras mynning strax efter soluppgången.

När de kommer fram, så möts de av sina fränder. Runt om på marken ligger döda särker. Blott ett par väringar har stupat. Wulf hälsar dem glatt välkomna åter.

Åter får männen ro uppströms i en flod. Kura ringlar betydligt mer än de tidigare floderna – som ändå ringlade.

De ror hela dagen. De möter många förvånade människor längs färden. Vissa blir ängsliga och flyr, medan andra nyfiket står och tittar på när den långa armadan tar sig framåt.

Någon timma efter att de åter börjat ro följande dag kommer de fram till Berda'a. Ryktet om deras ankomst har tydligt förekommit dem – så utanför staden står en armé och väntar på dem.

«Vad tror du – närmare fem tusen man va?» frågar Anganthyr Wulf.

«Påminner lite om Paris – men då var det betydligt fler.»

«Jo – det är väl i den häraden,» svarar Wulf lugnt. «De är betydligt fler, men de är inga väringar!»

«Vi får väl presentera oss för dem!»

När skeppen når stranden möts de av en skur av pilar. Männen är beredda och möter dem med sina sköldar. Så snart de når land, så rusar männen ur skeppen och bort mot försvararna.

De vrålar högljutt – och trots intensiteten, så följer de sin inlärda strategi. Första leden bildar en mur av sköldarna. De bakom bildar tak av sina sköldar. De rusar fram med en kort frontlinje med V-formade flanker. Som en mänsklig kil brakar de in i försvarslinjen – som snabbt klyvs i mitten. Nu delar de sig och angriper åt var sitt håll. Det snabba anfallet har gett effekt. Försvararna tappar fattningen och kaos uppstår. Väringarna är som jättar mot särkerna. Samtidigt framstår de som frustande monster – som inte viker undan för något. Trots träffar av pilar och svärdshugg så fortsätter de att krossa motståndare.

Efter knappt en timmas fight, så börjar försvararna att backa, för att snart ta till flykten. De första att ta till flykten är deras inhyrda soldater, sedan de frivilliga. Snart återstår bara Berda'as egna soldater.

Men då de är knappt fler än väringarna – så har de ingen chans. Marken färgas röd av deras blod, och snart är alla försvararna antingen döda eller flyende.

Väringarna följer efter de som flyr in mot staden. I kalabaliken så hinner inte försvararna att stänga porten i tid – utan de främsta väringarna hinner smita in. De hugger snabbt ihjäl vakterna vid porten och öppnar upp porten på vid gavel. Väl innanför stadsmuren, ser Wulf och Anganthyr hur de ur befolkningen som kan, flyr hals över huvud. Många utav dem fångas upp av väringarna, som i många fall slår ihjäl dem och tar deras rikedomar. Andra föses tillbaks in i staden och samlas ihop mitt inne på torget.

Efter någon timma är torget fyllt med oroliga invånare. Wulf uppskattar dem till tjugotusen, men minst lika många till är inte på torget av olika anledningar, utan gömmer sig bland husen.

Wulf håller upp händerna och tystar massan. Helge, som kan språket ropar högt till dem;

«Vi vill er inget ont! Det åligger oss att uppföra oss väl mot Er! Från och med nu är det vi som har makten. Lyd oss, uppför er mot oss – och det skall stå er väl!»

Berda'a är en av särkernas rikaste handelsstäder. Med en stor, hög och bred ringmur av sten. Staden har både kyrkor och moskéer. Kyrkorna och kristendomen kom till staden redan på femhundratalet av de då styrande i dåvarande Albania. När sedan särkerna tog över, så byggde de moskéerna och gjorde staden till muslimsk. Men fortfarande så accepteras de kristna i staden.

Gator och torg är rikligt utsmyckade och det syns tydligt att staden varit en viktig både religiös plats och handelsplats under lång tid. Rinnande vatten flyter igenom staden, både den naturliga floden Terter, men även smala, byggda akvedukter som folket nyttjar som dricksvatten, disk och tvätt – men även för toalett och avfall.

Wulf, Anganthyr och Helge intar palatset. Alla tre häpnar över allt
överdåd. Sidentyger, flotta mattor, guld, silver, rökelse. Allt och lite till.
När de kommer in i den stora salen, så sitter Marzuban (ståthållaren) i sin
gyllene tron.

Wulf ser förnöjt hur hans händer och läppar darrar. Nu är han inte så
karsk längre, tänker han för sig själv.

Wulf går fram till honom , stirrar honom i ögonen och viftar lite lätt med
handen.

Genast reser Marzuban på sig och låter Wulf sätta sig i tronen.

«Säg till honom att han är fri att gå – men att han skall ta sig till Bagdad
och meddela emiren att vi inte är en ytterligare fara. Vi vill med Barda'a
som bas fortsätta med handeln som vanligt. Dock vill vi öka handeln med
våra varor från Rutenien.»

När Wulf och Anganthyr senare går runt i palatset, häpnar de gång på
gång över alla rikedomarna och all lyx.

Ädla stenar, guld, silver, finaste siden i alla tänkbara färger, rökelse,
kryddor, trälar. Stora fat med exotiska frukter som de aldrig för vare sig sett
eller smakat, står utplacerade lite överallt.

«Här är det minsann lätt att bli bortskämd!» skrattar Anganthyr högt.

Trots Wulf's förmaningar, så tar sig väringarna an av erövringen. De
tvingar med sig kvinnor som tvingas sära på låren runt om i staden och det
medtagna mjödet festas det ordentligt av. Men ingen mer får dräpas.- om
det inte är av självförsvar.

Efter två veckor, när lugnet och vardagen sakta börjat komma tillbaks
till staden, ljuder varningstrumpeterna. Wulf och Anganthyr rusar upp på
palissaden och spejar bort i riktningen som vakten pekar. Män, män och
åter män nalkas i horisonten.

Efter en lång stunds tystnad säger Wulf;

«Jag tror inte att emiren hörsammade vårt budskap.»

Några timmar senare har hela hären samlats en kilometer från stadsmuren.
Den sträcker sig så långt ögat når i bägge riktningar.

«Hur många tror du att det är?» frågar Anganthyr.

«Det är nog närmare trettio tusen man,» svarar Wulf sammanbitet.

Anganthyr nickar och inser läget.

«Och hur löser vi det här?» frågar han lite nervöst.

Nu blir det bråda tider bland väringarna. Wulf förstår att de kommer att anfalla så snart solen gryr.

Han vet att de vet att de är mer vana vid den olidliga värmen, så en batalj mitt på dagen är till deras fördel.

Wulf kallar ut män att gräva vallgrav utanför stadsmuren. Inte djupa, bara ett spadtag djupa och två spadtag breda. Den första femtio steg från stadsmuren och den andra tvåhundra steg bort.

Resten av männen förbereder vapnen.

Strax efter gryningen börjar den stora hären sitt anfall.

Bakom stadsmuren ser befolkningen vad som börjar hända. De tar nu tillfället i akt och hjälper sina befriare. De skriker «Allah är stor!» och börjar kasta stenar mot väringarna.

Väringarna freder sig, men måste fokusera på de anfallande. Wulf beordrar ett antal av männen att hålla styr på de stenkastande.

Wulf ser att de anfaller med fotfolk, understödda av bågskyttar.

Han kallar ut en sköldmur strax framför stadsporten.

När särkerna anfaller, så möts de av en kompakt sköldmur, som hela tiden sticker ned anfallare med sina svärd mellan sköldarna, samtidigt som de på palissaden vräker pilar och stenslungor mot dem.

Trots övertaget i män, så lyckas inte särkerna forcera sköldmuren. Strax innan solnedgången så ljuder deras reträttsignal. Flera tusen döda särker ligger kvar på marken när de drar sig tillbaks.

Anganthyr sträcker glatt armarna i luften och vrålar ut sin glädje.

«Så går det när ni möter nordisk stål!»

Nu vänder sig väringarna mot dem som har kastat sten mot dem, men de har nu sprungit iväg och gömt sig.

Följande morgon kommer nästa attack. Denna gång är de understödda med kavalleri.

Åter hörs «Allah är stor!» från befolkningen och nya sten far genom luften.

Åter måste de freda sig även bakåt.

Nu beordrar Wulf att männen skall hälla olja i bägge vallgravarna.

När kavalleriet är ett tjugotal meter ifrån dem, i full fart – så skickar männen på palissaden iväg eldpilar. Strax framför hästarna flammar plötsligt höga lågor upp. Hästarna får panik och tvärbromsar.

De flesta i de främsta leden flyger av hästarna. Flera hamnar bland lågorna, medan de andra träffas av pilar. Nu flyger eldpilarna förbi kavalleriet och antänder den bakre vallgraven. Plötsligt är kavalleriet omringat av eld – och de anfallande fotsoldaterna möts av samma ogenomträngliga vägg av eld.

Väringarna stormar nu ut från stadsporten och anfaller på bägge flankerna.

De anfallande har åter tappat sinnesnärvaro och flyr i panik.

Anfallet är över nästan samtidigt som det började.

Även de stenkastande är borta.

Vid gryningen den tredje dagen startar nästa anfall.

Åter hörs «Allah är stor!» från stadens befolkning och stenar haglar.

Denna gång tar de anfallande sig sakta fram mot stadsmuren, åter understödda av bågskyttar.

Men även väringarna svarar med sina bågskyttar. Uppifrån palissaden såhar de betydligt lättare för att träffa sina motståndare.

Denna gång möts särkerna inte av någon sköldmur, utan de kan forcera metodiskt framåt.

Strax innan de kommer fram till stadsmuren, så öppnas portarna och en mänsklig kil av bärsärkar rusar vrålande fram mot dem. Vid första träffen formligen sprutar det särker runt den mänskliga kilen.

Väl igenom de anfallandes mur, så delar kilen på sig – samtidigt som nästa våg rusar ut från stadsmuren.

Nu får särkerna möta väringarna från bägge håll. Åter sprider sig paniken och särkerna flyr i panik.

Efter tre dagars strid, så har den mäktiga särkiska armen decimerats så kraftigt att de nu är färre än väringarna. Deras befälhavare, Marzuban Ibn-Muhamed, blåser till reträtt och drar sig slokörat tillbaks till Bagdad.

Nu vänder Wulf sig mot den trilskande befolkningen.

Han kallar till sig sina hirdmän och befaller;

«Nu har jag tröttnat på deras uppträdande! Samla alla på torget. De som vill stanna kvar i staden får betala tribut. Resten gör vi oss av med!»

Följande dagar brandskattas hela befolkningen i Berda'a. De män som vägrar betala – huggs ihjäl. Deras fruar samlas ihop för att vara till förnöjsamhet, medan barnen samlas ihop för att användas som trälar. Det är mest i början som några vägrar att betala – sedan betalar flesta. När väringarna följer med hem till personen för att hämta tributen – och de märker att personen äger betydligt mer än tributen – då höjs den till motsvarande det de hittar.

Sedan får personen en lerbit med ett tryckt sigill, som kvitto att de betalat.

Ett månvarv senare kommer en av hirdmännen med ett dystert besked;

«Många av männen har insjuknat i något. De har feber, kramper och får inte behålla maten.»

Wulf ser fundersam ut och sitter tyst en bra stund och begrundar vad han just hört.

«När startade detta?»

«De första att sjukna in började för ungefär en vecka sedan. Men nu har det närmast exploderat.

Nästan var tredje man ligger och ojar sig».

Efter ytterligare några dagar får Wulf besked att ännu fler män nu dött av sjukdomen.

«När tog mjödet som vi hade med oss slut?» frågar Wulf till Anganthyr.

«Det tog slut bara några dagar innan den första mannen insjuknade.»

«Om det kommer ifrån maten, eller vattnet – vad har vi då för alternativ?»

«Hmm, Om det nu beror på maten eller drycken – så har vi ju bara två alternativ; fortsätta att äta och dricka – och riskera att bli sjuka, eller sluta äta och dricka…» Wulf skakar på huvudet och slår ut med armarna. «Vi får blota till gudarna – och hoppas att de hjälper oss.»

Veckorna går och allt flera insjuknar. Dödstalet stiger hela tiden. Efter ytterligare några veckor så har en tredjedel av alla män dött. Flerparten av de som lever är i gränslandet; inte sjuka men heller inte riktigt friska.

Plötsligt är Anganthyr bland de insjuknade. Benen bär honom inte. Magen krampar, han kräks och det sprutar ur baken. Febern gör att han knappt kan tänka. Wulf sitter vid hans sida. Han baddar hans panna och ser till så att trälarna hjälper Anganthyr på bästa sätt.

Plötsligt hörs varningssignalen.

Wulf rusar ut på palissaden och ser till sin bestörtning att emirens armé är tillbaka.

Han måste ha fått besked om vår situation, tänker Wulf.

Han ser att armén inte är lika stor som sist, men fortfarande allt för stor för att hans sjuka män skall klara av den.

Han rusar tillbaks till palatset och tillkallar sina hirdmän. «Samla hälften av alla stridsdugliga män på palissaden. Tag med alla trälar, kvinnor och barn, som kan hjälpa till.

Jag leder dem. Helge – du leder de övriga. Samla ihop allt vi samlat ihop och börja stuva skeppen!»

Wulf räknade med att de skulle vänta med attacken till gryningen – som förra gången, men där hade han fel. Plötsligt skriker vakterna att anfallet börjat.

De försvarar sig så gott det går, men övermakten är för stor. Redan efter någon timma tvingas Wulf beordra reträtt till Schachristan (den befästa huvuddelen av staden). Väl här ser Wulf att merparten av de sjuka männen fortfarande är kvar, inklusive Anganthyr.

«Hur går det med bytet?» vrålar Wulf frågande.

«Nästan allt är lastat. Vi har just börjat att hjälpa de sjuka till fartygen!» får han till svar.

I nästa sekund når särkerna fram till Schachristan och slaget fortsätter. Murarna hjälper väringarna en del, men snart så börjar särkerna att bryta sig igenom. Wulf rusar fram till Anganthyr och hjälper honom mot skeppen på ostadiga ben. Halvvägs framme hinner en grupp med särker ifatt dem. Wulf föser in Anganthyr i en trädgård. Han ser sig snabbt runt och konstaterar att det inte finns vare sig flyktväg eller någon stans att gömma sig. «Du är inte till någon hjälp nu – så klättra upp i ett träd, så att jag kan fokusera mig!» ropar Wulf till Anganthyr.

Runt Wulf trängs nu tio särker. Med ett högljudt vrål rusar de fram, med sina böjda svärd i högsta hugg.

Wulf parerar och hugger, parerar och hugger, parerar och hugger. Strax är det bara fem särker kvar.

De retirerar snabbt. Utan att ta blickarna från Wulf, så diskuterar de kort innan de åter anfaller. Denna gång omringar de Wulf och anfaller samtidigt. När Wulf klyver skallen på den första – så får han ett kraftigt hugg i sidan av ryggen. Han känner det knappt – utan kör in sitt svärd djupt i magen på nästa särk. Då stöter en annan särk sitt svärd rakt in i magen på Wulf. I nästa sekund har Wulf huggt av hans arm. Wulf får ytterligare ett hugg i vänstra axeln. Han vrålar högt och dräper även de sista, innan han faller ihop i en stor pöl av sitt eget blod.

Anganthyr, som knappt är närvarande sitter som förstenad och ser sin skadade bror falla ihop.

Han uppbådar sina sista krafter och klättrar ned. Han lyfter upp den kraftigt blödande brodern och hjälper honom mot skeppen. Efter bara någon meter viker sig benen på Wulf och han faller ihop.

«Anganthyr», stöter han fram, samtidigt som blod skvätter ur munnen på honom när han försöker tala.

«Jag – jag har gjort mitt. Nu skall jag träffa far. Vi – vi väntar på dig i Valhall!»

Anganthyr ser desperat hur hans bror dör i hans armar.

Ursinnigt lyfter han upp honom och bär bort Wulf's kropp till skeppet. När männen ser honom komma – med särker rusande strax bakom honom – så rusar de fram, slår ihjäl de första särkerna och får med de bägge i det sista skeppet.

När de väl passerat Tmutokaran och seglat ut på Svarta Havet, ser Helge hur Anganthyr sitter ihopsjunken vid sin döde brors kropp. Efter en stund går Helge fram till Anganthyr och lägger en hand på hans axel.

«Han var en stor krigare. En av våra största. Om hans namn och bravader kommer det att språkas länge, länge. Väl hemma så skall vi runa en sten som bevittnar hans mod och verk.

Nu är han i Valhall, med er far och mor och de övriga kämparna.» Helge tystnar en stund innan han frågar; «Vad skall du göra med kroppen? Skall han få begravas i Holmgård?»

Anganthyr torkar tårarna på kinden och svarar;

«Nej – jag tar med honom till Visby. Han skall begravas som sin far, som den kung han var.

Ja – jag skall resa en sten till hans minne. Skriften skall skaldra hans verk.»

Anganthyr reser sig upp, blicken fladdrar lite innan han fortsätter;

Meningen är väl att jag nu skall ta över. Men ta över vad? Gotland är ju nu bara ett lydrike till Svitjod – och med Sigurd som kung, så det blir nog så svårt att få något att säga till om. Att bara utföra hans order är inte jag intresserad av.»

Kapitel 11

Sigurd Ring står med sin konungakrona på huvudet och blickar mot horisonten från sitt mäktiga drakskepp Tyris. Det nu mer ganska tunna gråa håret, dansar runt på huvudet och ringlar sig fast i kronan. Med sin väldiga vargpäls över skuldrorna står han resolut och ser hur kusten först anas,

för att snart torna upp sig allt mer där framme. Han njuter av att åter vara på Tyris, med sitt svärd Ulfberth vilande vid sin sida. Nu känner han sig åter som den väring och kung han är. Kroppen börjar bli sliten, trots att Sigurd vägrar erkänna det – men sinnet är fortfarande ungt.

Männen tar i ordentligt vid årorna. De har varit med förr och vill inte få Sigurds häftiga raseri på sig.

Bakom Tyris följer två sneckor, lastade med gåvor till främst bröllopsparet, men även en del godbitar till Heidrek.

Vendland. Det har gått en lång tid sedan jag var här senast, funderar Sigurd. Sigurd har blivit inbjuden att närvara när Ljot, son till Kung Heidrek, skall gifta sig. Venderna har sedan lång tid varit i förbund med Svitjod och Sigurd och Heidrek har varit vänner ända sedan ungdomens dagar. Men

ryktet säger att Heidrek nu blivit skraltig. Han skall vara darrig på handen, hör knappt vad folk säger och även synen sviker. Sigurd – som är jämnårig., förstår att sonen snart kommer att ta över, så han behöver stärka sina band med honom.

När Tyris lagt till vid kajen tar sig Sigurd upp från skeppet. Han känner att han inte är lika vig som förr.

Foten vill inte lyfta sig upp till relingen, så han får sätta knät mot först – och sedan häva sig vidare.

Två av hans närmaste män kommer snabbt för att hjälpa honom, men han schasar vresigt bort dem.

Väl på kajen, står Heidrek, tillsammans med Ljot och tar emot honom. Sigurd känner ett sting av vemod när han ser sin gamla vapendragare. Sigurd ser en gammal, tärd man. Heidrek får hjälp av sin son att stå upp. Kroppen darrar och hans ögon är täckta av en mjölkaktig hinna. Sigurd ser hur Ljot får säga i örat på honom att deras gäst nu står framför honom. Sigurd går med kraftiga steg fram och omfamnar sin gamla vän. De kramas hårt och länge.

«Det är gott att åter se dig – min väl förtrogne vän!» basunerar Sigurd ljudligt. Sedan vänder han sig mot Ljot och ger även honom en björnkram.

«Jag ser fram emot att bygga en lika gedigen vänskap med dig – som jag haft så länge med din far, Ljot, son av Heidrik!»

När de går in mot byn, så tittar Sigurd på det nykära paret. De kan knappt ta blickarna från varandra.

De skiner ikapp med solen, tar varje chans att ta på varandra. Bägge ser ut att redan ha smakat av mjöden – men Sigurd vet att det enbart är kärlekens rus.

Han känner ett sting av avund. På samma sätt som han kände när hans Sigrid gifte sig med Rörik.

Inte för att han berättade det för någon – men inom sig. Det är lång tid sedan Angas dog, tänker han lite sorgmodigt. Det var många år sedan han hade någon fru att dela livet med. Livet hade varit lyckligt på den tiden. Nytillträdd lydkonung till sin släkting Harald Hildetand av danerna, gift sedan något år, med två friska och härliga barn, Ragnar och Sigrid. En kavalkad av bilder från förr fyller hans sinne.

Efter en stund ruskar Sigurd på huvudet för att komma tillbaks till verkligheten.

Trälarna som värmer hans säng, när det trycker på – är en klen tröst. Det är som att dricka avslagen mjöd. Smakar ok – men är uddlöst.

Kvällen efter stundar bröllopet. Stora delar av byns befolkning är fullt sysselsatta med förberedelserna. Hela torget mitt i byn är städat och lövat. Långbord är utplacerade i långa rader, så att alla skall få plats.

Ett stort bål är tänt. Där skall senare allt kött grillas.

Sigurd sitter inne i Heidreks långhus och språkar. De delar både gamla minnen och berättar allt som hänt sedan de träffades senast, så de har mycket att språka om.

Heidrek är mycket både intresserad och imponerad av Sigurds berättelser om utvecklingen i österled, men även om Ragnars verk i Norge och i danernas rike.

«Och hur är det med Gärdsol?» frågar Sigurd, samtidigt som han misstänker svaret – då hon alltid står vid hans sida.

«Hon dog för några månvarv sedan. Hon var pigg ena dagen – men vaknade inte den följande. Nu är hon i Valhall och väntar på mig.» Sigurd ser hur en tår letar sig ned på hans kind.

«Min vän – då hon får hållas till tåls ett bra tag till!» svarar Sigurd fryntigt.

Timmarna går. De båda männen fortsätter sina berättelser, allt medan mjödet i tunnan minskar.

Plötsligt bankar det på dörren – och en av Heidreks män meddelar att ceremonin skall till att starta.

När de kommer ut på torget är det fyllt med folk. Hela byn är på plats – men även ledarna från grannskapet plus en del långväga gäster. Det här blir ett ordentlig gille! tänker Sigurd.

När de går bort för att ta plats på den främsta bänken – så fastnar Sigurds blick på en underskön varelse.

Han känner hur hjärtat slår en kullerbytta och han blir alldeles knäsvag. När hon ser på honom – så blossar hans kinder. Sigurd staplar fram och sätter sig på sin plats – men under hela ceremonin, så har han bara hennes uppenbarelse på näthinnan.

Han knuffar försiktigt på Heidrek och frågar vem hon är.

«Det är Alvsol av Vendsyssel, dotter till Burislav från Jom. Han är nu död, men hans bägge söner, Adulbert och Stevner styr nu efter honom. Alvsol är deras yngre syster. En fager kvinna – men fortfarande är hon inte bortgift. Det ryktas att bröderna inte hittar någon som är tillräcklig fin för henne».

Efter ceremonin följer de närmaste med in i långhuset och vittnar att giftermålet bekräftas i sänghalmen.

Sigurd står och ser på när Ljot bestiger sin hustru. Han känner hur trycket stiger i kroppen, samtidigt får han inte Alvsol ur tankarna.

Väl tillbaks vid sin plats vid honnörsbordet, så beordrar Sigurd Gorm den Blacke, att hämta hennes bägge bröder till sitt bord. En kort stund senare kommer Gorm tillbaks i sällskap med Adulbert och Stevner.

«Vet ni vem jag är?» skriker Sigurd, för att göra sig hörd i det höga sorlet.

«Jodå – det vet vi. Du är Sigurd Ring – kung i Svitjod», svarar Adulbert, utan att låta speciellt imponerad.

«Inte bara Svitjod – utan även Norge, Danernas rike, Gothland och Rutenien! Största riket sedan romarriket!» svarar Sigurd sturskt och ser avmätt på bröderna.

«Jag har förstått att Er syster fortfarande inte är gift eller bortlovad. Jag vill ha henne till maka. Jag bjuder Er en god ersättning! Tala med henne – och kom till mig imorgon, så gör vi upp det. Jag vill ha med henne när jag reser hem!»

Adulbert och Stevner ser överraskande på varandra. Innan de hinner svara, så föser Gorm iväg dem.

«Kom tillbaks imorgon – strax innan solen dör», beordrar Gorm dem.

När Sigurd framåt småtimmarna kryper till sängs, känner han sig både uppspelt och lyster, trots all mjöd han druckit. Han somnar med ett leende på läpparna och med Alvsol i sitt sinne.

Följande dag kryper fram, tycker Sigurd. Han har gjort sig extra fin. Trälarna har flätat skägget, klippt frisyren och tvättat honom. Klätt sig i rena, finaste kläder. Satt på sig sitt stora halsband av guld, armringar, tvinnade som slingrande ormar – och satt på sig sin gyllene konungakrona. Allt för att imponera på Alvsol, hans blivande maka.

Strax före solnedgången kommer bröderna in i långhuset, som Sigurd lånar.

«Välkomna!» hälsar Sigurd glatt. «Detta bröllop kommer att gagna Ert Jom ordentligt! Vi skall stärka handeln med oss. För Er del så kommer jag att löna er ordentligt!» Sigurd reser sig för att välkomna dem.

Då snäser Adulbert högt; «Tror du verkligen att vi låter vår syster äkta en gammal gubbe som du?

Det är väl år sedan du fick den att stå ordentlig! Nej – nu skall du istället få känna på stål från Vendel!»

Rappt drar bägge sina svärd. Innan vare sig Sigurd eller någon av hans närmaste hinner med – så rusar Adulbert fram och hugger mot Sigurd. Sigurd hinner ducka, men svärdet träffar honom hårt på vänster axel. Hans brynja tar upp en stor del av hugget, men inte helt – utan eggen tränger djupt in i axeln. Sigurd vrålar av smärta. Trots detta – så drar han sitt svärd och när Stevner rusar fram för att slutföra jobbet, slår Sigurd svärdet ur handen på honom och borrar in Ulfberth, hans svärd, djupt in i bröstkorgen på Stevner. Sigurds män rusar fram, men Adulbert hinner få in ytterligare ett hugg mot Sigurd – men detta hinner Sigurd blockera. Sekunden senare klyver Orvar – Odd skallen på Adulbert, från hjässan ända ned till nacken. Blod och hjärnsubstans sprejar allt i närheten.

Männen rusar fram till Sigurd för att hjälpa honom, men han är helt ursinnig och bara vrålar ut sin ilska. Till slut så går han med på att plåstras om. De tar försiktigt av brynja och tröja. Sedan baddar de försiktigt såret. Männen ser att såret är djupt, riktigt djupt. En av dem rusar ut och hämtar

Gorvanda, byns helare. När hon kommer, har hon med örter, illaluktande elixir och bandage.

När Sigurd vaknar följande morgon, så har han fruktansvärt ont. Han känner även av febern som uppstått.

Med dimmiga ögon beordrar han Boddvar Bjarki att hämta Alvsol, hans blivande maka.

Efter en stund kommer Boddvar slokörad tillbaks, stirrande ned i marken utan att säga något.

«Nå – var är hon? Fräser Sigurd irriterat.

«Hon – hon är död. När hon fick höra sina bröders öde, tog hon sitt liv – för att undgå att gifta sig med dig!»

Sigurds askgrå ansikte skiftar snabbt till att bli i det närmaste vitt. Han känner hur de krafter han känt natten innan – nu är helt bortblåsta. Plötsligt känner han sig gammal, mycket gammal.

Han vrålar högt att alla skall lämna honom. Han vill vara ifred.

Hela dagen ligger Sigurd och stirrar i taket, samtidigt som tankarna far. Allt han satt värde på, så sent som igår – betyder plötsligt ingenting. Han känner sig så ensam, gammal och svag. Allt känns så meningslöst.

Mitt i den följande natten har han samlat tillräckligt med krafter. Han går ned mot kajen. På vägen dit ligger huset med de döda kropparna. Han drar först med sig Stevners kropp och slänger den i Tyris.

Sedan hämtar han Adulberts kropp och gör samma manöver. Sedan bär han varsamt ned även Alvsols späda kropp. Därefter hämtar han de ägodelar han haft med sig till Trusö. Till slut så hämtar han ved och torrt gräs. Han lossar förtöjningarna, men innan han kliver ombord, så vrålar han så högt han kan; «Vakna! kom hit och beskåda när Er konung far till Valhall – och tar sin rättmätiga plats – närmast både Oden och Tor!»

Yrvakna rusar folk ut ur husen. De ser sig runt men förstår inte vad som händer.

Plötsligt ropar någon; « Skynda er ner till kajen!»

När de rusar ner, så ser de hur Sigurd styr ut Tyris mot havet – samtidigt som skeppet står i lågor.

Inte ett ljud hörs, vare sig från folkhopen eller från Sigurd. Allt som hörs är spraket från den allt starkare elden. Allt som syns är ljuset från samma eld.

Ett bud kommer till Ringsted, med det dystra beskedet att Sigurd Ring är död.

«Tinget i Upsala kallar dig till dem», meddelar budet Ragnar Lodbrok.
Ragnar står tyst en lång stund och låter beskedet om sin fars död sjunka in.
Många minnen kommer till liv. Åter kastas pjäserna på livets bräde om. Han
funderar på vad detta nu kommer att innebära. Sedan nickar han till budet.

« Hur dog han? Var det någon som är ansvarig för hans död? Har jag en
blodshämnd att utkräva?»

Budet ruskar på huvudet och berättar vad som hänt.

«Gott. Då är han i Valhall – hos mor. Det är gott!» svarar Ragnar till tröst.

«Ja – jag följer dig tillbaks. Vi far redan imorgon».

Några dagar senare kommer Ragnar med följe till Upsala. Med sig har
han sin äldste son, Björn Järnsida.

Väl inne i Sigurds långhus, sitter Rolf Krake, Hromund den Hårde och
Hallbjörn Halvtroll och väntar på dem. Ragnar ser att Björn den Blacke
saknas – men så minns han att han strök med under slaget vid Bråvalla.

Männen sitter med dystra miner. De reser sig och hälsar sin nya konung
välkommen.

«Min far regerade Svitjod under lång tid», deklarerar Ragnar. «Han har
gjort en fantastisk bedrift!

Riket är större än någonsin. Vi har fred med flera av våra forna fiender.
Handeln är bättre än någonsin och möjligheterna att utvecklas ytterligare i
både öster och söder är stora!» Ragnar ser sig runt i salen innan han fortsätter:

«Här skall jag leda riket. Enorma rikedomar och möjligheter väntar oss!»
Ragnar avbryts av att männen vrålar ut sin entusiasm.

«Min son – Björn Järnsida – tar över min roll som lydkonung över danerna!»
Ragnar vinkar till sig Björn, som ställer sig vid hans sida. «Tillsammans
med våra allierade i Norge skall vi dra i plundring mot Britannien och
Frankerna!» Ytterligare ett glädjevrål avbryter honom.

Ett månvarv senare syns ett antal skepp närma sig hamnen i Adeigjuborg.
Bud skickas direkt upp till Rörik. Han får besked att skeppen kommer ifrån
Svitjod. Rörik blir lite förbryllad. Han har inte fått något bud att Sigurd,
eller någon annan skall vara i antågande. Några timmar senare når skeppen
hamnen. Då står Rörik, Sigrid, Torulv, Anganthyr och de övriga och tar
emot. De blir alla förvånade när de ser att det är Ragnar Lodbrok som gästar
dem. Speciellt med tanke på deras tidigare lite spända relation.

Rörik ser på Torulv. Även han ser förvånad ut – men bägge får onda aningar.

«Välkommen till Adeigjuborg Ragnar Lodbrok!» hälsar Rörik, medan Sigrid rusar fram och kramar om sin bror. Med ens märker hon att något har hänt. Ragnar är stel och stram – inte alls som han brukar.

«Vad har hänt? Är det far?» frågar Sigrid oroligt.

Ragnar ser på henne och nickar allvarligt. Sedan kramar han om henne igen.

«Far är hos mor i Valhall. Han skadade sig i en skärmytsling i Vendland. Han dräpte bägge sina motståndare – men han skadades ordentligt. På natten tog han med kropparna ut med Tyris, tände på skeppet och seglade till Valhall.»

Tårarna rinner längs kinderna på Sigrid när hon får höra hur det är fatt. Men samtidigt är hon samlad.

«Han fick ett långt och gott liv. Nu har han det gott hos mor», bekräftar hon tröstande sig själv.

Ragnar tittar upp på Rörik och säger;

«Vi har en del att språka om – mellan fyra ögon».

Rörik nickar förstående och visar med handen att de skall ta sig upp till hans borg.

Väl inne i stora salen, sätter sig Rörik i sin tron och ser anmanande på Ragnar att börja.

«Nu är jag kung av Svitjod, hela norden och Rutenien – så du lyder under mig», öppnar Ragnar och ser fodrande på Rörik. De villkor som min far bestämde – gäller tills vidare, men vissa förändringar kommer snart att ske.»

Rörik ser lugnt på Ragnar och svarar;

«Jag och Sigurd styrde Rutenien tillsammans. När han nu är borta – så är det ingen position som du har ärvt.

Från och med nu är det jag – bara jag – som styr Rutenien. Men vi vill förstås fortfarande ha kvar ett nära samarbete med Svitjod. Vi styr handeln med Särkland och Miklagård. Via oss kommer ni fortfarande att ha en god handel med dem – på samma premisser som tidigare.»

Plötsligt exploderar Ragnar.

«Kom inte här och försök ta över Rutenien från oss! Rutenien tillhör Svitjod – och jag är dess kung, så JAG är Rutenien!»

Uppståndelsen gör att Röriks vakter rusar in i salen. I sista sekund lyckas de stoppa Ragnar innan handgemäng uppstår. Ursinnig kämpar Ragnar med att nå fram till Rörik – som sitter lugnt kvar i sin tron.

Även Ragnars män rusar in och en häftig batalj startar, men Röriks män är betydligt fler, så en kort stund senare har de lyckats lugna ner situationen – dock med flera döda kroppar liggande i rummet.

Rörik anmanar sina män att omgående föra Ragnar och hans män tillbaks till kajen och skicka hem dem igen.

Efteråt sitter Rörik, Anganthyr och Torulv och diskuterar den nyuppkomna situationen.

«Jaha, då är vi i fejd med färdnesjorden», konstarerar Torulv kort.

« Mitt Gothland, som nu är i union med Svitjod – jag är kung över ett land jag inte kan komma tillbaks till.» funderar Anganthyr.

«Ragnar är en stridslysten prick! Det har han alltid varit. Tyvärr så har han inte ärvt sin fars vett», konstaterar Rörik trosigt.

«Men nu är det som det är. Risken är överhängande att han kommer tillbaks – för att med våld ta tillbaks vad han anser är hans. Så nu måste vi hitta en strategi», anför Rörik.

Så snart Ragnar är tillbaks till Upsala, så kallar han till riksråd.

När de väl är samlade, börjar han;

«Rörik – den förrädaren – försöker ta över vårt Rutenien! Men det skall han inte lyckas med! Vi skall med våld ta tillbaks det som är vårt!» Ragnar ser sig runt om i rummet och får enbart gillande nickar.

Detta är ju ingen nyhet för någon – så alla har haft tid på sig att fundera och bestämma sig.

«Så – hur gör vi? Några förslag?

«Det blir svårt. De har minst tre – fyra gånger så många män som vi», konstaterar Bodvid Brå.

«Det var väl ingen nyhet!» svarar Ragnar skarpt. Men de flesta är slaver och annat löst pack! Våra män tar ut minst 5 – 6 var – så här ser jag inga problem.

Men de kan terrängen. Det är deras hemmaplan. Vi måste finna den bästa krigslisten!» svarar Ragnar.

Efter mycket diskuterande bestämmer de sig för att anfalla från tre håll; Från norr via floden. Från Söder via samma flod och från väst – från marken.

Från norr tar de sig dit via Ladoga och ned för floden Volkov – samma rutt som Ragnar tog. Den vanliga rutten. Från söder, så tar de sig dit via floden Dvina. Här måste de komma nattetid och överraska männen i Polotsk – så att de inte varnar Rörik. Samma sak när de når Vitebsk. Inga lösa trådar. Därefter tar de sig via floden Lovat och angriper söderifrån.

De som skall anfalla från väster, tar sig iland när skeppen når sjön Pelpus och vandrar öster ut till Adeigjuborg.

«Om två månvarv anfaller vi – med den största styrka vi kan uppbåda», bestämmer Ragnar.

Två av armaderna lämnar samtidigt sina hamnar. Den norra – under Ragnars befäl, består av sextio långskepp. De som skall anfalla från väster, anförda av Rolf Krake, på ytterligare sextio skepp, följer tätt i deras kölvatten. Först när de nått Livlands kust, svänger de av söderut, in mot sjön Pelpus.

Den södra armadan, anförd av Hromund den Hårde, som är åttio skepp stark – startade en vecka tidigare – då de har den längsta och svåraste vägen.

När Hromund den Hårde når Polotsk, låter han större delen av armadan ankra så att de inte syns från Polotsk. Han vill inte skrämma slag av dem.

Tio skepp tar sig fram, strax efter att solen gått ned. Strax innan de kommer fram, hörs vakterna slå i varningsklockorna. Men Hromund och hans män förtöjer skeppen lugnt vid kajen. Sedan står de och väntar på mottagningspatrullen, med svärden vilande i sina slidor. När porten försiktigt öppnas och vakterna avvaktande går fram till dem, så ropar Hromund högt;

«Vänner – allierade – andas lugnt! Vi kommer i fredligt ärende. Ta mig till kung Kormak!»

När Hromund, utan att säga sanningen, förklarat sitt fredliga uppsåt, kallar Kormak till gille och det festas ordentligt till sent på natten. Under tiden smyger de övriga skeppen förbi staden utan att bli upptäckta. Följande morgon fortsätter turen och samma eftermiddag når de Vitebsk.

Deras kung, Osmo, är betydligt försiktigare och nervösare. Han minns tydligt förra besöket av en armada från Svitjod.

Men här stannar de inte – utan kräver enbart fri passage, vilket han mer än gärna lovar dem.

Strax efter Vitebsk, så måste de föra skeppen på land för att nå floden

Lovat. Men marken här är ganska platt, så det tar dem bara en dag att nå Lovat. Härifrån är seglatsen enkel, då de följer floden nedströms.

När de når Ilmen, slår de läger vid den västra stranden. Här skall de invänta bud att de övriga är på plats innan de anfaller.

Rolf Krakes män har under tiden nått sjön Pelpus. De har dragit upp skeppen på land och dolt dem så gått de kunde innan de gav sig av gående österut. När de passerar en liten by, tar de med sig de hästar och kärror som finns för att underlätta den fortsatta färden. Efter två dagar så har de nått sin position. Nu skickar Rolf iväg två män åt söder och två män mot norr, för att meddela att de är på plats. Om inte någon av männen är tillbaks följande dag, med besked att de andra inte är på plats – så startar anfallet.

När budet når Ragnar, så nickar han belåtet och småler. Nu skall Rörik få lära sig en läxa!

«Män! Vila Er nu – för imorgon skall vi ta tillbaks det som är vårt!»

Ragnar vaknar hastigt av ett väldigt oväsen. Larmet går i lägret. Han flyger upp, drar sitt svärd och vrålar högt; «Vad är det som händer?»

«Rörik! Röriks män är runt omkring oss! De har omringat oss! De är hur många som helst!» Hör han en röst skrika.

Röriks försvarsplan fungerar. Precis som de misstänkte – så skulle de anfalla från flera håll. Hans spejare har haft dem under uppsikt ända sedan de närmade sig kusten. Obemärkta har de följt dem hela tiden.

Redan när de passerade i sjön Ladoga, så låg en stor del av Röriks flotta och lurade, gömda i en vik strax efter där Ragnars flotta seglat in i floden Volkov. Resten hade väntat på dem i sjön Ilmen.

På bägge sidor av flodmynningen låg marktrupper och väntade på dem.

I söder, så har Röriks män stängt av floden med vassa pålar nedkörda i botten, tvärs över floden – i rad på rad. När Hromunds skepp kom dit – så var det tvärstopp. På bägge sidor av floden hade marktrupper väntat – mångfalt fler än Hromunds män.

När Rolf Krakes män anfaller staden – möts de först av flera rader med pallissader med vassa spetsar och dolda fallgropar. Närmast staden väntar stora områden med sankmark på dem. På bägge flankerna står stridslystna män; rader med bågskyttar och bakom dem hästburna krigare. Uppe på stadens ringmur står ytterligare män med pilbågar och väntar på dem. Rolf ser att motståndarna är, även här, mångfalt fler än dem. Samtidigt spejar han efter understödet från både norr och söder – men ingen syns...

Rolf inser att det är självmord att anfalla utan det planerade understödet, så han slår halt och avvaktar.

Ragnar vandrar runt hela lägret och vart han än tittar – så ser han Röriks män, i massor. De bara står där och stirrar, med yxor, svärd och bågar – beredda att anfalla så snart signalen ljuder.

Men det hörs ingen signal.

Ragnars män har samtliga intagit försvarsposition och väntar nervöst på det kommande anfallet. Det är så tyst att männen kan höra sina egna hjärtan bulta.

Efter ytterligare en stunds tystnad, så öppnas leden och Rörik, tillsammans med Torulv, stiger fram.

De går fram till mitten av området mellan de bägge lägren och sätter sig och inväntar Ragnar.

De har bara suttit en kort stund innan Ragnar och Öysten Barsk går fram till dem och sätter sig mitt emot.

«Så – du kom för att hälsa på igen», öppnar Rörik med ett leende på läpparna.

«Och jag ser att du tog med lite gäster. Men den här gången blir det inget gästabud. Vad det blir – beror på dig», fortsätter han.

Ragnar stirrar barskt på Rörik och svarar:

«Jag är här för att utkräva vad som är mitt!»

«Ja – då har du ju två alternativ; det ena är att fortsätta med din plan – men då finns snart vare sig du eller dina män kvar. Vilket i sin tur resulterar i att jag blir kung även i Norden. Du förstår – det är ingen idé att du fortsätter att invänta understöd från vare sig Rolf Krake eller Hromund den Hårde. De sitter nämligen i ungefär samma sits som du. Den stora skillnaden är bara att de själva inte kan avgöra sina egna öden. Det gör nämligen du!»

Rörik ser hur Ragnars ansikte snabbt skiftar i färg. Detta hade han inte väntat sig.

«Du förstår, vårt rike – Rusernas rike – som det kallas här lokalt, är nu stort. Bra mycket större än Svitjod – eller något annat rike. Vi har resurser – långt mycket större än du anar! Nu – när det här mäktiga riket till slut har enats – så kommer det att vara länge! Mycket länge! Det skall jag bli man för!»

Ragnar fräser lite till svar, men håller annars tyst.

Rörik ser stint Ragnar i ögonen när han ger honom sitt enda alternativ;

«Du får ett enda alternativ – lägg ned era vapen, accepterar vårt rike som självständigt och acceptera mitt handelsavtal. Det är gott för bägge parter. Det är samma villkor som din far en gång satte mig att tvinga fram.

Tag sedan era fartyg och segla hem. Om du i framtiden försöker att anfalla oss ytterligare en gång – så kommer du inte att få den här möjligheten igen. Då kommer vi att krossa dig, din armé och Svitjods storhetstid kommer att vara som bortblåst!»

Dagen efter står Rörik och Torulv och blickar ut över Ragnars hemvändande armada.

«Nå – tror du att de kommer tillbaks, eller kommer vi nu att få fred efter detta?» frågar Torulv.

Rörik står tyst en stund innan han svarar;

«Jag tror att Ragnar förstår sitt bästa. Men vårt rike är för stort för att vi skall få riktig fred.

Vi har för mycket människor, för många bakgrunder, för många viljor, för många med törst efter makt och rikedom – inom riket. Sedan har vi alla runt oss, som vill oss ont. Att få riktig fred....

Nej – vi kommer allt att få fortsätta att bruka svärden även framöver.

Men innan vi hälsar på i Valhall – och får smaka på Serimer – så skall vi se till att efterlämna ett rike som alla fruktar!»